침묵 예찬

침묵 예찬

Eloge du Silence

마르크 드 스메트 지음

김화영 옮김

현대문학

| 목차 |

침묵의 여러 가지 양상들

그대가 입 밖에 내는 말이
침묵보다 더 아름다운 것이 아니거든 말을 하지 말라.
—수피교 계율

앙리 미쇼는 파울 클레의 첫 그림 전시회를 보고 "그 엄청난 침묵에 허리가 휘어져" 돌아왔다고 했다. 나는 그 말을 읽고 나서 이 책을 쓰기로 결심했다.

존 케이지는 완전한 침묵이란 존재하지 않는다고 말했다. 왜냐하면 항상 무엇인가가 생겨나서 어떤 소리를 내기 때문이다. 그의 말이 옳다면 우리는 또한 침묵이란 끊임없이 그 반대를 전제로 하는 것이며, 오직 우리들 주위에서 어떤 소리의 배음이 있기 때문에 침묵이 인지되는 것이라고 말할 수 있다. 침묵이란 바로 여러 가지 소리들로 구멍 뚫린 시간이다. "미소 지으며 침묵하는 사람은 눈에 보이지 않는 모래시계를 바라보고 있는 것이다"라고 한 발레리의 표현은 얼마나 아름다운가.

침묵의 심리언어학은 언어의 심리언어학 못지않게 풍부한 것이다. 사랑, 우정, 위계, 직업 등의 관계에 있어서, 의사소통을 전제로 하는 모든 순간들에 있어서, 침묵의 무한한 변주는 나름대로의 충만한 의미를 갖는다. 즉 금과 같은 의미를 갖는 것이다. 왜냐하면 침묵은 진정으로 적극적인 힘이기 때문이다.

침묵은 여러 가지 사건들의 색깔이다. 그것은 옅은 것일 수도 있고 진한 것일 수도 있다. 즐거운 것일 수도, 오래 묵은 것일 수도, 공기처럼 가벼운 것일 수도, 슬플 수도, 절망적일 수도, 행복한 것이 수도… 있는 것이다. 침묵에는 우리들 삶의 무한한 뉘앙스들이 깃들어 있다. 우리가 침묵에 귀를 기울이면 그것은 끊임없이 우리에게 말을 하고 장소들과 존재들의 양상에 대하여, 마주치는 정황들의 질감과 특성에 대하여 우리에게 알려준다. 침묵은 우리의 내밀한 동반자요 항구적인 배경이다. 모든 것이 그것을 배경으로 하여 모습을 드러내는 것이다.

심오한 의식의 장소인 침묵은 우리의 시선, 경청, 인지의 바탕이 된다.

내면의 침묵
우리들 안에서 일어나는 사고, 환상, 이미지들의 소용

돌이 속에서 우리는 어떻게 내면의 침묵을 되찾을 것인가? 예술가, 시인, 철학자, 신비주의자들은 오래전부터 그 점을 말해주고 있으며 그러기 위한 유용한 방법들을 가르쳐준다. 그들은 모두가 다 창조는 생각의 침묵에 대한 주의 속에 뿌리내린다는 것을 잘 알고 있다.

이 책은 우리들 삶의 이 근본적이면서도 그 진가를 인정받지 못하고 있는 요소에 대한 명상이다. 날이 갈수록 시끄러워지는 세상에서 침묵의 가치는 과연 재발견하지 않으면 안 될 그 무엇이다. 아마도 우리가 잊고 있을지 모르지만 우리들 각자는 까마득한 옛날부터 전해 내려오는 침묵의 모든 지혜를 몸 안에 담고 있는 존재들이다.

다음은 그러니까 말로 표현한 무언 속으로의 여행이다. 그것은 그 무엇을 증명하려는 것이 아니라 그저… 암시하려 할 뿐이다.

근원

불어로 침묵silence이란 말은 12세기에 처음 등장한다. 정확하게 말해서 1190년이다. 그 단어는 라틴어 silentium의 정확한 번역이다. 고 불어는 라틴어 silere를 본떠서 침묵하다라는 뜻의 동사 siler를 사용했다. 오늘날 그 단어에서 파생한 형용사 silencieux, 부사 silencieusement을 찾아볼 수 있다. 그리고 또한 고대 로마에서 물려받은 명사 silenciaire도 있다. 이 말은 노예들이 침묵을 지키도록 감시하는 장교, 거기서 확대되어 트라피스트같이 절대 침묵을 지키는 수도자들과 오랫동안 묵언을 지키는 모든 사람들을 가리킨다.

침묵

불어에서 어미가 ence로 끝나는 단어 중에서 유일하게 남성인 이 말의 첫째 뜻은 말을 하지 않는 상태, 묵언을 지키는 상태이다. 이 첫째 뜻 주위로 매우 다양한 용법이 생겨났다. 리트레 사전은 그 말의 의미를 약 열세 가지 그룹으로 나누어 풀이하고 있는데 그 그룹들은 다시 수많은 하위그룹들로 나누어진다. 그 사전은 우선 말하기를 삼가는 사람의 상태를 정의한다. "영국 여왕이 말하기를 왕족들은 고해자들과 마찬가지로 침묵을 지켜야 하고 그와 마찬가지로 신중해야 한다고 말했다." 이렇게 말한 보쉬에는 세 가지 종류의 침묵을 규정했다. 자신의 책무에 정신을 집중할 때 지켜야 하는 열중 침묵, 대화를 할 때 지켜야 하는 신중 침묵, 모순 속에서 지켜야 하는 인내 침묵이 그것이다. 한편 파스칼은 신 앞에서의 침묵을 중요시했다. "최대한 침묵을 지키고 오직 진리임을 아는 터인 신에 대해서만 이야기해야 한다"고 그는 『팡세』에서 말했는데 몇 줄 뒤에서는 "침묵은 가장 큰 괴롭힘이니 성자들은 절대로 침묵하지 않았다"고 모순되는 말을 했다. 사실 뒤의 말은 잘못된 것이다.

유추적으로 침묵은 글로 쓴 말에 대하여 사용되기도 한다. 즉 신문이 이러저러한 사실이나 사건을 눈감고 넘어가거나 보도하지 않을 때 침묵이라는 표현이 사용된다. '법의 침묵'이라는 표현은 입법자들이 예상하지 못한 케이스를 말할 때 쓴다. 침묵은 또한 서신 교환의 중단 상태를 나타낸다. 왜 그리도 오랜 침묵이었나?

침묵, 묵살의 법칙, 혹은 그 사건은 침묵 속에 묻혀버렸다 같은 표현이 보여주듯이 침묵은 비밀의 탁월한 정의가 되기도 한다.

비유적인 의미로 사용되어 그것은 고요함, 소리의 부재를 뜻한다. 침묵의 숲, 침묵 속에서 걷다 같은 표현, 정신적 내면적 동요의 부재를 뜻하는 것으로 관능, 정염, 마음의 소리에 침묵을 강요한다는 표현이 있다.

다음으로 기술적 개념들이 있다. 소리의 중단, 음악에 있어서의 휴지가 그것이다. 그 쉼은 일곱 가지로 구분된다. 온 쉼표, 반 쉼표, 4분 쉼표, 8분 쉼표, 16분 쉼표, 32분 쉼표, 64분 쉼표. 말에 있어서 침묵은 발언 도중의 중지를 뜻하고 글에 있어서 침묵은 생략, 그림에 있어서는 구도상의 고요함을 뜻한다. 끝으로 침묵은 전보 송신에 있어서의 휴지를 의미한다.

그러나 침묵이라는 말은 너무나 풍부한 것이어서 이런 개념 규정의 틀을 벗어난다. 우리는 그 말이 사랑(침묵 속의 사랑…), 고통(침묵 속에서 괴로워하며…), 그리고 그 밖의 다양한 정서 속에 등장하는 것을 볼 수 있다. 침묵은 웅변적이고 집요하고 의미심장하고 우울하고 불만스럽고 수긍하는 태도를 보이고 골이 나고 경악하고 싸늘하고 종교적이고 수줍고 은근하고 강요되고 어리둥절하고 증오에 넘치고 즐겁고 무겁고 치명적일 수 있다. 이 리스트는 끝없이 계속될 수 있다. 형용사의 수만큼, 심리적 상태의 종류만큼 많은 침묵이 존재한다.

존경의 표시, 침묵하는 순간에 있어서의 추념의 표시일 수도 있다. 감탄사로서의 침묵은 명령일 수 있다. "조용! 촬영 개시!", "조용! 수업 시작!", 혹은 도로 표지판 속에 등장하는 '병원, 정숙', 광고에서 볼 수 있는 'X호텔, 침묵의 여정' 등.

침묵과 관련된 수많은 속어, 속담들이 있다. 혀를 주머니 속에 넣어 두다, 입 속에서 혀를 일곱 번 굴린다, 말문이 막힌다, 입을 봉하고 있다, 주둥이를 닥치다… 등등. 어떤 주크박스는 침묵의 디스크들을 비치하고 있다. 침묵을 원할 경우 동전을 넣기만 하면 된다. 그리고 입에 검지를 갖다 대는 신호는 아주 어린 시절부터 사용되는 아름다운 몸짓이다.

세상에는 여러 가지 침묵의 공간들이 있다. 이는 한번 경험해볼 가치가 있는 침묵의 신비다.

벌목한 숲의 가슴을 찢는 듯한 침묵이 있는가 하면 우리를 에워싸는 사물들, 집, 아파트의 다양한 침묵이 있다. 그리고 우리들 주변에 있는 존재들의 언제나 의미심장한 침묵이 있다. 아기를 위하여 뜨개질을 하는 엄마나 옷을 꿰매는 할머니의 침묵, 골이 난 아이의 침묵, 서로 손을 잡고 마주 보며 서로의 생각에 잠겨 있는 연인들의 침묵.

전신을 긴장한 운동선수의 침묵, 골똘하게 조깅을 하거나 공을 잡으려고 뛰거나 골을 겨냥하여 뛰어오르는 사람의 침묵.

병상에 홀로 누워 병마와 싸워야 하는 환자의 침묵, 신경쇠약 혹은 자살의 침묵은 슬픔에 젖어 홀로 집에 돌아와 실의에 빠진 사람의 그것이다. 우정의 S.O.S. 전화는 대개 저녁에 퇴근하고 돌아와서 (그중 3분의 2가 여성들이다) 밤 10시가 넘어 진정으로 밤이 시작될 때 그만 마음이 무너져버린 사람들에게서 걸려온다. 1985년에 그런 침묵—고독의 형벌을 이기지 못하여 그 전화를 건 사람은 57,300명이었다. 비참한 침묵.

고해성사나 평복平伏 침묵, 혹은 언젠가 다가올 관 속의 침묵. 어느 오래된 교회 입구의 돌에 새겨져 있는,

'하느님은 그대가 쓸데없는 말들을 얼마나 했는지를 기억하시리라'는 글.

사원, 수도원, 수사들, 그리고 "즐거운 묵상의 지혜를 실천하는(앙리 미쇼)" 모든 사람들의 침묵. 프리메이슨 신입회원은 일 년 동안 명상하고 경청하고 침묵하도록 되어 있다. 그리고 동방박사들은 말없이 절을 한다.

특별한 장소들의 침묵도 있다. 마리 마들렌 다비는 말한다. "그런 장소들의 땅 힘은 침묵 속에서 위력을 발휘한다. 어떤 성스러운 장소는 그 뜻을 나타낸다. 돌이 말을 하고 숲과 숲 속의 빈터가 말을 한다. 물은 그 메시지를 속삭인다. 성스러운 장소들은 새들의 언어와 비슷하다." 세상의 어떤 장소든 경우에 따라서 비밀이 진동하는 성스러운 사원이, 존재의 심연과 접촉하는 신전이 될 수 있다.

그러나 덧붙여 말해두거니와 진정한 비밀은 항상 뒷걸음을 치고 있어서 손에 잡히지 않는 법이다.

동물들의 침묵, 말없는 고양이의 저 환상적인 침묵, 개의 저 감동적인 침묵. 망을 보는 사냥꾼, 낚싯줄을 드리우고 명상에 잠긴 낚시꾼의 침묵. 장님, 벙어리, 귀머거리의 침묵, 텔레비전 화면의 한 귀퉁이 동그라미 속에서 다른 사람들에게 수화로 통역하는 사람의 침묵.

풍자 신문의 「하라 기리」의 원조는 「그림으로 보여주

는 작은 침묵*Le Petit Silence Illustré*」이었다. 1955년 자크 스테른베르그가 창간하여 7호까지 발행하고 폐간된 그 신문은 최초의 만화신문으로 '할 말이 아무것도 없는 유일한 신문'이었다. 그 제호 밑에는 다음과 같은 말이 쓰여 있다. "그대가 말하지 않는 것이 무엇인지를 말해다오, 그러면 내 그대가 누구인지를 말해주리라!"

여러 나라의 지혜가 담긴 속담 몇 가지를 소개해보자. 프랑스 속담은 이르기를 침묵은 금이라 한다.

독일: 침묵하라, 그렇지 않으면 침묵보다 더 나은 그 무엇을 말하라.

이스라엘: 제대로 침묵하는 것이 제대로 말하는 것보다 더 어렵다.

이탈리아: 아무것도 모르는 사람이 침묵할 줄만 안다면 그는 충분히 아는 것이다.

루마니아: 침묵도 대답이다.

스페인: 듣고 보고 침묵하라, 그러지 아니하면 삶의 쓴맛을 보리라.

덴마크: 절약하고자 하는 사람은 우선 입부터 절약해야 한다.

터키: 현명한 사람의 입은 그의 가슴 속에 있다.

중국: 어떤 사람은 일생 동안 말을 하고도 아무 말도

안 한 것이고 어떤 사람은 일생 동안 아무 말도 하지 않았지만 말을 안 한 것이 아니다.

일본: 한 번도 입 밖에 내지 않은 말들은 침묵의 꽃이다.

그리고 끝으로 한국: 나이를 먹으면 입을 닫고 지갑을 열어라.

얼마나 많은 나라에 얼마나 다양한 침묵들이 존재하는가!

그 밖에도 스핑크스의 침묵, 향기, 냄새, 색깔의 침묵, 다도, 밤, 꿈의 침묵, 하나하나의 몸짓과 계절과 날들의 침묵이 있다. 침묵은 호흡만큼이나 중요하다. 어쨌든 침묵은 잠만큼이나 근본적인 것이다.

이 글을 쓰고 있자니 눈 덮인 풍경 위로 새벽이 밝아온다.

하얀 새벽은 그 무엇과도 바꿀 수 없는 광채로 밤을 밝히더니 여명의 색채들로 서서히 물든다. 새벽 5시에 자리에서 일어나니 곧 포근한 침묵이 느껴진다. 창밖으로 눈 쌓인 것을 보고도 놀라지 않는다. 과연 눈은 그 무엇과도 비길 수 없는 분위기를 자아낸다. 눈은 소리를 죽이고 공간을 뒤덮어 변모시킨다. 눈은 백색의 순수한 시로 고요를 방사한다.

눈.

그것은 우선 하나의 이미지요 어린아이 같은 기쁨이다. 그 속에 들어가 쪼그리고 앉으면 아늑한 그림책의 이미지요 겨울의 콩트다. 우리는 저마다 지붕에 눈이 쌓인 집의 추억을 지니고 있다.

나는 어린 시절에 십 년 동안 터키의 앙카라에서 살았었다. 해발 천 미터의 고원에 자리잡은 도시였다. 12월에서 2월까지 최소한 1미터가 넘는 눈 속에 파묻혀 지낸 것이다. 그러다가 갑자기 해빙이 되어 따뜻한 봄이 찾아온다. 내가 처음으로 눈의 즐거움을 맛본 것은 그곳에서였다. 그곳에 자리잡은 상당수의 미국 출신 거류민들 덕분에 숯으로 된 눈眼에 냄비 모자를 쓰고 당근 코를 단 눈사람들은 곧 월트 디즈니의 풍부한 민속과 뒤섞였다. 나는 꼬마 미국 친구들과 더불어 월트 디즈니의 열렬한 독자였다. 아무도 그보다 더 눈의 마법을 인상적으로 표현한 사람은 없다. 어머니가 들려준 슬라브 콩트들은 눈만 보면 느낄 수 있었던 매혹을 더욱 황홀한 것으로 만들어주었다. 나의 노엘은 또한 앵글로색슨의 크리스마스와 관련된다. 아침에 형형색색의 방울들과 진짜 촛불들로 장식된 커다란 전나무 아래로 선물을 찾으러 가기에 앞서 집안에 가득하던 그 기막힌 침묵은 세상에서 가장 아름다운 것이었다. 어린 내가 침묵을 강렬하게 느끼고 그 광대함과 힘을 발견한 것은 바로 그때였던 것 같다. 크리스마스의 새벽.

엄청난 추위가 닥쳐오면 사람들이 사는 마을 근처로 늦대들이 찾아와 어슬렁거렸다. 들과 인접한 지역의 도시를 내려다보는 언덕 위에 동네가 자리잡고 있었던 것이다. 가끔 배고픈 늑대들이 얼어붙은 벌판을 헤매면서 울부짖는 소리가 들렸다. 그러나 눈의 엄청난 관성과 힘 때문에 금방 침묵이 세상을 다시 지배하는 것이었다. 눈은 침묵을 돕는다. 눈은 소리를 잘 들리게 하는가 싶으면 어느새 그 소리를 집어삼키고 그 소리들 사이에 침묵을 가져다놓는 것이다.

나는 눈이 내리는 광경도 좋아한다. 내리는 눈은 눈 덮인 풍경보다는 덜 조용하다. 내리는 눈이 가늘게 바스락대는 소리는 들리는 듯하면서도 들리지 않는다. 그러나 하얀 가루가 되어 쏟아지는 집채 같은 하늘은 세상과 소리를 서로 갈라놓는다.

눈은 하얀 침묵이다.

우리는 며칠 동안 스키를 탄다. 파란 하늘을 배경으로 솟아 있는 티없이 깨끗한 산맥의 심연을 앞에 두고 눈 속을 미끄러져 가는 즐거움. 사람이 별로 없는 3월의 슬로프를 타고 미끄러져 내려가노라면 오직 금속 조각이 설탕그릇 속을 지나가는 소리뿐인데 그 나직한 소리는 오히려 얼어붙은 산의 장려한 침묵을 배가시킬 뿐이다.

오직 새가 한 마리 가끔 창공을 가르고 지나가면서 날카로운 소리를 낸다.

　어느 날 나는 거리경주 스키를 타고 멀리 대자연의 얼어붙은 흰색 침묵 속으로 깊숙이 들어간다. 그리고 잠시 후 햇빛이 비치는 바위 위에 앉아 쉬다가 그 주위에 삼센티미터 정도의 구멍 난 공간을 발견한다. 한 방울 한 방울 해빙이 시작된 것이다. 소리 없이 눈이 물로 변하면서 이끼를 드러낸다. 파란 이끼.

　12세기 일본 서예가 도겐은 그의 산수화집에 다음과 같은 하이쿠를 써서 남겼다.

　기나긴 가을날

　단풍잎 위에 눈이 나리니

　누가 그 모습을 말로 표현하리요?

소리의 문턱

공간에 가장자리가 없듯이 침묵은 윤곽이 없다.
왜냐하면 공간과 마찬가지로
침묵은 모든 것의 동체同體이기 때문이다.
—말콤 드 샤잘 「조형적 센스」

침묵은 소리에 의하여 찢어진다.

설문 조사를 해보면 하나같은 결과가 나온다. 즉 프랑스 사람들의 3분의 2는 견디기 어려운 공해들 중 첫 번째로 소음공해를 꼽는다. 이것이야말로 으뜸가는 공격이어서 신문들은 소음이 원인이 된 사고 기사들을 규칙적으로 보도한다. 놀고 있는 어린아이들의 시끄러운 소음을 참다못해 총기를 난사. 어린아이가 우는 소리가 너무 시끄러워서 목을 눌러 살해. 위층에서 내는 시끄러운 소리 때문에 잠을 잘 수 없게 되자 권총을 꺼내 들고 올라가 위협, 두 사람 사망…. 이런 몇 가지 사건은 신문에서 인용한 것이다.

이것은 평범한 사람들이 범죄를 저지를 경우의 소음을 이야기한 것이지만 세 사람 중 하나꼴로 우리가 매일같이 일터에서, 집에서, 거리에서 겪는 스트레스에 대해서는 무슨 말을 하면 좋을 것인가? 이 그칠 줄 모르는 스트레스 때문에 우리는 신경이 곤두선 채 늘 긴장 상태 속에서 살면서 들볶이고 있는 것이다.

나는 2년 동안 파리에서 머무는 동안 얼마 전까지만 해도 어떤 네거리 교차로 위쪽의 건물 6층에 위치한 아파트에서 잠을 잤다. 빨간 신호등 앞에서 각종 오토바이, 트럭, 자동차들의 타이어 미끄러지는 소리, 브레크 잡는 소리, 시동 거는 소리… 그중 어느 것도 면제받지 못했다. 새벽 1시에서 5시까지 일시적인 고요를 틈타서 잠깐 잠을 자고 나면 또 귀청이 떨어질 듯 시끄러운 소리가 다시 나기 시작하니 일어나서 일을 하다가 7시경에는 참선하러 나가는 수밖에 다른 도리가 없었다. 나는 속으로 생각했다. 수백만의 사람들이 이 같은 항구적 소음공해 속에 살면서도 타성이 된 무감각 무의식 때문에 그것을 알아차리지 못하고 있으니 그 소음과 오염된 공기에 중독된 채 짜증과 피로 때문에 일그러진 얼굴을 도처에서 마주친들 그게 뭐 그리 이상할 것인가.

파리의 악취로부터 돌아와 나무가 무성한 환경 속에서 살면서 단순한 고요를 되찾고 맑은 공기를 호흡하니 이보다 더 좋은 것이 없을 것 같다.

도시에서는 소음이 너무나도 편재하고 있어서 그것은 마치 인간 활동의 없어서는 안 될 한 부분이 되어버린다. 어쩌면 그것은 일종의 마약일지도 모르겠다. 내가 아는 여러 도시인들은 자연 속에서 고요하게 살 능력을 상실해버렸다. 그들에게는 어떤 움직임, 활발한 토론 같은 배경음악이 필요해서 시골의 상대적인 침묵 속에서는 불안해지고 나아가서는 아예 공포감까지 느낀다. 나는 심지어 주변에 소음이 전혀 없기 때문에 잠을 이루지 못하는 케이스를 확인한 적도 있다. 그에게는 지나다니는 자동차 소리가 자장가인 것이다!

내가 참선을 지도받고 있는 데시마루 선생님은 소음에 잘 적응하는 프랑스 제자들을 보고 늘 놀란다. 그는 웃으면서 "그러니까 저들은 다른 사람들보다 더 미쳤어" 하고 말한다. 그래서 그는 파리에 있는 그의 참선도장을 건물 안쪽 깊숙한 곳에 두어 침묵의 전당이 되도록 신경을 쓴다.

그런데 그 침묵이라는 것이 혹시 환상은 아닐까?

실제로 인간의 귀는 일정한 청각적 진동만을 지각한다. 진동수가 너무 낮거나 너무 높은 초저주파음(1초당 15회 이하의 진동)과 초음파는 귀의 수신기관을 자극하지 못하므로 우리의 지각능력을 벗어난다. 우리의 귀는 초당 20에서 16,000사이클 사이에 위치하는 음계의 주파수를 가진 공기분자의 진동만을 지각한다. 그 이상 혹은 그 이하가 되면 우리는 아무런 청각적 감각을 느끼지 못한다. 그러므로 우리가 듣지 못하는 엄청난 영역의 소리들이 하나의 세계를 이루고 있는 것이다.

그러나 섭섭해할 것은 없다. 현재 각종 소음의 음역은 충분히 넓다. 우리 사회의 에너지 수요가 높아질수록 소리의 높이도 상승하는 것이다. 그렇지만 이런 프로세스를 역전시켜서 지극히 인간적이고 풍부한 산업을 발전시킴으로써 소음 및 그 피해에 대항하여 싸우는 데 총력을 기울이려고 노력할 수도 있을 것이다.

우리 시대의 징후라고도 할 수 있는 항구적 난청 혹은 청각능력 저하는 법에 의하여 직업병으로 인정될 수 있다. 환경청에 따르면 직업적 사고의 11퍼센트, 작업 중단의 15퍼센트, 정신병원 수용의 20퍼센트가 청각 장애에 따른 것으로 나타나 있다. 이 심각한 수치를 고려하여 청각기관의 과도한 자극에서 기인하는 여러 가지 왜곡된 효과들이 연구의 대상이 되고 있다. 이는 신경체계의 다음과 같은 세 가지 부분과 관련된 것이다. "이른바 소리의 신체적 효과가 생겨나는 데 있어서 통로가 되는 선腺, 내장, 심장, 혈관 같은 내부기관들의 반응과 활동

수위를 통제하는 자율신경체계; 뇌 상부 중심의 각성 수준과 감각원 정보들이 고통스러운지 유쾌한지의 성질에 관계된 망상신경체계; 정신 및 운동과 관계된 일의 수행에 개입하는 의식적 인지적 활동처럼 보다 공이 드는 활동 메커니즘이 자리잡고 있는 뇌 피질 및 하부 피질의의 상부 중심이 그것이다."

실제로 여러 가지 신체적 장애들이 청각 공해로부터 생겨난다. 이 공해는 다양한 궤양에 의하여 위장 점막을 건드리는 동시에 혈액순환, 심장체계, 선 분비에 영향을 미친다. 이 모든 것은 또 불쾌감에서 불안에 이르기까지 피자극성, 공격성, 초조감을 증가시킬 가능성이 있는 여러 가지 심리적 질환을 동반한다. 심지어 모터에서 발생하는 초저주파음과 초음파까지도 불안, 두통, 그리고 귀가 '가득한' 느낌, 이명 등 기이한 감각을 유발할 수 있다는 사실이 발견되었다.

우리는 정신분열증이나 편집증 환자, 나아가서는 살인자를 만들어낼 수 있는 위협적 소음의 세계에 단단히 둘러싸여 있다.

물론 "소음의 장애는 그 소음을 받아들이는 기관의 신경체계의 심리적 상태와 자극 가능성에 달린 것(포기 박사)"이고 청각적 공격으로 인한 대상 부전은 신경안정제, 바르비투르산의 복용과 알코올에 의하여 촉진되지만 그것이 데시벨 초과나 주거의 부실한 방음체계의 변명이 될 수는 없다.

데시벨의 등급, 진동수, 공명, 심리적 음의 강도, 오디오미터, 오디오그램 등의 이야기를 길게 늘어놓아 봐야 우리의 주제와 어울리지 않는 숫자와 곡선의 복잡한 세계로 접어들 뿐 무용한 일이 될 것 같다. 다만 가청역 0데시벨이란 귀로 들을 수 있는 가장 낮은 소리의 밀도를 의미한다는 사실만 지적해두기로 하자. 밤에 시골에서 침묵의 한계는 20데시벨 정도다. 냉장고 소리는 40데시벨 정도이고 전화, 진공청소기, 개 짖는 소리 등은 65와 70데시벨 사이다. 비행기, 경음기, 착암기 소리는 110에서 120데시벨 정도다. 130데시벨이 되면 청력상의 고통이 문제되는 한계를 넘어설 수 있다.

우리의 문명이 신체기관에 가하는 청각적 압력은 현실적인 것이고 걱정스러운바 있다. 그 압력은 침묵이 차지할 여지를 별로 남겨주지 않는다. 침묵이란 인지 가능한 잡음 혹은 음향의 부재를 의미하는 것으로 과학기술 박물관에 그 효과를 위하여 특별히 마련해놓은 방 안에만 존재한다. 하기야 거기서도 우리는 우리들 자신의 맥박이 뛰는 소리를 귓가에 들을 수밖에 없지만 말이다!

진정한 문제는 우리가 음향적 진동들 사이에 청각적 심신 상관적 체계가 그 유일한 균형을 되찾을 수 있게 해줄 공간을 발견하기가 점점 더 어려워진다는 사실이다. 스칸디나비아의 기술자들은 소리의 바다 속에 침묵의 해변을 창조해주는 저항소리를 완성해가는 단계에 있다고 한다. 이는 이열치열의 방식이다. 그러나 소리의 문명으로부터 침묵을 더욱 중요시하는 문명으로 옮겨가고자 하는 의지는 인간이 자신의 생존과 관련된 필요에 그 발전된 기술을 적응시키면서 진화를 추구한다는 사실을 증명하는 것이 되겠다. 이것이야말로 실현 가능한 유토피아요 의미 있는 꿈이 아니겠는가.

레이저 절단기, 잔디 깎는 기계, 굴착기, 비교적 소리가 적게 나는 다양한 기계, 모터, 자동차, 이런 것들은 바로 컴퓨터시대에 있어서 진정한 미래의 가능성들이다. 그러나 어떤 발전이든 발전은 어떤 새로운 해악을 낳는 법이다. 그리하여 근시와 시각 장애의 증가는 다양한 스크린들의 수가 증가하는 것에 따르는 것으로 보인다. 이것은 아주 논리적인 것이며 오늘날 무제한의 적응력을 가진 것은 아닌 인간의 신체기관이 이를테면 귀먹고 눈먼 것이 되어간다는 것을 의미한다. 어쨌건 만약 우리가 무한대를 향하여 달리는 소리 수위의 이러한 진행 과정을 전복시키지 않는다면 만성적 난청의 증가 상태에 직면하게 될 것이고 이렇게 되면 침묵의 문제는 결정적으로 해결되는 셈이다.

지금부터 2,400년 전에 의학의 아버지인 히포크라테스는 「공기, 물, 장소 이론」에서 이미 치료의 기술을 완전하게 발전시키고자 하는 사람들에게 인간 각자에게 고유한 체질상의 경향과 결정요인들과 병행하여 생체에 가해지는 다양한 외부 요인들을 면밀하게 살펴보라고 권했다.

거대한 진실들은 말하기는 간단하지만 현실에 적용하는 것은 점점 더 어려워진다. 우리의 '환경적 지위(라보리트의 표현을 빌리건대)'는 거기서 유래하는 각종 부정적 영향들과 더불어 오늘날 점점 더 소음 속에 젖어 있다. 우리 문명을 새롭게 변신시키고 정신을 세련되게 하며 건강을 먼저 생각하고 타자에 대한 존중이 우선하는 세계, 각종 기계들이 부드러운 소리를 내며 기능하는 세계를 우선적으로 생각하는 새로운 목표로 향해 방향 선회를 작정해볼 필요가 있을 것인데… 그러나 올더스 헉슬리의 『멋진 신세계』는 바로 그런 문명을 그려 보이고 있지 않은가?

역설적으로 직업인들의 잡지인 「의사의 파노라마」지 1986년 봄호에서 의사 마즈-푸시에는 귀 그 자체가 여러 가지 소리들을 낸다는 사실을 밝히고 있다. 국립과학연구소가 보르도에서 최근에 개최한 전국신경과학연구발표회에서 그는 귀의 소리 생산 현상을 보다 더 잘 이해할 수 있게 해줄 속귀에 대한 새로운 발견들을 확인한 바 있다. 귀청 바로 가까운 겉귀도관으로 극소형 마이크를 투입하여 측정한 바를 기초로 귀 그 자체에서 오는 여러 가지 소리들을 감지할 수 있었다는 것이다.

청각기관인 동시에 평형의 중추기관이기도 한 귀의 내부에는 그것 자체의 내적 진동을 낳는 일련의 능동적 메커니즘의 총체가 자리잡고 있다. 귀가 소리를 낸다고 말할 수 있는 것은 바로 그것을 근거로 한 것이다. 감각세포의 섬모가 음파에 닿으면 감각세포들은 수축성이 있는 단백질의 활동에 의하여 수축하면서 그 자체가 음향적 진동을 생산한다. 이는 근본적인 연구의 차원에서 새로이 거두어들인 수확으로 귀가 윙윙거리는 소리를 내는 현상을 좀더 확실하게 이해할 수 있는 계기가 될 것이다. 이 소리들은 완전한 침묵을 향유하지 못하게 만드는 또 다른 잡음들인 것이다.

신경자기는 청각신경피질의 조직 연구에 새로운 지평을 열어 놓았다. 과연 이온화된 생물분자 운동은 자장의 변이를 초래한다. 우리는 그 변이가 극히 미약할 때 그 변이를 포착할 수 있고 그렇게 하여 활동하는 뇌의 어떤 영상을 알아볼 수 있는 것이다. 소아과적 차원에서 최근 영아들의 경우 위험한 시기가 어느 때인가를 밝혀낼 수 있었다. 즉 임신 4개월에서부터 생후 5개월 사이에 소리와 독성물질에 대하여 귀가 과민반응을 보일 때가 그것이다. 이는 청각 장애 예방을 위한 중요 요인들인 것이다.

그러므로 귀 자체와 뇌가 소리에 속하는 파장을 만들어내고 태아가 어떤 음향적 세계 속에서 살면서 어떤 소리들을 인지한다면, 인간의 유전형질을 형성하는 세포 물질의 가장 중요한 구성분자요 대부분 수십억 년 이래 종의 계통 발생 과정에서 유지되어왔고 그중 어떤 것들은 가장 원시적인 생명형태 속에 존재하는 유전자들까지도 데이터를 생산한다는 점에서 소리를 낸다고 추정해볼 수 있다.

침묵은 추상적인 개념이다. 그것은 근본적으로 우리가 아무 말도 하지 않고 있다는 것, 나아가서는 의식이 인지할 수 있는 소리들이 상대적으로 부재하는 어떤 환경 속에 몸담고 있다는 것을 가리키는 말이다. 우리는 또 침묵을 의식의 고유한 내적 태도로 정의할 수도 있다. 즉 침묵하는 행동은 다양한 방식으로 행위와 심리를 소리 없이 건드린다.

의사소통의 기호들

강자들의 광휘요 약자들의 피난처인
침묵보다도 더
권위를 높여주는 것은 없다.
—샤를르 드 골, 『칼날』

모든 사회집단은 존재들 상호 간의 진정한 의사소통
의 코드를 형성하는 기호들과 소리들의 총체를 바탕으
로 교류하면서 살아간다. 안녕하십니까, 안녕히 가십시
오, 미안합니다, 감사합니다, 천만에요, 앞서 가시죠, 부
탁합니다만, 또 만납시다… 등은 언어코드의 바탕이 되
는 전형적인 표현들이다. 이 표현들에 의하여 각자는 마
주치는 타자들에 대하여 개체의 호감 어린 중립성을 간
결하게 지시하는 것이다.

실제로 우리들의 관계는 정확한 의식절차에 따라 조
직된다. 그 의식절차는 종족과 지위에 따라 다양하다.
각각의 존재는 일상생활이라고 하는 거대한 무대 속에

서 자기가 맡은 역을 하도록 되어 있다. 장 폴 사르트르는 소설 『구토』에서 카페의 웨이터는 진정한 카페의 웨이터로 보이게 되기 위하여 어떻게 자기 자신과 타인들이 보기에 완벽한 자신의 역을 해야 하는가를 탁월하게 보여주었다. 이런 가면과 과시의 유희는 모든 일터라는 무대에서 어김없이 찾아볼 수 있다. 거기서 각자는 비록 알아차리지 못하는 가운데서나마 스스로의 위계적 서열, 자신의 수공업적 혹은 지적 유용성, 타인들이 자기에 대하여 던지고 있을 시선, 계획되지 않은 일체의 틈입자로부터 방어하기 위하여 자신이 서야 할 위치를 계산한다. 예를 들어 사무실에서의 생활은 그야말로 진정한 곡예다. 이곳을 지배하는 것은 연극이다. 루이 14세의 궁정을 지배했던 의전절차 못지않은 의식과 예절이 인간관계를 통제한다. 보스가 절대적인 방식으로 군림하는 피라미드식 관계를 말이다. 보스가 호인이라든가 소탈하다 해도 사정은 전혀 달라지지 않는다. 그가 게임의 규칙을 정하는 사람이라는 점은 변함이 없는 것이다.

우리가 몸담고 사는 이 코드화된 세계는 소리, 말, 잡음, 표현력 강한 몸짓, 의미심장한 침묵으로 이루어져 있다. 말에 대한 언어심리학은 발전된 과학이지만 침묵에 대한 학문은 아직 만들어져 있지 않다. 얼마 전부터 미국과 일본의 학자들이 여기에 관심을 가지고 연구를 진행하고 있다.

버클리대학교의 사회학자인 어빙 고프만과 더불어 거리를 걸어가는 보행자의 행동을 분석해보자.

첫째, 그는 자신의 앞에 있는 표면을 빗자루로 긴 타원형 모양으로 쓸듯이 훑어본다. 이 타원형의 크기는 행인들의 밀도에 따라 다른데 그는 그 타원형 안에서 발을 디뎌도 위험하지 않은 제2의 작은 타원형을 가려낸다.

둘째, 시야 속에 들어온, 고정되거나 이동하는 장애물들과 정지 혹은 이동 중인 보행자들의 경계를 설정한 다음 그는 스스로 정한 목표를 향해서 그야말로 이동하는 레이더가 되어 그들의 피하면서 자신의 걸음을 계속할 수 있도록 자신의 속도, 방향 및 그들의 속도, 방향에 따라 나아갈 길을 정한다.

셋째, 그는 보행자들이나 차량 운전자들에게 자신의 의도가 가시적이고 이해 가능한 것이 되도록 끊임없이 신경을 쓴다. 그리하여 실제로—여기가 가장 중요한 대목이다—걸어가고 있는 보행자는 끊임없이 침묵하는 가운데 여러 가지 메시지들을 포착하고 자기 자신도 여러 가지 메시지들을 방출하는데 이 덕분에 심지어 극히 밀집된 군중 속에서도 서로 다른 흐름들이 충돌하지 않고 서로 교차할 수 있는 것이다.

교차로나 건널목을 건너갈 때 각 존재들 사이에는 소

리 없는 신호들이 교환되고 있어서 통행이 물 흐르듯 이어질 수 있는 것이다. 오직 예기치 않은 충돌이 일어날 때, 서로 몸이 닿거나 기다리는 일 없이 교차하기에는 너무 협소한 통로가 나타날 때만 미안합니다 같은 예절 바른, 혹은 잘 보고 다녀야죠, 어서 지나가라니까요, 같은 무례한 언어적 반응이 나타난다.

알지 못하는 사람들과의 신체적 접촉은 오직 백화점, 버스, 지하철, 기차 같은 극히 좁은 공간 속에서만 용인된다. 그럴 때 서로 간에 대화가 개시되지 않은 이상 언제나 말없이 그 땀나는 혼잡 상태를 견딜 수밖에 없다. 이때 각자는 자신의 생각에 빠진 채 자신의 역할을 하고 있는 겉모습을 계속 유지한다. 눈은 허공에 두고 가급적 숨소리를 줄이면서 몸을 움츠린 채 시시각각을 견딘다. 가령 사람들이 꽉 들어찬 엘리베이터 안의 침묵은 형언하기 어려운 밀도를 가진 것임은 누구나 다 느껴보았을 것이다.

오직 카페, 식당, 집과 같이 낯익은 혹은 가족적인 장소에서야 비로소 가면이 떨어진다. 그곳에서 어떤 새로운 연극을 시작하여 어떤 새로운 역할을 맡지 않는다면 말이다. 새로운 연극이 시작될 경우, 가면이 바뀐다. 우정 어린 잔치 분위기의 가면, 혹은 이러저러한 메시지를 전달하거나 이러저러한 권리를 지키고자 하는 어버이 혹은 남편의 가면 말이다.

여기서 말하는 그런 중요한 권리들 중 하나는 물론 개인적인 공간이다. 그 공간은 안락의자, 방, 자동차같이 고정된 것일 수도 있고 공공장소에 따라 가변적일 수도 있다. 영화관이나 식당에서는 낯선 사람이나 규범에 벗어나는 사람을 옆에 두지 않으려고 하는 것이 누구나 보이는 경향이다. 그렇지만 타자의 존재를 말없이 참을 수밖에 없는 경우가 있다. 그럴 때 문제의 타자가 너무 불편하게 행동하지 않기를 바랄 뿐이다. 실제로 영역 침범 행위는 언제나 일어날 수 있다. 남이 우리에게 영역 침범을 자행하기도 하고 우리 자신이 남에게 그렇게 하기도 한다. 그때 의례적인 몸짓으로 타자의 옆에 있는 빈자리를 차지하고 싶다는 뜻으로 가리켜 보이거나 말로 묻고 대답하기도 한다. 앉아도 될까요? 그러시죠.

서로 알지 못하는 사람들 사이에는 다시 침묵이 찾아들고 상대방을 훑어보게 된다. X와 Y는 남에게 어떤 역할, 어떤 이미지를 보여주고자 일정한 의상을 갖추고 있고 어떤 태도를 취하고 있기 때문이다. 그러나 X는 Y를 그가 보이고 싶어 하는 대로 봐주지 않는다. 그 반대도 마찬가지. 우리의 외관이 스스로 바라는 대로 번역되는 경우는 극히 드물다. "나는 내가 누군지 알 수가 없다. 엄밀하게 말해서, 오직 다른 사람들만이 나에 대하여 어떤 생각을 가질 수 있는 것이다.(롤랑 바르트)" 실제로 몸짓과 태도를 자세히 뜯어보면 대부분의 경우 그 인물의 진정한 연극의 의미를 알아내기에 충분하다.

사실 '역할의 유희'라는 양식을 통해서 나타나는 이런 실제 사실에 대한 현재의 인식을 확인하는 것은 놀라운 일이다. 그 역할의 유희 속에서 각자는 평상시에 생활하는 동안 지니고 있던 것과는 아무런 관계도 없는 가면들과 활동들을 떠맡는다. 그렇게 함으로써 사회 속에서 다른 존재가 되고 또 자기를 다른 존재로 믿게 된다.

각 개인은 일련의 육체적 표현을 통해서 자신의 주위에 있는 것과 관련된 지속 가능한 포지션을 유지하려고 끊임없이 신경을 쓴다. 그렇게 함으로써 그는 그 포지션을 설정하기 위하여 알거나 알지 못하는 사람들과 언제든 몸짓을 통한 의사 교환을 개시할 수가 있는 것이다. 우리는 눈에 보이지 않는 지역들과 경계선들로 이루어진 어떤 세계 속에 살고 있는데 우리는 타인의 행동을 보고 그 지역이나 경계선들을 포착하게 된다. 우리가 타인에게 서비스를 기대하는지 어떤지는 우리의 개인적 공간의 존중이나 우리의 기능에 대한 인정, 침묵, 얼굴 표정 등이 말을 통한 의사 표시 못지않게 잘 나타내주고 있다. 과연 각각의 존재에게서는 어떤 '분위기'가 풍겨 나온다. 이것은 일종의 '진동' 같은 것인데 우리는 그 진동을 분장할 수도 있고 부분적으로 감출 수도 있다. 그러나 그때 그때의 기분과 일어나는 사건들에 따라 달라지는 그 진동을 통해서 우리는 조금만 주의를 기울이면 우리가 바라보는 인물의 상태 혹은 주파수를 내밀하게 감지할 수 있다.

문제는 우리가 우리 자신이 남에게 보여주고자 하는 이미지, 그렇게 받아들여지는 이미지를 참으로 분명하게 의식하지 못하고 있다는 점이다. 제대로 교육 받은 행동 코드는 사회생활이라는 반사적 지혜 속에 깊이 뿌리박고 있어서 타인을 처음 대할 때는 말없는 몸가짐이 입으로 하는 말보다 더 중요해진다. 허구적 이야기인 소설에서 박진감 넘치는 이야기뿐만 아니라 수많은 침묵의 심리 및 행동의 묘사들 역시 독자의 흥미를 끄는 것은 바로 이 때문인 것이다. 이런 다양한 묘사들은 그야말로 인물들이 서로 주고받는 대화 이상으로 시사하는 바가 큰 것이다.

중요한 것은 이중의 시선, 즉 우리가 타인에게 던지는 (그물처럼) 시선과 자기 자신에게 던지는(짐처럼) 시선이다. 우리가 타인에게 던지는 시선이 종종 매서운 것이거나 적어도 상냥하지 못한 것이 되는 경우가 있다면 우리 자신에게 던지는 시선도 그에 못지않게 매서운 것이 되어야 한다. 우리의 자기중심적인 자아가 언제나 골몰

해 있는 자기 과시의 유희를 똑똑히 인식하는 것이 성격의 발전을 위해서 매우 중요한 것이기 때문이다. 겉으로 드러내려는 욕구가 실제 됨됨이를 앞지를 경우 우리의 진정한 인격이 그만큼 손상당하게 되고 '나'의 유희가 지닌 거짓됨이 남들의 눈에 그대로 드러나게 된다. 우리는 언제까지나 겉모습 뒤에 숨어 있을 수 없다. 비언어적인 의사소통 형식들이 우리도 모르는 사이에 균형을 잃은 우리의 상황을 그대로 노출시키는 것이다. 몸짓이나 침묵이 우리의 속셈을 겉으로 드러내고 만다. 나름대로 멋지게 연기를 할 수는 있다. 그럴 경우에도 또 다른 문제가 제기된다. 남들이 없는 곳에 혼자 있게 될 때 남는 것이 과연 무엇일까?

우리는 또렷하게 의식하지 못하는 상태로나마 계속하여 말없는 대화를 하면서 살아가고 있다. 우리는 쉬지 않고 텔레파시를 내보낸다. 전화 통화를 할 때 자세히 관찰해보면 그 사실을 알 수 있다. 통화는 길거나 짧은 침묵으로 점철된다. 그 침묵은 단순히 상대방의 말에 귀를 기울이는 행위만이 아니라 하다가 중지한 말, 휴지, 망설임 등 엄청나게 다양하고 많은 의미들이 가득한 말없음들로 이루어져 있는 것이다.

전화 통화와 같이 시각적인 기호가 동반되지 않은 채

언어로만 의사소통을 할 때 침묵의 운율적 차원이 뚜렷하게 드러난다. 송화기를 통하여 들리는 소리에 일종의 리듬을 부여하는 침묵의 길이와 밀도 속에 진정한 메시지가 담겨 있는 것이다. 담화의 멜로디는 실제로 하는 말 속에뿐만 아니라 그 침묵 속에도 깃들어 있다. 침묵이 처음에는 의례적인 상호관계를 뜻하는 것일 수 있지만 나중에는 그 다양한 정도에 따라 의문, 약속, 위협, 모욕, 애정, 의심, 명령이나 청원, 부정이나 긍정을 의미하게 된다.

침묵의 개념과 대립되는 소리의 개념은 사실 상대적인 개념으로 간주되어야 마땅하다. 이 두 가지 항은 삶의 흐름과 상황에 따라 상호 침투한다. 침묵의 서로 다른 상황, 밀도, 시간적 길이, 빈도에 어떤 의미를 부여하는 것은 말, 인격, 경험된 상황과의 상호관계 속에서만 가능한 일이다. 얼굴을 대하고 대화를 주고받을 경우 표정과 몸짓이 우선한다. 머리를 끄떡 한다든가 뚱한 표정을 짓는다든가, 눈썹의 움직임, 미소, 찡그리는 표정, 자상하거나 정답거나 우정 어린, 혹은 적대적이거나 무심한 시선의 다양한 밀도, 찡그린 이마, 호흡의 리듬, 어깨, 손, 손가락, 발의 움직임 등은 모두가 다 대화상대의 감정과 반응에 대하여 말해주는 무언극인 것이다. 그리하여 때로는 말의 이면을 비추어주는 이 무언극은 어쨌든 진행되어가는 대화의 정확한 지도를 그려 보이는 것이다.

우리는 말을 하면서도 상대방의 침묵에 귀를 기울일 수 있다. 그가 별다른 움직임을 보이지 않을 때도 그의 콧구멍이 가늘게 떨린다든가 눈이 빛난다든가 혹은 담배를 피울 경우 연기를 내뿜는 방식, 손가락을 사용하는 방식, 침묵의 밀도 등이 웅변적이 된다. 대화를 하는 동안 우리는 상대방의 침묵에 어떤 영향을 가하고 그 침묵을 변형시킨다. 상대방이 딴생각을 하고 있는 경우만이 예외다.

우리가 말을 하고 있는 동안에도 그 말 한복판에 우리들 자신의 침묵이 존재한다. 침묵의 유형학을 수립해보려고 노력하는 미국 과학자들 가운데 브뤼노는 최초로 침묵을 뇌의 프로세스와 관련지어 생각함으로써 새로운 연구의 길을 텄다. "우리는 여기서 언어를 해독하는 데 사용되는 두 가지 형태의 언어심리학적 침묵이 존재한다는 것을 인정한다. 지속시간이 짧은 이른바 '빠른 침묵'과 지속시간이 긴 이른바 '느린 침묵'이 그것이다.

첫 번 것은 시간 차원에서 언어의 수평적 전개와 밀접하게 관련된 강요된 심리적 침묵을 말한다. 빠른 침묵들은 심리적 시간길이가 다양하지만 밀도와 시간적 길이가 상대적으로 미약한 편이다. 반면에 그 빈도는 높다.

그 시간적 길이는 일반적으로 2초를 넘지 않는다. 이 빠른 침묵들은 극히 짧은 동안의 통사적 문법적 망설임, 혹은 담화의 풀이에 따른 감속과 관련되어 있다. '코드 해독자'의 침묵들은 (수화자의 차원에서 볼 때) 자동적인 신호 보내기 프로세스라고 할 수 있다. 골드만 아이슬러에 따르건대 '코드 발신자'의 어떤 망설임들은 기대하는 응답의 유형, 어떤 '망상網狀' 장애와 직접적인 관련이 있을 수 있다. 코드 발신자의 메시지에 코드 해독자가 부과하는 대다수의 빠른 침묵들은 응답의 익숙한 정도 아니면 뇌의 장애에 비례한다.

느린 침묵은 담화 해독의 의미론적(은유적) 프로세스와 밀접하게 결합된 필수적인 심리적 침묵이다. 이런 침묵들은 신호라기보다는 상징에 가깝다. 이런 침묵들은 경험의 층위들과 기억의 층위들에 걸친 조직화, 범주화, 전문화의 운동들과 관련되어 있다고 생각된다. 가장 설득력 있는 가정들에 따르건대 경험의 깊이, 기억 저장의 복잡성 및 그 기억들의 환기는 느린 침묵의 밀도와 동시에 그 시간적 길이와 관련되어 있다고 추정된다. 기억은 단순히 언어화되고 난 다음에 고정되고 '엔그램으로 축적된' 단어들과 오브제들의 창고로만 간주되는 것이 아니다. 그것은 또한 심리적 공간의 수직적 차원에서 수행되는 고유한 궤적들과 관련해서 생각할 수 있다. 다시 말해서 느린 침묵은 심리적 공간 속에서 그 수직적 운동 이 전개될 수 있도록 해준다고 볼 수 있다. 그러나 그 운 동이 오로지 수직적인 것만은 아니다. 이 국면이 전개되 는 동안 다양한 층위에서 수평적인 코스나 수평적 고리 형태가 만들어지기도 한다.

우리가 이제 막 언급한 느린 침묵을 만들어내는 이 절 차는 개인마다 편차를 보여주는 의도적 기능인 듯하다. 각각의 코드 해독자는 그가 수신의 차원에서 수용하는 침묵들의 밀도, 시간길이, 빈도를 개인적으로 조절할 수 있는 것 같아 보인다."

대화 상대방을 앞에 두고 어떤 느린 침묵들을 고수할 경우 그는 그 침묵이 자신의 고유한 사고와 가치체계, 나아가서는 그의 선천적인 경향이나 자질과 맞지 않는 다는 느낌을 받을 수 있다. 이렇게 되면 접촉은 신경질, 짜증으로 변해버린다. 그 경우 그 침묵들에 대하여 말 을 하고 싶어지고 추론 속의 결핍, 구멍, 균열로 여겨지 는 것을 건너질러 그 침묵들을 단절시키고 싶어진다. 말의 거부현상이 있듯이 침묵의 거부현상이 있는 것이 다. 때로는 그와 반대로 대화 중의 어떤 긴 침묵들이 극 히 좋은 쪽으로 인지되어 마음이 통하기도 한다. 그 침 묵들은 역동적인 의사소통의 차원으로 해석된다. 그 침 묵들은 파트너 각자의 심리적 시간의 요청과 일치하기 때문이다.

브뤼노는 또한 '상호작용적' 침묵들에 대해서도 언급한다. 그것은 대화, 설명, 토론 속에서의 휴지를 말한다. "개인 간의 상호작용적 침묵들은 극히 다양한 것 같다. 그것은 메시지 교환 과정의 성격, 특히 의사소통이 이루어지는 상황, 정황과 밀접한 관계가 있다. 이런 상호작용적인 침묵이 계속되는 동안 정서적 반응과 인식은 물론 여러 가지 추론과 판단과 관련된 수많은 결정들이 이루어진다. 상호작용적 침묵 속에서 이루어지는 결정의 가장 초보적인 형태는 누가 말하는 책임을 떠맡게 될 것인가 하는 문제다. 그 특수한 침묵 동안 수많은 결정들이 개입할 수 있다. 그중에는 우선 말의 연쇄를 시작하고 마감하는 방식, 발화자에게는 그의 생각이나 말이 결실을 맺었다는 보증, 수신자의 수긍, 모든 대화 참가자들(이제 막 말을 한 사람을 포함하여)에 의한 앞선 담화의 재검토 등에 대한 결정들이 있다. 여러 참가자들의 과거 현재의 메시지들, 말로 표현되어 나오도록 하기 위한 비언어적인 계산속을 분명히 하고 판단하는 것을 겨냥한 결정들도 있다.

"이 결정들의 대부분은 이 상호작용적인 침묵이 너무 길어지는 것을 피하기 위한 대화참가자들의 교섭 과정인 것 같다. 침묵이 길게 연장되면 개인 간의 관계가 긴

장국면을 맞아 불투명해지면서 위협받게 되고 사업상의
상담인 경우에는 돌이킬 수 없도록 망쳐지기도 한다."

대개 일상생활에서는 침묵이 너무 오랫동안 계속되지
않도록 적당히 조절한다. 별다른 할 이야기가 없을 때
오늘의 날씨나 내일의 일기예보에 대한 한가한 대화를
잔뜩 늘어놓는 것은 바로 그런 경우다. 택시 기사들은
흔히 자기네 손님들이 날씨가 좋습니다라든가 날씨 한
번 고약하네요 따위의 말로 대화를 시작하지 않는 경우
는 거의 없다고 내게 말했다. 우리는 여러 가지 상황에
서 매일같이 그런 절차를 밟는다.

미국 변호사들은 증인들이나 자신의 의뢰인들에게 공
술을 하기 전에 깊이 생각할 필요가 있지만 뭔가를 감추
려고 한다는 의심을 받을 정도로 주저하지는 말라고 충
고한다. 그래서 배심원이나 재판관들에게 불리한 쪽으
로 영향을 주지 않으려면 침묵은 최대 5초를 넘겨서는
안 되는 것으로 본다.

말할 권리는 당연히 침묵할 권리와 쌍을 이룬다. 많은
피고들은 그 권리의 사용을 결코 포기하지 않는다. 과연
아무렇게나 말하는 것보다는 차라리 침묵하는 편이 더
나은 경우가 자주 있다. 하기야 사법부는 대개 침묵을
사회의 부당함에 대한 진정한 반항이라기보다는 어떤
은폐나 멸시로 간주한다.

여러 가지 사회적 교류에 있어서 침묵은 관찰의 장소인 동시에 전략적 후퇴의 자리다.

그것은 마치 카드놀이를 할 때 침묵 속에서 자기의 패를 보여주면서 공격할 것인가 아니면 보다 나은 기회를 기다리면서 패를 감출 것인가를 선택하는 것이나 마찬가지다. 여러 사람이 모여서 작업상의 회의를 할 때 보면 이런 모습은 분명해진다. 우선 회의를 리드하는 사람들이 있다. 승부수를 둘 시점을 예측하고 적절한 순간에 뛰어들어 발언권을 잡을 준비를 하는 여러 참가자들 말이다. 그런가 하면 따분해하면서 어서 시간이 가기만을 기다리는 사람들도 있다. 그들의 초연한 침묵은 뚜렷하게 눈에 보인다. 그렇게 되면 회의를 이끄는 사람은 즉시 그들을 현장에서 꾸짖고 괴롭히거나 신랄한 몇 마디와 매서운 침묵으로 힐난한다.

침묵의 통제와 장악은 '무슨 행동에서든 우선적인 순서를 선택할 수 있게 해준다.'

모든 심리학자들은 이구동성으로 결정은 느린 침묵의 순간들에 이루어진다는 사실을 인정한다. 느린 침묵은 현재 진행 중인 사안에 대한 개인적 결론을 이끌어내거나 제시된 메시지들 및 침묵의 의미에 대한 판단을 내릴 기회를 개개의 참가자에게 제공한다. 과연 그 침묵 속에서 여러 가지 동기들과 인격이 어떻게든 노정되는 것이다.

침묵의 시간이 너무 오래 지속되어 '천사가 지나가도록' 대화 도중에 말이 끊어지게 되면 분위기가 온통 어색해지는데, 이때 넘어서는 안 될 한계는 대화와 토론에 참가하는 사람들의 친밀도에 따라 가변적이다.

침묵은 그것이 공격적이건 방어적이건, 멸시, 고착, 권태의 인상을 주건 불편하게 만드는 것이건 호의적인 것이건, 상이한 의견을 나타내건 일치되는 의견을 나타내건, 개방적이건 폐쇄적이건 간에 개인적인 보루요 "말을 해야 한다는 부담에 비해볼 때 잠재적으로 확보해놓은 견고한 요새(손타그)"나 다름없다.

가령 어떤 의견 차이 끝에 쌍방이 서로 모른 체하게 될 경우 어떤 침묵들은 욕설의 교환보다 더한 갈등의 표시가 된다. 무언은 어마어마한 잠재적 폭력이 실린 증오의 신호일 수 있다. 그 반대로 뜻이 맞고 선의로 이해된 침묵에서는 대단한 인간적 열기와 공감이 느껴질 수 있다. 그러므로 어떤 침묵은 미소를 짓고 또 어떤 침묵들은 고함을 내지르거나 불평을 토하고 간청하거나 요구한다.

그러나 침묵은 그 의미가 모호할 때 가장 큰 두려움의 대상이 된다. 그런 침묵은 항상 서로 간의 관계를 재검토하게 만드니까 말이다.

하급자와 권위를 가진 상급자 사이의 관계에 있어서

침묵은 매우 중요한 자리를 차지한다. 피고용자의 깍듯한 침묵은 말과 결정의 주도권을 가진 사장의 권위적이고 돌이킬 수 없는 침묵에 대응한다. 권위는 그것이 경찰이나 행정이건 의료 혹은 직업과 관련된 것이건 간에 항상 그 침묵을 능동적으로 통제 관리하므로 그 어떤 청원을 해야 하는 사람은 침묵 앞에서 괴롭지만 신중한 태도를 취할 수밖에 없고 그리하여 열등감을 느끼는 위치에 놓이게 된다. 이때의 침묵은 정도正道를 벗어난 전략이지만 효과적이다.

나는 큰 언론기관과 출판사 사장, 지능지수가 높은 사업가와 대단한 상인, 탁월한 의사나 현자들이 어떻게 행동하는지 보았다. 나는 그런 사람들 모두에게 때로는 놀라울 정도의 침묵의 영역이 존재한다는 사실을 주목했다. 그들은 대개 말을 잘하는 인물들이지만 그보다는 오히려 입을 다물고 남의 말을 경청하고 결정을 내리는 편을 택한다. 그들의 무언은 사생활에까지 연장된다. 그들은 의연하고 엄숙한 바위덩어리처럼 사생활을 영위하면서, 자신들의 사업을 경영하듯, 고객이나 동업자로서의 지갑을 관리하듯 침묵을 관리한다. 그들은 재치가 있어서 뛰어나고 의미심장한 화술을 구사한다. 교양은 넓고 흥미를 가진 분야는 광범위하고 세상에 던지는 시선은 명철하니 그야말로 인간들을 리드하는 지도자들인데 행동은 침묵의 요새와도 같다. 그러면서도 그들은 여전히 사랑을 하고 웃음을 터뜨리고 잔치를 베풀고 내면적으로 발전한다. 그들은 침묵은 금이라는 속담의 의미를 진정으로 터득하고 있다. 그들은 매매행위의 도구로서 침묵을 활용하는 법을 배운 것이다. 침묵은 다른 사람들로 하여금 말을 하게 만들 뿐만 아니라 미리 심사숙고하도록 유도하고 특히 토론하는 동안 상황과 제안에 대한 찬성 혹은 반대를 신중하게 가늠하는 데 소용된다. 그들은 또한 자신들의 지혜로운 무언 속에 잠재적 동업자들의 태도와 말이 깊숙이 스며들어 그 정체를 드러내도록 함으로써 테스트의 기회로 삼는다.

　침묵은 통제능력을 갖게 해주고 항상 앞서가는 성찰에 이르도록 하며 말과 주장보다 한 수 더 뜨게 해준다. 침묵은 무엇보다도 종합적 사고의 범주에 속하는 것이다.

　모든 숙련된 강연 연사나 교수들은 어떤 문장들을 끝마칠 때마다 일정한 침묵을 활용하면 그 담화(그 속도의 느리고 빠름이 어떻든 간에) 속에 담긴 메시지나 교육내용이 보다 더 잘 전달된다는 사실을 잘 알고 있다. 상대방의 정신이 받아들인 정보를 저장할 시간을 줄 필요가 있기 때문이다. 그러나 주의가 산만해져서 딴 데 정신이 팔리는 일이 있어서는 안 되므로 그 침묵이 너무 오랫동안 계속되지 않도록 유의할 필요가 있다. 연사들은 청중의 침묵을 적절히 활용할 줄도 안다.

"말을 적게 하면 할수록 단어들이 거의 손으로 만질 수 있는 것 같은 힘을 가지게 되고 주어진 공간 속에서 말하는 사람의 육체적 현존감을 느낄 수 있다"고 브뤼노 교수는 말한다.

한편 침묵은 권력관계에 있어서 보호막이 되면서 또한 슬픔, 죄책감, 실망, 어색함, 약함, 행복, 놀라움 등 우리들이 맛보는 모든 감정 상태들과 우리의 감추어진 반응들과 가장 은밀한 환상과 환각들을 보호해줄 수 있다.

침묵은 겉으로 드러난 표면 뒤에 숨은 이면이고 가면의 뒷면이며 인격의 감추어진 얼굴이다. 그리고 언어의 도약대이다.

눈의 언어

남들은 그대의 말을 가지고
자기들 마음 내키는 것을 만들지만
그대의 침묵 앞에서는 당황해서 어쩔 줄을 모른다.
—상 앙토니오, 『작은 배 엄마』

침묵은 정념들의 언어라고? 그렇다.

어떤 구경거리, 요리, 음료수, 피부를 제대로 음미하려면 말없이 조용히 그것의 맛을 보아야 한다. 사랑을 고백하는 말들은 침묵의 파동들에 에워싸여 있다. 그 침묵 속에서 연인들은 모든 안테나를 밖으로 내뻗은 채 더 구체화된 애무의 순간이 다가오는 것을 예감하면서 똑같은 희열 속에 잠겨 있다. 모든 찬미는 우선 침묵이다. 말은 요구, 칭찬, 노래이지만… 융합 그 자체는 무엇보다 먼저 내적인 인상이요 폭발이며 쇄도이니 그것이 표현되어 밖으로 드러나 보이게 되는 것은 나중 일이다. 벼락 맞은 듯한 황홀*은 넋을 잃은 듯한 두 눈과 침묵 속

51

에서 생겨난다.

여자들은 수다스럽다는 통념이 있다. 그런데 그 여자들은 수다스러움 가운데서 말의 기쁨 못지않게 침묵의 가치를 깨닫는다.

한 남자와의 관계에 있어서 처음에는 흔히 여자들이 남자보다 더 말이 없다. 왜냐하면 여자들은 남자의 주된 욕망이 어떤 외피에 싸여 있는지를 분명히 알아내기 위하여 그가 하는 말을 조심스럽게 경청하기 때문이다. 이때 여자들은 자기에게 구애하고 있는 사람의 취향, 감수성, 지성 및 중요한 성향의 지표들을 찾아낸다. 그들은 매혹에 이끌리기도 하고 그렇지 않기도 하지만, 자기에게 유리한 인상을 자아내려고 쏟아내는 그 모든 말의 홍수에 대비하여 적절한 자신들의 전략을 발전시켜간다. 여자들의 행동은 침묵을 통해서 수집된 정보들에 기초하여 결정된다. 이때 침묵은 동의할 것인가 거부할 것인가의 자유로운 선택을 가능하게 해주는 난공불락의 요새가 된다. 여자들은 이런 식으로 자기들의 사랑은 미로와 같은 것이어서 아무나 발을 들여놓을 곳이 못 된다는 것을 보여준다. 겉모습 저 뒤에 감춰진 그들의 가슴 속

---

* 스탕달은 연애심리의 과정을 설명하면서, 잘츠부르크의 암염 채굴장에서는 나뭇가지에도 소금이 덮여 다이아몬드처럼 빛나는데 연애심리 또한 이와 유사한 결정結晶 작용의 과정을 밟는다고 했다.

비밀스러운 지역으로 그들을 찾아 들어가는 모험은 그 앞에서 시중들며 환심을 사는 기사들의 몫이다. 지금 눈앞에 되풀이되며 나타나 보이는 그녀들의 순결함은 신비 쪽으로만 기울어지는 그 타고난 성향을 배가시킬 뿐이다.

여자 쪽에서 느끼는 호감은 흔히 침묵에 잠기곤 하는 성향 속에서 잘 읽혀진다. 사실 노골적으로 표현하지 않아도 자기 애인이 그 호감을 얼른 눈치 채주었으면 싶어 하는 것이 여자인데 실제로는 그러지 못하는 걸 보고 자주 놀란다. 자신에게는 당연해 보이는 것들도 남자에게는 설명을 해줘야 하는 것이다. 이렇게 되면 짜증이 나려고 한다. 여자 특유의 내심 깊은 직감을 구태여 말로 표현해야 한다는 것은 해묵은 딜레마다. 여자는 상호 간의 그 통과의례 절차를 예감하지만 그 관계의 절차를 무리없이 원만하게 밟아가는 일이 쉽지 않은 것이다. 사랑의 관계에 있어서 자신의 분신과도 같은 존재가 흥분을 가라앉히고 정일함, 정신적 소통, 그리고 완벽할수록 더욱 단순하기 마련인 이해 속에서 그녀와 함께 제자리를 찾을 때보다 그녀가 더 좋아하는 순간은 없다. 흔히 여자는 펼쳐 놓은 책처럼 애인의 마음을 환하게 읽어내고 빈 방으로 들어가듯 편안하게 그의 내면으로 들어가서 남자 자신보다 남자를 더 잘 알아낸다. 여자는 남자의 여러 가지를 노출시키는 사소한 디테일들을 침묵 속에서 캐낸다. 그녀는 포근한 옷 속인 양 자신의 사랑 속에 몸을 묻은 채 남자의 많은 것을 짐작해낸다.

반면에 남자는 훨씬 주의력이 떨어지고 훨씬 더 달변이고 자기중심적이고 수선스럽다. 그는 여성의 변화를 잘 알아차리지 못한다. 어쩌다가 그걸 알아차리게 되면 드문 기쁨으로 삼는다. 여자는 쳐다봐주고 아껴주고 애정과 친절로 감싸주기를 바란다. 나이와 상관없이 모든 여자가 다 그렇다. 사실 여자는 그렇게 해준 대가를 열 배 백 배로 갚는다. 그러나 여자를 볼 수 있으려면 변모하는 그녀를 말없이 바라볼 줄 알아야 한다.

관계가 성립되고 발전하려면 남자가 성이라는 동굴 저 너머에 있는 여자의 비밀을 꿰뚫어야 한다. 관계의 연금술이 작동하고 서로 반대되는 것이 화해하고 통합되며 그들 사이에 사랑의 실체가 발전되려면 앙드레 브르통이 "어둠의 핵"이라고 칭한 바 있는 그 마술 속으로 남자가 빨려 들어가야 한다. 성공적인 사랑의 만남 속에는 파닥거리며 소생하는 그 무엇인가가 있기 때문이다.

본능적으로 감지한 그 이유 때문에 여자는 희망하며 기다릴 줄 안다. 남자는 누구나 백설공주와 짝짓게 되어 있는 매력적인 왕자다. 그럴 만한 자격을 얻으면 어느 날 만남이 이루어진다. 좋은 일을 위해서건 궂은일을 위해서건. 진정한 맺어짐은 침묵의 조심스러운 묵인에 바탕을 둔다. 사랑의 진정한 아름다움은 그것이 은총과 노력, 타고난 재능과 항구적인 획득, 즉 신앙행위라는 사실 속에 있다.

여자들은 남이 자기들에게 던지는 시선을 너무나도 강하게 의식한다는 사실에 나는 늘 놀라곤 했다. 대로의 건너편에 있는 창문을 통해서라도 등을 돌리고 자기 친구들과 수다를 떠느라 정신이 없는 여자들 중 하나를 처다봐보라. 잠시 뒤면 그녀는 고개를 돌리고 자기를 훑어보고 있는 시선이 어디서 오고 있는지 살필 것이다. 자동차를 타고 지나가면서도 그녀는 감탄하는 듯한 시선이 조금만 느껴지면 자신도 모르는 사이에 반응한다. 그녀는 조사, 애무, 판단, 아주 사소한 눈짓 등 모든 것을 다 마음 속에 입력한다.

미국에서는 대개 남을 아래 위로 훑어보는 것을 좋지 않게 여기지만 그 미국인들이 유럽, 특히 프랑스와 기타 라틴계 나라들에 가서 생활하다가 돌아오면 남들이 더 이상 자기를 처다보지 않으면 무시당하고 있다는 느낌을 받는다. 그런데 유럽에서는 엉덩이, 얼굴 모양, 머리칼의 광채, 다리, 몸매, 통통하고 예쁜 모습, 옷 입는 스타일, 젖가슴, 우아한 몸짓 등 요컨대 일반적인 태도에 있어서 육체적 매력과 섹스 어필하는 모든 것이 더러는 좀 어리석을 정도로 찬미의 대상이 된다.

말없이 매혹하는 여자는 무서운 무기를 지닌 사람이다. 방식은 다르지만 이 세상 어느 곳에서나 이 점은 마찬가지다. 회교도 여자들의 베일 뒤에서는 믿을 수 없을 정도로 수다스러운 시선을 통해서 모든 것이 다 전달된다. 그리고 일본 여자들의 미동도 하지 않는 얼굴과 무표정한 듯한 작고 검은 눈 뒤에서는 찌르는 듯한 미소가 조심, 혹은 오해하지 마시오 같은 우리가 알고 싶은 모든 것을 말해주고 있다. 여자의 침묵은 그녀의 약속만큼이나 위험한 것이라고 속담은 말한다.

나는 파리에 들를 때면 지하철을 탄다. 멋진 여자가 전동차에 오른다. 매력이 넘치며 그 매력을 자신한다는 듯 도도한 모습의 멋진 여자다. 나는 그녀를 홀린 듯이 쳐다본다. 그녀도 그걸 알고 있고 그걸 느끼고 있다. 내가 더 이상 자기를 바라보지 않으면 이번에는 그녀가 나를 바라본다. 나는 그걸 안다. 그걸 느낄 수 있는 것이다. 그건 침묵 속의 파동 같은 것이다.

침묵은 감각이고 지각이고 교환이다.

내면적이지만 동시에 촉각적인 세계다.

의사소통의 길이다.

흘러가는 하루하루에는 그 나름의 표시 나는 침묵들

이 있다. 어제 저녁에 나는 마리에게 기분이 나쁜 말을 했다. 그녀는 아무 대답도 하지 않는다. 우리들 사이에 침묵이 자리잡고 있다. 우리는 침대에 나란히 누워 있다. 벌겋게 달아오른 파동이 내게로 밀려오는 게 느껴진다. 우리 사이의 공간을 구겨 놓는 노여움의 진동. 그것은 보이지도 않고 소리도 나지 않고 냄새도 없지만 분명 거기 있다. 상상할 수 없을 만큼 현전現前하고 있는 것이다. 거기 대한 응답으로 나는 달콤한 말로 속삭이듯이 그냥 별 뜻 없이 웃자고 한 말인데 왜 그래, 내가 바보였어… 운운 한다. 그녀는 여전히 아무 말도 하지 않는다. 그렇지만 나는 그녀가 어둠 속에서 미소를 짓는 것을 느낀다. 공격적인 파동이 가라앉으면서 정다움으로 변한다. 그녀는 여전히 말이 없다.

　나는 언제나 여러 얼굴들 속에서 그 옛날의 잃어버린 어린아이의 모습이 되살아날 때면 황홀해진다. 우리는 아주 짧은 한 순간, 단순한 기쁨의 순간에 어떤 사람의 모습 저 뒤에서—아주 늙고 주름진 사람일 수도 있다—윤기 나는 젊음이 배어나오는 것을 발견한다. 번개와도 같은 그 순간, 그건 너무나 아름답고 감동적이고 덧없다.

　눈의 언어에 대한 이야기로 되돌아가보자. 거기에 비치는 온갖 표정들. 재미있어하는, 장난기 있는, 혹은 슬픈 표정. 허심탄회한, 피로하여 텅 빈, 혹은 권력의지에

도취한 표정, 물처럼 맑거나 먹구름처럼 어두운 표정, 성마르거나 타협적인 표정, 흥분했거나 착 가라앉은 표정. 그 표정 속에는 영혼의 얼굴이 보인다. 탁월하면서도 널리 알려지지 않은 작가인 말콤 드 샤잘은『조형 감각』이라는 제목의 빛나는 아포리즘 모음집에서 이렇게 말한다. "눈의 언어는 사람들이 말로 하지 않는 것들의 범위를 나타내는 틀이다. 침묵에는 두 눈이라는 제한이 있다. 거대한 침묵에는 광대한 시선이 요청된다. 반면에 수다쟁이들의 침묵 속에는 바싹 가까이 다가와서 말하는 시선이 있다. 수다쟁이의 눈은 말을 그쳤을 때에도 여전히 어떤 가느다란 축 주위를 뱅글뱅글 돌면서 소리 없이 재잘댄다. 마치 그 움직이지 않는 연약한 몸이 깨어나서 자기에게 달려들어 가지고 재잘대는 말소리 속으로, 고함치는 시선 속으로 자기를 사라지게 해주기를 기다리기나 하듯이." 그는 또 여자는 "자기가 옳건 그르건 간에, 침묵의 무기로 공격하여 수세에 몰린 남자가 말로 방어하도록 만드는 재주가 있다"고 지적한다.

플로베르의 주인공 부바르가 지적했듯이 쉬고 있는 입보다 더 수다스러운 것은 없다. "우리가 살고 있는 소통 과잉의 사회가 뭐라고 떠들어대건 간에 몸은 그 몸의 임자보다 더 할 말이 많고 더 솔직하게, 더 잘 말한다. 입을 벌려 내뱉는 첫 마디부터 벌써 거짓은 시작된다"라고「피가로」지는 쓰고 있다.

별로 유쾌한 것은 아니지만 그 밖에도 많은 심리 상태들이 침묵 속에, 침묵을 통해서 감지된다. 가령 질투의 전율은 아주 특이한 모습으로 나타난다. 질투 그 자체는 뭔가 꼬집는 것 같은 불쾌함, 막연한 불안, 무슨 영토 방어 같은 것으로 느껴지는데 이 질투의 표적이 된 사람은 일체의 유혹 작업을 즉각 중지하라는 명령으로 그것을 받아들이게 된다. 비록 그 '작업'이란 것이 별로 해롭지 않아 보일 경우에도 말이다. 질투를 느끼는 사람은 어찌 되었건 너무 친절해서 수상해 보인다 싶은 충동이면 무엇이든 브레이크를 걸고 싶어진다. 질투하는 쪽은 내겐 신이 나는 이 즐거운 작업을, 나를 다른 여자와 맺어주는 이 은근한 감정의 교환을 중지하기를 요구한다. 이런 경우에 말은 전혀 필요가 없다. 두 눈이 레이저 광선으로 변하면서 말없는 폭죽처럼 경계경보를 터뜨리는 것이다.

불안의 침묵이란 것도 있다. 그것은 짙은 갈색이다. 기다림 속에서 최악의 경우를, 끔찍하고 참을 수 없는 그 무엇을 상상하게 되는 고통스런 침묵 말이다. 그 속에서는 시간이 길게 늘어나고 우리는 제자리에서 맴돌며 미칠 것만 같아진다. 돌덩이가 위장을 틀어막는 것 같고 목은 꽉 막히며 두 눈은 튀어나온다. 이럴 때 우리는 초조함에 사로잡혀 몸과 의식의 평정을 잃는다.

그런가 하면 권태의 침묵은 회색이다. 아무 일도 일어나지 않는다. 그게 바로 문제다.

반면에 한바탕 싸움과 소동과 위기를 예고하는 침묵은 불안하고 무겁다. 재앙처럼 빽빽한 그 침묵은 공포를 자아내므로 우리는 위협과 위험의 예감 때문에 머리가 무거워진다. 장차 닥쳐올 말다툼의 어두운 전조를 당장은 어떻게든 타협적으로 비켜가지 않으면 안 된다. 그러나 그건 어려워 보인다. 이런 지경에까지 이르렀다면 번개가 얼룩무늬처럼 훑고 가는 저 컴컴한 침묵은 소나기처럼 폭발하여 노한 질책으로 쏟아질 수밖에 없다. 그 뒤에 따르는 침묵 속에서 우리는 숨을 돌리고 부서진 조각들을 주워 맞춘다. 때로는 불만을 소리 내어 터뜨리는 것이 말없이 속에 담고 있는 것보다 낫다. 그것은 상황을 진전시키는 데 도움이 된다. 모든 것이 다 뉘앙스의 문제다.

최악의 경우는 저 절망의 침묵이다. 그것은 멀지 않아서 모든 사람에게 영향을 끼친다. 존재가 붕괴되고, 삶의 날카로운 모서리에 부딪치며 우롱당하여 갈피를 잡을 수 없게 된 감정의 성난 바다에서 홀로 좌초한 난파자의 형국으로 변한다. 슬픔과 때로는 눈물이 비 오듯 쏟아지는 캄캄한 심연이 끝도 바닥도 없어 보인다. 그렇지만 시간이 경과하면서 그 심연을 벗어나 새로운 희망을 향하여 나아가게 된다.

선승 다이젠 데시마루는 말했다. "나쁜 것은 좋아지고 좋은 것은 나빠진다. 그것이 인생이다." 그렇다. 상황은 매 순간 변할 수 있다. 상황은 그 안에 부패의 요인을 안고 있기도 하고 창조적 돌연변이의 가능성을 품고 있기도 한다. 모든 것은 그것과 반대되는 것을 함께 지니고 있다. 기쁨과 고통, 피로와 휴식, 부재와 존재, 있음과 없음이 다 그러하니 그저 가는 길에 마주치는 고뇌와 평온함을 적절하게 이용하며 계속하여 앞으로 나아가기만 하면 된다.

앞서 말했듯이 타인의 침묵은 좋지 않게 인식될 수 있다. 미국에서 대학교육을 받은 여성들을 상대로 그들이 서로 의사 교환을 하는 과정에서 서로 간의 침묵을 어떻게 느끼는지에 대하여 표본조사를 해보았다. 그들은 침묵 속에서 일말의 시적 감정도 느낄 수 없다. 그것은 사랑이 담긴 침묵과도 거리가 멀다. 잠시도 쉬지 않고 말을 많이, 빨리 하는 여자들이 열성적, 협조적이며 주의 깊고 사교성이 있으며 모험심이 강하다는 인상을 주었다. 말을 별로 많이 하지 않고 오랫동안 침묵하고 있는 다른 여자들은 과묵하고 소극적 내성적, 비판적, 회의적

이며 딱딱하고 소박하며 무기력하거나 독립적이며 쉽게
짜증을 내며 의기소침해지고 겁을 내거나 긴장하는…
사람으로 인식되었다. 유사한 문화적 수준의 여성들을
상대로 한 또 다른 조사는 그 역시 같은 결론에 이르면
서도 담화의 길이는 말하는 사람의 인격이 아니라 말에
귀를 기울이는 사람의 태도에 영향을 받는다는 사실을
밝혀냈다. 과연 말을 하는 여성은 첫 번째 집단(열성적
이고 외향적인)의 어떤 사람과 마주하고 있을 경우에는
말을 적게 할 것이고 두 번째 집단(소극적이고 과묵하며
수줍어하는)의 사람과 마주하고 있을 경우에는 말을 훨
씬 더 많이 할 것이다. 이것은 우리들의 실제 생활에서
도 그대로 확인할 수 있는 현상이다. 말이 없는 사람들
과 있을 때보다 수다스러운 사람들과 같이 있을 때 침묵
하고 있기가 더 쉽다. 차가운 분위기를 해소하고 사회적
관계의 가능성을 가지기 위해서는 대화의 불씨를 유지
해야 하는 것이다.

  또 다른 언어심리학적 조사 결과 여성들은 남성들보
다 말하는 동안 더 자신 없어 하는 태도를 보이지만 어
떤 유형의 비언어적 의사소통에 있어서는 더 예민하다
는 사실이 밝혀졌다. 어떤 사람들은 대화 중에 말해진
내용에 더 많이 유의하는 반면 다른 사람들은 그 말을
하는 방식에 더 민감하다. 언어행위에 있어서 침묵이 차

지하는 지위는 말하는 방식과 불가분의 관계에 있다. 그러므로 어떤 사람을 그의 침묵이나 말만을 가지고 판단하는 것은 불가능하다. 그 인물의 인격과 그 인격이 표현하는 바를 나타내주는 것은 침묵-말 전체인 것이다. 침묵은 아무 말도 하지 않으면서도 무엇인가를 의미하는 수단이기 때문이다.

어떤 문명은 이 침묵의 문화를 가장 높은 경지에까지 발전시켰다. 원시 사회들에서부터 가장 진화된 사회들에 이르기까지, 나이지리아의 이그보족이나 일본에서처럼 침묵은 하나의 웅변적 행위다. 아랍인에게 있어서 집단 속에서 아무 말도 하지 않고 있다는 것은 전혀 놀라울 것이 없다. 그것은 흥취의 일부인 것이다. 침묵은 평온한 즐거움으로 음미할 대상이다. 서양 사람들은 흔히 아시아인들의 긴 침묵 앞에서 난감해진다. 그들은 어쩔 줄 몰라 당황해하며 왜 사람들이 더 이상 말을 하지 않는 것인지 궁금해한다. 만약 그들이 이 침묵의 정일함 속에서 살아갈 줄 알게 된다면 그들의 하는 일도 다 잘 될 것이 분명한데 말이다. 왜냐하면 그때 그들의 상대방 사람들은 그들의 사람됨을 음미하고 평가하고 그들의 말 뒤에 있는 것을 본능적으로 알아차릴 터이기 때문이다.

카를프리드 그라프 뒤르켐은 아마도 동양정신의 본질을 가장 잘 인식한 서양 철학자일 것이다. 그는 이렇게 말했다. "동양은 그 침묵을 깊은 곳으로부터 작용하는 어떤 힘으로 인식하고 그것을 분간하고 발전시키며 또한 보호할 줄 안다. 그렇기 때문에 동양에는 침묵의 문화가 존재하는 것이다. 그것은 흔히 삶과 세계의 전 구조의 중심을 이룬다. '침묵의 문화'를 이해한다는 것은 그러므로 동양정신 그 자체의 열쇠를 가지는 것이다. 그러므로 우리는 그 문화에 관심을 가질 필요가 있다. 단순히 동양정신의 꽃으로서만이 아니라 그것이 인간의 모든 것과 관계되는 근본적인 한 현상으로서 우리와도 직접 관련된 것이기 때문이다. 서구에서는 다른 힘들이 침묵을 억압한 나머지 우리의 본질적인 인간성을 위협할 정도가 되어버렸다. 동양의 거울 속에 자신의 모습을 비춰봄으로써 서양은 자신과 자신의 잠재력, 그리고 위험을 더 잘 의식할 수 있다. 서양은 거기서 단순히 자신의 독자적인 모습만을 보는 것이 아니라 자신의 완전한 본성 중에서 위협받고 있는 자질이 어떤 것인가를 발견한다. 그 본성의 훼손은 그의 인간성 전체와 관련된 것이다."

서구 사람들은 언어와 일상생활 속에서 침묵의 공간이 갖는 풍요로움을 이용하고 제어할 필요가 있다. 필경 거기에 수많은 심신의학적 사회문화적 질병들로부터 벗어날 수 있는 해결책들 중 하나가 있을 것 같다.

우리는 내면과 주위에서 침묵의 무한한 표현 가능성을 발견해낼 필요가 있다. 에드워드 T. 홀이 『침묵의 언어』에서 적절하게 지적했듯이 우리는 "의사소통의 여러 가지 '의식 밖'의 양상들을 이해할 수 있어야 한다. 우리는 우리가 타인에게 전달하고 있는 것을 충분하게 의식하고 있다고 생각하는 것은 잘못이다. 한 개인이 다른 개인에게 전달하는 메시지는 우리가 살고 있는 세계 속에서는 쉽게 변질된다. 다른 사람의 생각이 전달되는 경로들을 진정으로 이해하고 꿰뚫어본다는 것은 우리들 대다수가 인정하는 것 이상으로 어려운 일이며 훨씬 더 심각한 상황이다."

이러한 노력의 과정은 인간관계의 필요 불가결한 진실성 속에서만이 아니라 두뇌라고 하는 우리의 메인 컴퓨터의 구조 속에서 그 정당성을 찾는다. 그러나 문제의 이러한 면을 살펴보기 전에 나는 일리노이대학교의 마리 사빌 트로이카의 설명을 빌려와서 침묵의 다양한 차원들의 도식을 여기서 대강 소개하고자 한다. 그는 침묵을 세 가지 주된 그룹으로 나누어보려고 시도한다.

● 제도적 침묵

1. 공간적

도서관, 교회, 사원의 침묵.

2. 의식적

종교적 성무, 법적 소송 절차, 장례식, 학교의 수업, 연극 영화와 같은 공공 퍼포먼스.

3. 의도적

종교적 침묵 서원을 한 사람들의 침묵.

4. 위계적, 구조적

사장과 사원 사이의 관계에 있어서 권위와 복종.

5. 금기

예를 들어 수인처럼 자유로운 의사소통이 금지된 경우.

● 집단적 침묵

1. 여러 가지 상황들

어떤 회합의 경우 권위를 부여받은 사회자가 발언권을 부여한다.

2. 규격화

어떤 집단의 구성원들에게 차례로 발언권이 주어진다. 시험과 같은 특별한 경우 학교 학생들이 그렇다.

3. 상징적

그 어떤 경우든 의사소통 행위에 있어서 : 각각의 언어는 표현과 침묵 사이의 상이한 등식을 갖는다. 각자는 다른 것들을 말할 수 있기 위하여 어떤 것들을 말하지 않은 채 남겨둔다.(오르테가 이 가세트)

● 개인적 침묵(두 가지의 하위 그룹으로 분류)

1. 상호작용적

   – 사회적 상관관계: 청취, 겸양, 사회적 통제와 경영관리, 전술적 혹은 감정적 태도: 분노, 멸시, 슬픔, 무관심, 소외, 의혹, 은폐, 기만, 그러나 또한 존경, 사랑, 영적 합일, 그리고 모든 말없는 공감.

   – 언어적: 부정, 거부, 수긍, 긍정, 교훈, 생략 등.

   – 심리적: 환각적, 반사적, 그러나 또한 소심함, 수치, 공포, 당황… 그리고 신경증.

2. 비상호작용적

   – 명상적, 관조적

   – 비활동적

어쨌든 이상에 소개한 표는 말과 마찬가지로 침묵이 단순한 의사소통 단위에 그치지 않는다는 사실을 보여준다. 침묵도 여러 가지 구조, 차원, 복합적 값으로 구성되어 있기 때문이다.

침묵의 거울

생물학에 대하여 이야기해보자. 우리의 몸이 제대로
기능하려면 뇌의 가장 중요한 다섯 개 부분들 사이의 조
화로운 상호 소통이 이루어지지 않으면 안 된다. 즉 그
부분들 중 하나는 지능과 지각, 반성과 제어, 감정과 예
측의 중추인 '신피질新皮質'이다. 그 전두엽은 우리들의
운동에 없어서는 안 될 특별한 필요에 응답한다. 그 신
피질은 가장 오래된 부분인 '고피질古皮質'을 관리한다.
앙리 라보리트가 우리의 "파충류 뇌"라고 부르는 이 고
피질은 본능과 감정 중추로서 인간의 모든 근본적 필요,
즉 영양 섭취, 섹스, 관능, 그리고 공포, 분노, 쾌락, 불
쾌감등의 개념들이 다 그 속에 있다. 고피질은 뇌의 왕

좌인 '간뇌'를 지배한다. 그곳에서는 독립적인 뇌하수체 관련 뇌 체계의 중심을 형성하는 시상視床, 시상하부視床下部, 뇌하수체, 내분비선, 그리고 그물 모양의 기능망이 작용한다. 이 원시적인 뇌는 체내의 호흡, 혈액순환, 근육긴장, 선線, 호르몬 등 모든 과정을 관리한다. 그러니까 그것은 면역 방어, 흡수… 그리고 생체기능 등 모든 체계의 기본인 것이다.

이러한 뇌의 가장 중요한 구성요소들에다가 우리는 언어와 분석기능 중추가 자리 잡은 '좌뇌 반구'와 무의식 반응과 이른바 비언어적 기능 중추인 '우뇌 반구'를 추가할 수 있다. 좌뇌는 우리의 사회활동을 관장한다. 그것은 말의 세계. 우뇌는 우리의 천부적 형질을 관장한다. 여기가 침묵의 세계다.

오늘날의 모든 연구, 특히 일본의 이케미 교수 팀이 이끌어온 연구는 이 모든 부분들 및 경부영역들 간의 조화로운 기능이 절대로 필요하다는 사실을 증명하고 있다. 그런데 현대의 호모 사피엔스에 있어서는 신피질의 활동이 좌뇌 반구의 활동과 마찬가지로 지배적이다. 다시 말해서 본능, 직관적 감정적인 생활의 신호들은 '자아'의 지적이고 과잉활동적인 양상들에 의하여 구애되고 억압받는다는 말이다. 심한 불균형과 스트레스는 거기서 오는 것이다. 전뇌와 좌뇌가 내는 소리—오히려 소음이라고 해야 옳을 것이다―는 우리들로 하여금 속 깊이 자리한 우뇌가 발산하는 타고난 지혜의 소리에 더 이상 귀를 기울일 수 없게 만든다. 이렇게 말하면 너무 단순한 설명이라는 느낌을 주겠지만… 그렇지 않다. 인간의 이상적인 실체라고 할 수 있는 것에 대하여 이야기하는 가운데 78세의 어떤 은자가 어느 날 내게 이렇게 말했다. "그건 너무나 단순한 것이어서 사람들이 바로 그 옆을 비껴 지나가게 되는 거랍니다."

물론 이 과정이 송두리째 반대로 뒤바뀌는 것 역시 바람직하지 않을 것이다. 만약에 천부적으로 타고난 생명의 본능적 힘들이 모든 것을 다 지배한다면 우리는 선사시대의 호모 에렉투스로 되돌아가고 말 것이다. 우리 인간은 전뇌와 좌뇌의 엄청난 발달 덕분에 구석기시대로부터 벗어났다. 그러나 이 발전 과정이 비합리적인 쪽으로 치우쳐진 결과 오늘날 우리들 스스로의 사고가 인간이라는 종족을 멸망으로 인도할 지경에 이르렀다.

고삐 풀린 상상력이 진정한 현실과의 접촉을 가로막는 것이다. 지능은 더 이상 직관과 조화를 이루지 못하고, 사고는 몸과, 따라서 그 바탕과 단절되고 그리하여 관념은 제 스스로의 개념 자체를 알지 못하다 보니 이성은 눈이 멀고 언술은 제 스스로에 귀를 기울일 줄 모르며 스스로를 돌아볼 줄 모른 채, 스스로와 무관한 일련의 행동들이 생겨난다. 그래서 앙드레 말로는 죽기 얼마 전에 이런 말을 남겼다. "우리 문명은 삶의 의미를 알지 못하는 최초의 문명이다. 우리는 '사람들이 땅 위에서 무얼 하고 있는 겁니까?'라는 질문에 '모르지요'하고 대답하는 딱한 문명 속에서 살고 있는 것이다. 전에는 한 번도 없었던 일이다." 말로의 이런 지적에 대하여 우리는 다음과 같은 근원적 대답을 내놓을 수 있을 것이다. 이 땅과 인류를 구해내야 합니다. 달나라와도 같은 침묵이 이 땅을 지배하도록 방치해두어서는 안 됩니다.

좌뇌와 우뇌, 속뇌와 전뇌 사이의 이 같은 불균형, 타고난 침묵의 메시지와 그 위에 각인되는 사회적 언어의 메시지 사이의 불균형한 갈등은 바로 정신질환과 모든 정신신체상의 허약함의 근원인 것이다. 이것은 인간의 내부와 외부에 있어서의 소통의 문제다.

이 문제는 어린 시절부터 시작된다. 소위 '공허의 요새' 속에 스스로 갇혀 지내는 자폐증 어린이에 대한 브뤼노 베틀하임의 연구들은 이 사실을 잘 말해주고 있다. 그 어린이들은 무언과 환상이 우글대는 그들만의 세계 속에 고착된 채 살고 있다. 베틀하임이 제시하는 무서운 예들은 겉보기에 정상적인 듯한 모든 존재들에게서 형성되고 있는 구조들을 상징적으로 보여준다. "소통이 곤란해지면 곤란해질수록 타자와의 접촉은 줄어들고 환자는 더욱 더 자신의 내적 경험에만 의존하여 현실을 해석해야 한다. 그것만 해도 대단히 해로운 일인데 한 걸음 더 나아가 현실과 접촉이 적어지면 적어질수록 자신이 내적 경험을 어떤 균형 잡힌 판단을 가능케 해주는 그 무엇인가에 견주어보는 일은 더욱 드물어진다. 그러므로 그런 일이 잦으면 잦을수록 그가 외부의 신호들을 부적절하게, 내부의 신호들을 아전인수식으로 해석할 가능성은 더 커진다. 소통을 완전히 포기하거나 소통이 전혀 이루어지지 않을 경우 환자는 자신의 내면적 경험 이외에는 스스로를 인도해줄 만한 것을 전혀 갖지 못하게 되고 아무런 판단의 지표를 찾아내지 못한다. 얼핏 보기에 이것은 자아가 내적 풍부함을 획득하면서 발달해가고 있다는 암시로 여겨질 수도 있다. 그러나 이보다 더 그릇된 가정은 없을 것이다. 내적 생활은 외적인 경험에 의하여 그 유효성을 인정받고 그 인정을 통해서 조직되지 않으면 혼돈 상태를 면하기 어렵다. 그러므로 우리가 점점 더 자신의 내적 생활에만 주의를 기울이면 이 생활은 점점 더 혼돈 상태에 빠지고 말 것이다."

물론 우리는 이 말을 뒤집어서 생각할 수 있다. 즉 우리가 '자아'의 부르는 소리를 망각하고 억압해버린 채 외적 경험만을 중요시한다면 마찬가지로 심각한 피해를 입을 수 있는 것이다.

마약이 점점 더 널리 확산되는 것은 무슨 까닭인가? 왜냐하면 마약은 아주 짧은 시간 동안에 어떤 '존재의 다른 곳'에 다가갈 수 있도록 해주기 때문이다. 우선 의존성이 약한 다양한 마약들의 경우가 그렇다. 진정제, 강장제 등이 여기에 속하는데 이른바 '문명화된' 세계 전체에 걸쳐 그 소비가 증가하고 있다. 한편 의존성이 강한 마약의 사용 역시 점차 증가하는 추세를 보인다. 이 모든 마약들이 그 정도는 다르지만 산산조각난 존재에 중심을 잡아주고 마음 속을 스쳐 지나가는 사육제의 행렬을 멈추게 해주는가 하면 꿈과 현실 사이의 소통 부재와 그 양자 사이의 창조적 종합의 불가능으로 인하여 짓눌린 채 헌 누더기처럼 찢어지고 착란 상태의 조각조각으로 풀어헤쳐져서 토막난 말을 더듬거리거나 금이 간 음반처럼 자신의 고정관념 주위를 반복하여 돌고만 있는 의식의 미쳐버린 수다 속에 침묵을 회복시켜주는 것이다.

그러나 화학적인 비결들은 마음 속의 혼란을 진정시켜주고 미쳐 날뛰는 말을 다잡아줄 수는 있겠지만 치료의 능력이 있는 것이 아니다. 그것은 임시방편일 뿐 만병통치약이 아니다. 미봉책일 수는 있지만 치료약은 못된다.

여러 가지 마약들은 인공적인 정보를 운반한다. 그런

정보는 몸이 자연스럽게 촉발 전달해야 마땅하다. 가령 우리는 명상에 잠기는 동안 뇌 속에 엔도르핀이 형성되는 것을 확인할 수 있다. 그러니까 알코올이나 환약, 혹은 그보다 더 나쁜 종류의 보조약의 도움을 받지 않고도 인체조직은 그 고유한 진정제를 분비하는 것이다. 헤로인은 분열된 존재에 어떤 작용을 하는 것일까? 그것은 찢어발겨진 영혼을 한 곳으로 집중시켜서 짧은 한 순간이나마 통일된 존재로 만들어준다. 수많은 사람들이 널리 애용하는 진정제 역시 마찬가지 방식으로 작용한다. 그것은 내면에 인공적으로 침묵을 만들어내는 약이다. 한동안 그 인물 내면의 소음을 억눌러 약하게 만드는 억지 침묵 말이다. 그 한 순간이 지나가고 나면 이윽고 고함치는 듯한 소리가 되살아나고 한동안 숨겨져 있던 고통이 다시 시작된다. 전보다 더 심하게….

심리적 혼란과 광기는 내면의 소음들이다.

균형과 평화는 내면의 침묵들이다.

인격 장애를 치료하는 기적 같은 약이 하루아침에 발명될 것 같지는 않다. 그렇지만 우리들 각자에게는 되찾아야 할 저 내면의 고요 속에, 기막힌 컴퓨터인 우리 뇌의 다양한 회로들의 저 자유로운 연결 속에 이미 그 약은 존재하고 있다. 그럼에도 불구하고 우리는 그 기막힌 컴퓨터를 제대로 사용할 줄 모르고 있다.

그렇다면 어떻게 하는 것이 좋을까? 자연 속으로 걸어 다니기, 깨어난 정신 상태에서 하는 여러 가지 스포츠, 요가, 명상의 실천 등은 자신의 내면에 존재를 고스란히 회복하는 첫걸음이다. 그런 것을 통해서 우리는 즉각적으로 감지할 수 있는 효과를 얻을 수 있다. 자연과 직접 접촉하는 경험이 그러하고 우리들 속에 내재하고 있는 데도 과도한 흥분이나 무기력 때문에 유감스럽게도 찾아가보기를 잊어버리고 있는 모든 초월적 세계를 자연스럽게 만나는 것이 그러하다.

　그렇다, 세계는 존재한다. 그러나 그 세계를 존재하게 하는 것은 다름 아닌 우리들 자신의 바라보는 방식이기도 하다.

　내가 친구들 집에서 우연히 만난 어떤 교사는 자기가 지도하는 학생들이 학교 마당 한가운데 수백년 된 멋진 나무 두 그루가 서 있는데도 그걸 보지 않고 지내는 것이 너무나도 놀랍다고 했다. 그는 학생들에게 나무를 바라보는 것을 가르쳐준 적이 있었던가? 그는 그들의 시선을 교육시키기 위하여 무엇을 했던가? 그 교사는 또 나에게 말하기를 자기의 학생들은 대부분 무엇인가를 배우려면 배경이 되는 소음이 필요한 것 같더라고 했다. 교실 안이 너무 조용한 것이 그들에게는 방해가 되었고

심한 경우에는 그들의 신경을 날카롭게 만든다는 것이었다. 음향적 요소가 찬양받는 문명 속에 살고 있는 그들이 어떻게 침묵의 가치를 깨달을 수 있겠는가? 과연 그들이 어떻게 집중을 할 수 있을 것이며 자신의 중심에 닿을 수 있겠는가? 그것은 그들에게 미지의 태도이며 그렇기 때문에 두려움을 가져다주는 태도인 것이다. 침묵은 어린 시절부터 발견할 필요가 있다. 내가 보기에 짧은 한 동안이라도 학교에서, 가급적이면 유치원에서부터 '침묵 놀이'를 배울 필요가 있다고 생각된다.

또한 많은 교사들이 말하기를, 아이들은 귀를 기울여 들을 줄 모른다고 한다. 이것과 저것은 서로 연관되어 있다. 주의력, 성찰, 인격의 총체적 발달의 문제들은 심층의 뇌와 비언어적 영역의 제대로 개발되지 못한 부분들에 대한 의도적인 작업을 통해서 해결될 수 있다.

동양의 속담에 너무 가득 찬 그릇은 더 이상 아무것도 담을 수 없다는 말이 있다. 그 속에 다른 것을 담으려면 그릇을 비울 줄 알아야 한다. 마찬가지로 지식과 엄청난 양의 정보들은 인체조직 전체에 의하여 끊임없이 소화되고 편입되어야 한다. 이 말은 아주 가득 찬 머리보다는 잘 만들어진 머리가 낫다는 몽테뉴의 말과 일맥상통한다. 인간은 눈앞에 밀어닥친 걱정이나 문제들을 잊어버리지 못하고 있으면 상황에 반응하는 능력과 창조하는 능력이 저하된다는 사실을 우리는 잘 알고 있다. 어떤 육체적인 운동을 통해서 몸의 침묵을 회복하게 되면 그 문제가 해결된다. 알렉산더 로웬 박사는 처음에는 미국에서, 다음에는 프랑스에서 정신분석학의 새로운 활로를 개척하고자 하는 한 학파의 지도적 인물이다. 나는 어느 날 그와 차를 마시다가 이런 질문을 던져보았다. "그 어떤 사람에게나 효과가 있는 어떤 기법, 어떤 단순한 충고를 제공해야 한다면 선생은 어떻게 하시겠습니까?"

"첫째는 항상 자신의 몸을 제대로 아는 일이지요. 스스로 이렇게 물어보아야 합니다. 나는 지금 숨을 쉬고 있는가? 내 발이 땅을 밟고 있다는 것을 느끼는가? 두 번째로 중요한 것은 서 있을 때에는 항상 자기 몸의 유연성을 의식하는 일입니다. 그렇지 않으면 몸이 뻣뻣해져버려요. 삶의 가치는 몸의 기쁨에 있다는 사실을 알아야 합니다. 가치를 다른 데서 찾으면 당신은 항상 우울증에 빠지고 맙니다. 당신은 사회적인 성공을 거두었다고 생각하는데 당신의 몸은 성공하지 못했다면 당신은 두 번째 성공을 거두어야 하고 그 다음에는 또 세 번째 성공을… 이런 식으로 끝이 없게 됩니다.

그런데 현실은 양면으로 이루어져 있어요. 그 하나는 몸과 그 몸이 느끼는 것의 현실입니다. 다른 하나는 외부 세계의 현실입니다. 우리들의 내적 지각의 변형은 그에 상응하는 외적 지각의 변형을 가져오지요. 우리는 몸을 매개로 하여 세계를 지각하기 때문입니다. 노이로제나 우울증에 걸린 사람은 현실의 양면과의 접촉을 상실한 것입니다. 왜냐하면 자기 자신의 몸과의 접촉을 상실했으니까요.

인간 조건은 겉으로 보면 여러 가지 모순들의 총체입니다. 그 모순들은 삶의 창조적 과정 속에서 자연발생적으로 해소됩니다. 각 인간은 동물인 동시에 문화의 담지자입니다. 그 대립되는 두 가지 힘이 그의 인격 속에서 창조적으로 결합되면 그는 문화적인 동물이 됩니다. 그러나 그 축적 과정에서 개인의 동물적 천성을 변화시키고 통제하려고 시도하면 그 결합은 이루어지지 못합니다. 그 시도에 성공하면 개인은 일종의 가축이 되어 창조적 잠재력이 붕괴되어 생산의 목적에 동원됩니다. 그런데 실제에 있어서 그런 예속의 과정이 끝까지 이어지지는 않습니다. 복종의 태도 속에는 언제나 공격적이고 부정적인 감정들과 결합된 경계와 반항의 층이 깔려 있는 법입니다. 복종과 반항 그 어느 쪽도 창조적인 태도가 아니며 둘 중 어느 경우에도 개인은 자기 자신을 받아들이지 못합니다. 그런데 창조적인 개인의 경우, 아이와 어른, 마음과 정신, 자아와 몸이 서로 갈라지는 법이 없습니다. 우리의 치료법은 각각의 존재 속에서 그의 몸의 자연스러운 지혜, 창조의 잠재력, 즉 삶의 자연스러운 예지를 되찾으려는 노력입니다."

생물학자 앙리 라보리트는 어느 날 내게 다음과 같은 근본적인 법칙을 상기시켜주었다. "어떤 주어진 총체는 그 조직의 어떤 차원에서나 그 생존이 최적의 상태로 지속되기 위해서는 각 구성요소의 목적성이 총체의 목적성과 동일해야 한다." 만약 그렇지 못하면 불균형, 즉 병이 생기는 것이다.

의식에 대한 새로운 심리학이 목하 태동 중에 있는데 사람들은 그것에 초개인적 심리학이라는 이름을 붙였다. 그 학문에 대한 최상의 정의는 다음과 같은 것이다. "초개인적 심리학은 심리적 건강과 행복의 최상의 상태에 대한 연구를 포함시키기 위하여 심리학적 연구의 장을 확대하는 데 큰 관심을 가진다. 이 심리학은 의식 상태의 광범위한 경험의 잠재력을 인정한다. 그중 어떤 것들은 에고와 인격의 평상적 한계를 초월하여 정체성의 확장에까지 이를 수 있다. 평상의 분야와 목적들 이외에 초개인적 심리치료는 관습적으로 인정된 건강의 수준을 넘어서서 의식의 확장을 돕는 것을 목표로 삼는다. 이 치료법은 의식의 변화의 중요성을 인정하고 나아가 초월적 경험과 정체성의 효력을 인정한다."

그렇다면 전통적 정신분석학자들은 어떻게 되는 것일까? 그들은 소멸해간다고 말할 수는 없지만 분명 축소과정에 있는 종족이다. 그들 중 한 사람이 내게 이렇게 털어놓았다. "전통적인 치료를 끝내고 그럭저럭 분석을 마치고 나면 그냥 환자를 돌려보냅니다. 환자 스스로 삶을 감당할 수 있도록 해주고 싶었지만, 계속되는 그 생활에 도움이 될 만한 신통한 무장도 시켜주지 못한 채 말입니다. 반면에 육체적인 테크닉과 호흡법들은 비길 데 없는 효과가 있고 때로는 오이디푸스와 전이 같은 전문용어를 동원한 모든 담론들보다 몇 천배나 더 낫습니다."

어떤 사람을 극도의 무기력에서 벗어나게 하고 "우리자신으로부터 벗어나는 길, 우리가 따라갈 수 있는 단하나의 길(쥘 쉬페르비엘)"을 찾아내도록 도와주기 위하여 사용되고 있는 방법들은 수없이 많다. 그러나 그 방법이 어떤 것이건 간에, 학파의 차이와 무관하게, 모든 정신분석학자가 치료에 적극적으로 활용하고 있는 것이 바로 행동으로서의 침묵이다. 장 피에르 슈니츨러는 이렇게 말한다. "분석적 침묵의 질은 그것의 통합능력에 달린 것입니다. 침묵은 교란되지 않은 채 모든 것을 감싸며 맞아들이고 받아들인다는 점에서 분석자에게 여러 가지 갈등적 대립을 수용하고 분별력을 갖춘 평화 속에서 그 대립관계를 해소시킬 수 있는 능력을 부여하는 것입니다. 이원론적 심리에 내재하는 것으로 환자의 경우 극단에 이르는 것이 대결인데 이 대결을 초월하여 평화가 불쑥 그 모습을 드러내기 때문입니다."

그러므로 내면적인 정일함의 상태, 나아가서 혼용의 결합을 이끌어내자면 분석자의 청취 태도는 "무조건적인 호의(나흐트)"가 깃든 "친절" 바로 그것(젤리그스)이어야 한다. 실제로 나흐트는 자신의 경험을 통해 유추해보건대 "무의식과 무의식 사이의 양방 소통이 실제로 존재한다고 믿을 만한 근거가 있다"고 분명히 밝히고 있다. 그리고 슈니츨러는 이렇게 말한다. "분석적 침묵의 으뜸가는 덕목은 물론 피분석자로 하여금 말을 할 수 있도록 해준다는 데 있다. 우선 그것이 육체적으로 가능하기 때문이고 다음으로는 그렇게 유지하는 침묵은 발언을 부추기는 끊임없는 독려이기 때문이다. 우리는 다만 분석자의 침묵이 게으르고 침울하고 적대적인, 혹은 졸고 있는 듯한 부재 상태가 아니라 그처럼 적극적인 것이어야 한다는 것을 지적하는 것으로 그치겠다. 침묵이 부재 상태가 되는 경우 처치는 실패로 돌아갈 가능성이 크다. 이제는 환자가 지극히 세심하게 관찰해본 소소한 사실들을 바탕으로 분석자의 심리 상태를 어느 정도 정확하게 진단할 수 있어야 한다는 사실을 지적해둘 필요가 있다. 그러나 S. 나흐트가 용기 있게 지적했고 우리들 자신을 포함한 여러 저자들도 접해본 경험이 있는 한 가지 초심리학적인 현상, 즉 무의식의 직접적인 지각 또한 염두에 둘 필요가 있다."

이렇게 생각해볼 때 침묵은 분명 경청과 발언의 삼투라고 하는 통합의 요인인 것이다.

정신분석자는 우선 침묵하는 법을 배워야 한다. "인내하고 또 인내하라. 한 개 한 개의 침묵의 원자는 성숙한 과일의 기회를 제공하는 것이니"라고 장-뤽 도네는 침묵하는 시간에 대한 일단의 정신분석자들 사이의 토론 앞머리에 붙인 제사로 발레리의 말을 인용한다. 이 토론에 참가했던 세르주 비데르만은 이렇게 대답한다. "분석자의 침묵은 해석이라는 문제의 다른 한 국면일 뿐이다. 구조적으로 동일하고 과거의 개인적 경험이 머리 속에 남겨 놓은 흔적인 엔그램에 있어서는 상이하고 그 값에 있어서는 유사한 같은 동전의 양면인 것이다. '아무것도' 말하지 않는 것은 무를 '말하는 것'이 아니라 다른 것을, 전혀 다른 것을 달리 말하는 것이다. 침묵은 얼른 보기에만 부정적인 것이다. 말을 하는 것이 반드시 긍정적인 것은 아니다. 해석에 대하여 말하지 않고서 침묵에 대하여 말할 수는 없다. 침묵과 해석은 서로 이질적인 두 가지 분야에 속하는 것이 아니다. 양자 사이에는 구조상의 상응관계가 있어서 그 둘은 서로 침투한다. 침묵 속에는 해석이 있고 해석 속에는 침묵이 있다."

의미의 침묵.

내성적인 많은 사람들은 너무 오랫동안 침묵해왔고 그들의 침묵은 모종의 지속적인 억압을 숨기고 있는 것이어서 그들은 그들의 '자아'를 말하고 싶은 절대적 필요를 느끼고 있으며 그러기 위해서 그들은 주의 깊은 침묵의 대접을 필요로 한다는 사실을 분명히 알아 두어야 한다. 그런 다음에야 비로소 그들은 자기들 스스로의 경청. 그러니까 자기들 스스로의 침묵을 바탕으로 해서 스스로의 인격을 재구성할 수 있을 것이다. 그러나 이때 침묵은 원활하게 기능하는 육체 속에, 그러니까 적절하게 작동하는 육체 속에 뿌리내리고 있지 않으면 안 된다. 외향적인 사람들 역시 그들의 내면에서 움직임을 멈춘 부동성을 회복해야 한다. 그들은 차분하게 마음을 가다듬고 광적으로 변한 그들의 운동을 멈추도록 강제해 줄 육체적 실천을 거치지 않고는 소기의 목적을 달성할 수 없을 것이다.

조깅을 하는 사람들이 새로운 활력의 단계를 넘어서게 되면 명상하는 사람들과 유사한 내면적 상태에 도달한다는 사실이 미국에서 실시된 다양한 연구들에 의하여 증명되었다. 테니스 선수들은 새로운 시간의 차원에 들어간 것을 느낀다고 말한다. 고도의 인내력을 필요로 하는 운동선수들이라면 누구든 이런 종류의 질문을 받으면 일정한 노력의 한계를 넘어서면서부터 자신의 내면에 깃드는 혼융의 침묵과 전 존재를 휘어잡는 새로운 에너지가 새로운 한계로 자신의 역동성을 밀고 갔던 경험을 자기 나름대로의 표현으로 이야기할 것이다.

마찬가지로 가령 참선과 같은 명상 자세를 갖추고 있는 어떤 사람의 뇌전도를 조사해보면 알파파와 베타파가 나타나는 것을 알 수 있다. 본래 마취에 의한 수면 초기나 수면 상태에 있는 동안에만 발견할 수 있는 이 뇌파가 깨어 있는 상태에서 이렇게 움직이지 않는 자세 속에 나타나는 것이다. "따라서 우리는 뇌의 활동을 적정 수준으로 유지하면서도 뇌의 흥분을 진정시켜주는 것이 참선이라고 볼 수 있다"고 이케미 교수는 말한다. 그러니까 참선에서처럼 장시간 동안 부동자세를 유지하는 훈련을 하는 것은 일상생활에 있어서 안정된 심리 상태를 지탱하는 데 매우 효과적인 도움이 된다.

그러므로 우리는 다양한 수단들을 통해서 정일함이며 심리적 고요인 침묵을 자신의 내면에서 달성할 수 있는 것이다. 이 상태는 우리들로 하여금 평소의 여러 가지 스트레스에 대처하고 다양한 자극들에 적절하게 대응할 수 있도록 해준다. 이와 관련하여, 명상 상태에 있을 때 가령 소리의 자극이 끼어들면 어떤 일이 일어나게 될까?

이케미 교수는 이렇게 대답한다. "참선을 하는 동안 뇌파 흐름의 특징은 이런 것 같다. 시각이나 기타 자극들이 나타나면 알파파가 자취를 감추고 빠른 리듬들로 대치되었다가 재빨리 다시 나타난다. 알파 리듬이 다시 나타나는 데 오랜 시간이 걸리면 걸릴수록 자극의 영향은 더 오래 지속된다. 그 리듬이 빨리 다시 나타나면 타나날수록 그 영향은 짧아진다. 숙련된 달인과 초보자를 비교해볼 때, 초보자는 청각적 자극을 받으면 그 영향이 오래 지속되고, 또 그가 반복적인 자극에 노출되면 알파 리듬이 더 이상 다시 나타나지 않는 경향이 있다는 것을 알 수 있다. 반면에 경험이 많은 수련자의 경우 자극이 반복된다 해도 알파 리듬이 끊어지는 시간은 이삼 초밖에 되지 않는다."

이 실험의 대상이 되었던 선승은 다음과 같이 흥미로운 사실을 지적했다. "내 귀에는 소리 하나 하나가 또렷하게, 어쩌면 평소보다도 더 또렷하게 분간되어 들렸다. 그렇지만 나는 거기에 개의치 않았다. 마치 길거리를 걸어가면서 사람을 보아도 아는 얼굴을 알아보게 되는 경우 외에는 전혀 특별한 감정을 느끼지 않는 것과 비슷했다."

전통적인 불교 경전인『콩고 한야교』에 보면 그와 마

찬가지의 정신 상태를 말해주는 유사한 말이 적혀 있다. 그 말의 의미는 다음과 같이 요약될 수 있다. "각 개인은 살아가는 동안 자기가 할 일을 하면서 다른 사람과 다른 대상들과 관계를 맺는다. 그러나 그가 그 대상들에 애착을 가지게 되면 자신의 자아를 상실하고, 하는 일에 실패하고 만다. 존재는 서로 다른 대상들에 애착을 갖지 말고 살아가야 한다."

이리하여 우리는 하나의 새로운 전제에 이른다.

내면의 침묵 = 개선된 청력 = 효율적 행동.

귀가 비정상적으로 움직이면 심리작용도 마찬가지가 된다. 이것은 농담이 아니라 많은 연구자들이 확인한 임상적 사실이다. 청력, 그러니까 청력에 필요한 침묵에 바탕을 둔 하나의 치료과학이 생겨났다. 그리하여 기 베라르 박사는 이렇게 말한다. "우리가 볼 때 존재 방식에 직접적인 변화를 유발하는 것은 청력의 변화라고 여겨진다. 왜냐하면 다른 사회적 신체적 조건이 전과 동일한데도 불구하고 좌측 1-8 혹은 2-8*의 제거는 항상, 그리고 즉각적으로, 우울증 내지 자살 신드롬의 소멸을 가져오니까 말이다. 그리고 우리 연구의 또 다른 성과를 지적한다면 그것은 평범한 청각 장애를 치료하는 동안 가

---

* 청력 검사 곡선.

끔 환자들이 전에는 경험해보지 못한 불쾌한 '정신 상태'로 빠져든다고 호소한다는 점이다. 이때 청력검사 결과를 보면 청력이 불규칙하게 높아졌고 '정신적 외상을 유발하는' 주파수가 다른 경우 이상의 수준에 이르렀다는 것을 알 수 있다."

귀가 그 진정한 청각 위치를 확보할 수 있는 조건을 조성해주는 '전자 귀' 방법의 선구자인 토마티스 박사는 수다한 학습능력 장애의 근저에 심각한 청각 결핍이 자리하고 있다는 사실을 확인하고 나서 거기에 적절한 치료법을 구상한다. "바람직한 것은 이제부터 이 결핍의 존재를 보다 확실하게 알아차리는 것, 취학기간 동안만이 아니라 나아가서는 취학 전의 아동에게서 그 사실을 찾고 발견해내는 일이다. 가령 내가 보기에 그 장애를 진단하고 처방을 강구하기에 적기라고 여겨지는 때는 유치원에 들어갈 무렵이다. 말이 서툴거나 말을 하지 않는 아이, 의사 표현에 어려움을 느끼고 손과 발과 눈의 좌우 차이에 어려움을 나타내는 아이, 한 곳에 집중하지 못한 채 주의력이 산만하고 한눈파는 아이, 시공간적 결함을 나타내는 아이 등은 문자에 대한 장애가 의미심장한 징조로 나타나기 이전에 추적 발견되어야 마땅하다. '실독장애'의 온갖 징후들이 이미 자리잡고 있는 것이므로 그 사실을 확인시켜주는 종합평가는 앞에서 보았듯이 결코 독서능력에 비추어서 내릴 일이 아닌 것이다."

청력과 의식은 쌍을 이루고 있다. 그러므로 그 두 가지를 함께 교육하기 위한 여러 가지 길들이 존재하는 것이다. 1983년 6월 몽펠리에의과대학에서 '소리를 치료에 이용하는 방법에 관한 연구모임'을 가졌을 때 병원의 정신과 의사인 무레 박사는 이렇게 말했다. "인간의 정신에 있어서 여러 가지 감각을 통하지 않는 것은 하나도 없다고 아리스토텔레스는 말했지요. 사람들은 일반적으로 귀는 일종의 마이크로폰이라고 생각합니다. 그런데 귀는 하나의 정신기관입니다. 통합은 환자가 듣고 싶은 욕구를 가졌을 때만 비로소 이루어집니다. 듣는다는 것은 전해진 메시지를 수동적으로 받는 것입니다. 경청한다는 것은 그 메시지를 포착할 욕망을 가지는 것입니다. 그 두 가지 태도는 판이하게 다른 것입니다.

귀에는 사람들이 별로 주목하지 않는 두 개의 작은 근육이 있습니다. 우리는 외부 세계와 소통하기 시작할 때 이 조절작용을 담당하는 이 근육을 사용합니다. 이때 결정적인 것은 심리적 요인입니다. 어떤 소리가 한 개인에게 도달할 때 가장 중요한 것은 그 개인이 그 소리를 받아들이고자 하는가 아니면 물리치고자 하는가, 그가 귀를 기울이는가 아니면 버려 두려고 하는가 하는 점입니다.

어린아이를 예로 들어봅시다. 어떤 정서적인 충격이 일어나게 되면 세상이 괴롭고 사는 것이 힘들어지지요. 이럴 때 귀는 방어적 기능을 맡습니다. 더 이상 소리에 귀를 기울이지 않는 것이 아주 손쉬운 방어인 것입니다! 귀를 막아버리는 데 습관이 되면 어머니나 아버지의 목소리가 저만큼 멀어집니다. 그런데 아이는 오래전부터 더 이상 귀를 기울이지 않고 자기들의 말을 듣는 둥 마는 둥 하는데 그런 귀에다 대고 자기들의 권위를 행사하고 있다고 믿는 부모가 얼마나 많습니까! 유감스럽게도 깁스를 한 다리는 감각이 무디어져서 재교육을 필요로 하게 되는데 그와 마찬가지로 귀의 근육들도 너무 자주, 너무 오랫동안 긴장이 풀린 채 방치하면 탄력을 상실하게 되어 엄청난 노력을 해야 비로소 다시 적응력을 회복합니다. 주의를 집중하는 것이 불가능해진 아이는 넋을 놓고 있어서 공부에 관심이 없고 한 구석에서 잠을 자고 있거나 아니면 견딜 수 없도록 소란을 피워댄다는 불평을 자주 듣습니다. 다시 말해서 아이는 귀를 기울이지 않는 곳에 가 있는 것입니다. 그런데 아이 자신이 귀를 기울여 듣고 싶다면 일부러 듣도록 노력하지 않으면 안 됩니다. 그는 가끔 가다가 한 십 분 정도 귀를 기울이죠. 아니면 대화가 그의 관심사나 공상과 일치하는 분야 쪽이 되었을 때 귀를 기울입니다. 그러나 자발적으로, 하루 종일, 숨을 쉬듯이 귀를 기울이지는 못해요. …이렇게 되면 그 아이는 게으르다는 말을 듣습니다."

개개의 세포가 주변 환경과 접촉 교섭하는 가운데 끊임없이 수축과 팽창을 반복하듯이 청취와 청취정신은 여러 가지 개방과 수축의 국면들을 거친다. 이 개방과 수축은 음폭과 언어 표현, 그리고 당연히 그것들을 뒷받침하는 심리와 육체의 반응에 영향을 끼친다.

옛 말에 의하면 음악은 풍속을 순화한다고 한다. 음악과 더불어 다른 또 하나의 문이 우리에게 열린다. 음악은 침묵과 게임을 하는 것이니 말이다.

여덟 번째 음

모차르트의 음악이 기막히게 경이로운 것은
그 음악 뒤에 따르는 침묵도
모차르트적 침묵이기 때문이다.
—사사 기트리

    음악 혹은 뮤즈의 예술은 아마도 때와 장소에 따라 달라지는 규칙에 의하여 침묵의 캔버스 위에 여러 가지 음들을 조합하는 예술이라고 정의할 수 있을 것이다. 또 음적인 요소들을 가지고 시간적 장단을 조직하고 공간을 채우는 방법, 혹은 서로 조화를 이루는 소리들을 만들어내는 행위라고 정의할 수도 있을 것이다.

    니체에게 음악은 '진실의 말'이고 프로이트에게는 '해독해야 할 텍스트'요 마르크스에게는 '현실의 거울'이며 『소리』라는 제목의 책을 쓴 자크 아탈리에게는 이를테면 한 사회의 음향적 원형이라고 할 수 있는 '귀로 들을 수 있는 주파수의 띠'다. 그런 의미에서 음악은 각

성의 도구인 동시에 우리의 미디어 시대에는 상당한 권력의 도구로 자리잡는다. 왜냐하면 음악은

- 인간 조건의 비참함을 잊게 해주고
- 성공이나 사랑이 저마다의 손닿는 곳에 있음을 믿게 해주고
- 불평하고 반항하고 싶은 욕구를 진정시켜줄 수 있기 때문이다.

그래서 라디오에서 인기 게임들 사이사이에 줄기차게 내보내는 그 판에 박힌 히트송을 듣고 있노라면 꿈을 파는 기계의 그 아리송한 차원의 힘을 실감하게 된다. 천만 다행으로 음악은 그 자체 속에 반대와 진화의 강한 위력을 내포하고 있다. 음악은 또한 호소, 자극, 희망, 고양이기도 한 것이다. 다시 말해서 그 말이 내포한 애매함을 포함하여 일종의 상승인 것이다.

그러나 음악은 또한 도피다. 어떤 여자 친구가 내게 말한다. 내가 침묵에 잠겨 있을 수 있는 유일한 순간은 음악을 들을 때이다. 얼른 들으면 모순된 말같이 들리지만 그녀가 집중하여 음악에 귀를 기울이고 있다는 의미다.

소리는, 모든 소리는 침묵에서 나오고 또 침묵으로 돌아간다.

멜로디가 있는 소리는 그것이 촉발하는 내면적 침묵으로 해서 보다 높은 어떤 상태들에 이르고 그 상태를

인식하는 수단이 될 수 있다. 고대에 있어서 음악은 신들과 소통할 수 있는 가장 좋은 수단들 중의 하나였다. 심지어 음악은 신들이 고안해낸 것으로 통했다. 숱한 신화들이 그 사실을 말해주고 있다. 그리스 신화에 나오는 헤르메스의 경우가 그렇다. 그는 아폴로의 암소들을 찾으러 가다가 엉금엉금 기어가는 거북을 만난다. 그러자 문득 한 가지 생각이 떠올라 거북에게 말한다. "나는 다른 사람들처럼 너를 무시하지 않는단다. 내가 네 속에 있는 어떤 걸 살려내 가지고 네가 죽은 뒤에도 노래를 부를 수 있도록 해주마!" 그는 항변할 사이도 주지 않고 즉시 거북을 죽인 다음 발딱 뒤집어 놓고는 그 껍질에 구멍을 뚫고 갈대 줄기들을 다듬어서 그 속에 박아 놓았다. 그리고 그 위에 황소 가죽 한 조각을 펼쳐서 덮고 암놈 양의 창자를 잘라서 일곱 줄의 현으로 가지런히 매어 놓았다. 그러자 거북껍질의 침묵 속에서 소리가 흘러나왔다. 그리하여 칠현금이 생겨났다.

오르페우스는 거기에 두 개의 현을 추가하여 보다 나은 악기를 만들었으니 이것이 변하여 키타라가 되었다. 그의 손가락이 닿자 악기는 사나운 짐승들에 이르기까지 만물을 매혹하는 신비한 힘을 갖게 되어 그가 지나갈 때면 초목들이 허리 굽혀 절하고 그의 발자국 소리가 들리면 돌들이 부르르 떨었다. 영웅들이 아르고 호를 타고 황금양털을 구하러 떠날 때 그 악기는 노래로 사나운 폭풍우의 물결을 진정시키고 무시무시한 세이렌들을 유혹하여 그들의 노래를 음악으로 덮는다.

황금양털이 있는 고장에서 돌아오자 이 영웅은 에우리디케와 결혼한다. 그들은 서로 사랑하며 정답게 지낸다. 아내가 죽자 그는 슬픔을 참을 수 없어 지옥으로 그녀를 찾아간다. 그가 내는 아름다운 소리에 탄탈로스의 사나운 개는 그에게 달려들지 않게 되고 말없는 시지프스는 바위를 굴려 올리기를 멈추고 다나이데스들은 물 긴던 두레박을 붙잡은 채 넋을 놓고 하데스와 페르세포네는 음악에 홀려 무아지경에 이르니 지옥의 왕국엔 오직 음악의 침묵만 가득 차오르며 그 소리를 듣는 모든 존재를 매혹하는 그 멜로디의 진동에 마비된 나머지 악하고 모진 자는 부드러워진다.

"초혼: 목소리에서 그 무엇인가가, 아니 어떤 몸이 나온다.

오르페우스가 간청한다. 그의 목소리와 악기의 현이 떨린다. 그는 애원하고 절규하고 노래 부르며 정신없이 주문을 외운다. 그는 음악과 에우리디케를 한데 섞어서 짠다.

여자가 소생하여 돌아온다. 그녀는 신의 부름에 따른다. 목소리가 이름에 살을 부여하여 낱말을 죽음에서 해방시킨다. 빛이 낱말을 어둠에서 벗어나게 하고 음악이 그의 살을 보태어 부드러운 것을 단단하게 한다. 현신은 과연 어디까지 이루어질 것인가?"*

오르페우스가 정신을 잃고 쓰러질 때까지. 그는 지옥의 문에서 그리 멀지 않은 곳에서 여전히 악기를 타면서 고개를 돌려 그를 따라오는 사랑하는 여자를 바라본다. 날이 밝기 전에는 던지지 말라고 어둠이 금지하였던 그 시선, 침묵 속에서 사랑을 말하고 있었던 그 시선이 소리의 마법을 풀어버린다. 그것은 치명적인 휴지요 멜로디 속의 잘못된 음정이요 요술의 힘을 잃게 하는 불협화음이다. 다시 캄캄한 공허의 손아귀가 에우리디케를 덥석 채간다. 지옥이 노하여 으르렁거리며 오르페우스의 너무 일찍 찾아온 그 침묵의 순간을 이용하여 저의 권리를 되찾아간다. 예술가가 지옥의 문턱에 다다를 때까지로 시간을 정해 놓았던 연주회를 멈춰버리니 한동안 황홀함에 사로잡혀 있던 악마 관객이 다시 증오심을 되찾아 고함을 질러댄다.

오르페우스는 이제 영원한 혼자가 되어 도망친다.

소리의 위력과 환상을 노래하는 훌륭한 신화다. 그러나 오르페우스는 변함없이 이상적인 음악가의 상징으

---

* 미셸 세르, 『다섯 가지 감각』, 그라쎄.

로, 그리고 무엇보다도 통과의례라는 비밀의 수호신으로 남아 있다. 왜냐하면 그는 예술의 힘으로 불가지의 세계, 표현 불가의 세계에 접근했으니까 말이다. 흔히들 그를 따라 오르페우스 교도라고 부르는 사람들은 그의 모범에서 무엇을 찾고 있는 것일까? 모든 우주생성론에서 사람들이 찾는 것, 즉 "세상의 기호들 속에, 인간의 말 그 자체 속에 숨겨진 채 주어진 신성한 그 무엇, 신의 의미, 의미 속에 은폐되어 있는 수수께끼, 만물의 바탕, 그 밑바닥에 입을 벌리고 있는 공허, 온통 둥글기만 한 진실의 그 무엇으로도 바꿀 수 없는 중심!"*

간단히 요약하여 침묵의 신비.

힌두교 전통에서도 소리는 그 신비 속에 뿌리박고 있다.

그리고 옴OM, 성스러운 음절, 모든 소리를 다 내포하고 있는 근원적인 소리, 우주를 교직하여 지탱하고 있는 소리는 다음과 같이 규정되어 있다.

소리를 초월하는 저쪽에 있기에
소리 나지 않는 소리
그 소리를 찾아내는 달인은
의혹으로부터 해방된다

---

* 람누, 『어둠과 어둠의 자식들』, 플라마리옹.

그는 바로 소리 그 자체

모음 혹은 자음, 무성음 혹은 유성음,

구개음 혹은 후두음, 순음 혹은 비음,

반모음 혹은 유기음 등

모든 범주를 초월하는

불후의 소리

그 소리를 통해서

달인은 호흡을 유도하는

길을 헤아린다**

　다른 모든 전통에서와 마찬가지로 그 전통 속에서 우리는 자연의 힘들에 대한 '라가(정해진 양식을 바탕으로 하여 즉흥적으로 만들어내는 멜로디)'의 영향을 말해주는 전설적 이야기들을 많이 발견할 수 있다. 음악가는 흔히 '정신에 색깔을 입힌다'고 하는 음악을 신성함과 구별되지 않는 어떤 살아 있는 실체로 인식한다. 각각의 음은 그 자체로서의 아름다움을 지니고 있어서 청중이 방출하는 침묵 속에서 그 음이 분리될 수 있도록 그 '벌거벗음'이 잘 살아나도록 해야 한다. 산출되는 각각의 음 속에서 무한을 인지하는 것이 목적이기 때문이다.

＊＊『요가의 우파니샤드』, 장 바렌느 역, 갈리마르.

음악가이며 시인인 친구 제노 비아누는 인도에서 음악의 핵심은—모든 예술의 핵심이 그러하듯이— '라사(맛)', 즉 감동을 통해 얻는 '하나 됨'의 즉각적인 자명함이라고 내게 말했다. '맛'은 다름 아닌 '라가'의 자아(아트만)이다. "빛의 원칙과 더불어 부분들이 따로 됨 없이 불쑥 솟아나 그 자체의 고유한 자명함으로 빛나고 기쁨과 생각이 한데 합쳐져서 만들어졌으며 다른 지각들과의 접촉에서 자유로운, 브라만의 미각적 쌍둥이 자매로 초자연적으로 관리되는 숨결로 살아가는 것이 바로 이 '맛'이라는 것인데 어떤 판단의 척도를 가진 사람들은 이 맛을 따로 분리할 수 없는 자아의 고유한 형태로 음미한다."

본질적으로 침묵의 맛 자체인 아홉 가지 맛을 열거할 수 있다. 에로틱한 맛, 코믹한 맛, 비장한 맛, 영웅적인 맛, 광폭한 맛, 무시무시한 맛, 끔찍한 맛, 기막힌 맛, 평온한 맛이 그것이다. "마른 나무에 붙는 불의 속도로 생각을 파고드는 것은 모든 맛들 속에 존재하는 '자명함'이다"라고 르네 도말은 말한다.* 각각의 '라가'는 어떤 지배적인 맛으로 정신을 가득 채우고 거기에 무궁무진한 빛의 후광을 만들어 놓으려고 애쓴다.

---

* 『바라타』, 갈리마르.

겉으로 드러나지 않는 첫 번째 소리는 영원히 현전하는 창조적 세계의 소리인데 이 소리를 요기는 오로지 자신의 내면에서만 듣는다. 다른 형태의 소리들은 겉으로 드러나는 것으로 공기 속에서 진동한다.

내면의 각 음의 아름다움을 드러냄으로써 무한의 음유시인인 음악가는 인간들의 마음을 깨우고 침묵을 조각한다.

이슬람의 음악전통 역시 이 분야에 있어 매우 풍부한 양상을 드러낸다. 몇몇 동방음악들의 거의 비의적인 힘에 대한 질문에 답하면서 국립과학연구소의 연구책임자인 장 뒤링은 이렇게 말한다. "우선 그런 종류의 음악활동은 미학적인 탐구가 아니라 그 음악이 가져다주는 여러 가지 힘의 탐구를 목적으로 한다는 사실을 분명히 알아둘 필요가 있다. 미적인 힘은 그런 전체적 힘들 속에 포함된다. 힘은 그 효과로 확인된다. 예술음악이라기보다는 민속음악이라고 할 수 있는 동방음악들에서 추구하는 것은 어떤 효과다. 그래서 음악의 질은 그것이 자아내는 효과를 보고 측정할 수 있다. 나는 수피족 음악, 신비주의자들의 음악, 거기서 유래하고 그 성격을 간직한 민속적 형태들을 연구해보고 나서 나 역시 '음악의 위력은 어디에 있는가?' 라는 흔히들 제기하는 질문을 던지게 되었다.

물론 거기에 대한 대답은 무한히 많다. 그중에서 매우 독단적이지만 내가 나름대로 상대적인 것으로 해석해본 하나는 주어진 간격 혹은 음계는 주어진 효과를 낸다고 보는 것이다. 이와 관련하여 그리스의 피타고라스 철학과 스콜라 철학을 바탕으로 하여 이슬람에 영향을 끼친 일련의 순 이론들이 존재한다. 그러나 경험에 따르건대 음악의 힘은 어떤 척도나 음계의 선택에 있는 것이 아니라는 것을 알 수 있다. 왜냐하면 음악을 연주할 때 그 수학적 법칙을 지극히 정확한 방식으로 적용하지 않기 때문이다.

힘은 수학공식화할 수 없다. 조건적 현상을 원용하는 일련의 상대적인 대답들이 있다. 즉 우리는 어떤 음악들을 침묵 속에서 들으면 일정한 상태 속으로 빠져드는 습관이 있는 것이다. 그 다음에 그 음악이 들리게 되면 우리는 즉시 예컨대 몰아지경에 이른다. 이런 현상도 부인은 할 수 없는 것이지만 이런 모든 대답들은 부분적으로 옳을 뿐이다.

실제에 있어서는 여러 가지 요인들이 다 같이 작용한다. 악기의 음색도 고려되어야 하고 간격도 일정한 효과를 내고 조건, 반사적인 반응, 문화적 현상, 특히 작곡가와 연주자의 성질도 중요하다. 그 모든 것이 어떤 역할을 맡는다. 보다 더 만족스러운 대답은 아마도 음악가의 내면적 힘의 문제를 고려해볼 때 어느 정도 그 윤곽이 잡힐 것이다. 어떤 내면적 신경충동을 전달하려면 음악가 자신이 스스로의 침묵, 집중, 명상의 자질에서 나오는 힘을 지녀야 한다. 어떤 사람들은 그 힘이 음악가의 내적 순수성의 정도와 관련이 있다고 하고 또 어떤 사람들은 음악가가 음악을 통해서 영액靈液을 전달할 수 있도록 그에게 축복을 내리는 통과의례 계보에 닿아 있기 때문에 그 힘이 나타난다고 말한다. 나는 음악적인 형태가 전혀 개입되지 않은 극단적인 경우들을 본 적이 있다. 매우 강력한 영적 힘에 고무된 음악가들은 지극히 단순한 것을 연주하여 믿을 수 없는 효과를 자아낸다. 내가 보기에 이것은 핵심적인 근간들 중의 하나인 것 같다.

스스로 그런 종류의 내적 힘을 지니고 있지 않으면서 다른 사람들을 매혹할 수 있는 음악가란 찾아보기 어렵다. 사실 전통이 흥미로운 것은 바로 그 점 때문이다. 즉 우리는 음악을 통해서 일정한 형식의 영적인 경험을 갖게 되는 것이다.

다른 한편, 음악의 형식 그 자체에 따라 그 음악이 힘을 전달할 수도 있고 전달하지 못할 수도 있다. 만약 어떤 사람이 오늘날 서양에서 흔히 볼 수 있는 것처럼 어느 모로 보나 자연의 법칙과 일치하지 않는 음악적 바탕

위에서 작업을 한다면 그의 영적인 힘은 가령 바하의 그 것만큼 잘 표현되지 못한다. 우리는 한편으로 의도 혹은 동기라고 불러도 좋을 어떤 것을, 다른 한편으로 사용된 수단들을 분간해내어야 한다.

예를 들어서 12음 음악세계에서 음계법이나 선법체계를 참조하지 않은 채 음악의 그러한 힘들을 생각한다는 것이 과연 가능할까?

현악기의 현에서 나는 소리는 그 자체 속에 음계 구성의 법칙들을 내포하고 있다. 기본음과 그 화성은 정확한 방식으로 저절로 조직된다. 그것은 달리 어떻게 해볼 수 있는 대상이 아니다. 이런 관점에서는 동양과 서양을 구별해서 생각하지 않는 것이 좋다. 유럽 전체는 중국, 인도, 페르시아, 그리고 여러 아랍 국가들과 거의 똑같은 멜로디 법칙에 따른다. 유럽의 후기 고전음악은 별도의 케이스에 해당된다. 그러나 이 세계 어디에서나 노래는 여전히 노래다. 그러할진대 어떻게 12반음으로 노래할 수 있겠는가?

악기에 대하여 이야기해보자. 신경충동과 그 힘의 전달에 유난히 잘 맞는 악기가 존재하는가?

전통에 깊이 뿌리박고 있는 사람들, 가령 수피족은 의심할 여지 없이 어떤 악기들이 다른 악기들보다 더 전달하는 힘이 강하다고 대답할 것이다. 터키와 모든 아랍 세계에서는 갈대피리(네이)가 영적인 효과를 지닌 악기다. 그런 피리를 우리는 일본의 선 음악(사쿠하치)에서 만나게 된다. 거기서도 피리는 터키의 네이와 비슷한 방식으로 연주된다. 그 양자 사이의 문화적 영향관계를 말하기는 어렵다. 그런데도 단일성이 발견되는 것이다.

'르밥'이나 중세의 다른 현악기들처럼 몇몇 마찰현악기들도 마찬가지로 어떤 위력을 지니고 있다. 사실 서양 문화에서 그런 위력을 가장 많이 지닌 악기는 바이올린이다. 파가니니, 신들린 바이올린, 크로이체르 소나타, 타르티니의 「악마의 트릴」 소나타 같은 것을 생각해보라. 그런 모든 것은 어떤 몽환적인 세계를 연상시킨다.

우리는 또한 중동 전역과 북아프리카에 널리 퍼진 둥근 틀에 메운 북을 발견할 수 있다. 그것은 시베리아 사람들, 랩랜드 사람들, 아메리카 인디언, 큰 소리로 신도송(지크르)을 읊어대는 모든 이슬람교 수도승들의 전형적인 샤만 악기다.

모든 소리 내기의 바탕이 되고 지탱점이 되는 침묵과의 또 다른 관계로는 위대한 피아니스트 브리짓 엥거러의 경우가 있다. 그는 「질문」이라는 잡지의 음악과 영적 경험에 대한 특집에서 "연주자의 작업에는 세 가지 단계가 있다"고 말한다.

"첫 번째 단계로, 어떤 악보를 읽으면서 그것에 대한

어떤 즉각적이고 직접적인 직관을 갖게 되는 느낌과 더불어 그 속에서 일어나는 모든 것을 감지한다.

두 번째 단계로, 작업이 시작되면 아무것도 알 수가 없어지면서 앞서의 모든 직관이 사라지는 것을 깨닫는다. 이렇게 되면 일종의 안개 속을 헤매는 느낌이다.

세 번째 단계는 그런 것을 극복하고 차츰차츰 논리적인 대화를 만들어가는 단계다. 내 생각으로 연주자는 지극히 논리적이고 수미일관한 그 어떤 것을 표현할 수 있을 때 비로소 청중을 감동시킬 수 있는 것 같다. 음악은 추상적인 것이 아니다. 그것은 시선이나 따뜻한 손, 차가운 손과 마찬가지로 논리적이고 만져서 느낄 수 있는 것이다.

청중을 감동시키기 위해서는 어떤 이야기를 창조해내고 어떤 연극을 고안해낼 필요가 있다. 연주회를 갖는 피아니스트의 경우 어려운 것은 혼자서 연극 대본만이 아니라 무대장치, 조명, 서로 다른 인물들을 재창조하고 한 편의 시, 이야기, 드라마, 죽음, 탄생 같은 그 무엇이 실제로 일어나고 있다는 느낌을 주어야 한다는 점이다. 처음과 끝을 잇는 어떤 줄거리가 있다면 사람들은 즉시 이해하게 되고 눈앞에 벌어지는 세계 속으로 빠져든다.

첫 번째의 직관은 중요하지만 거기에 내기를 걸 수는 없는 일이다. 그렇게 되면 작곡가의 감동을 자신의 그것으로 대치할 수 있기 때문이다. 자신의 개인적인 감동은 잊어버린 채 악보를 펴 놓고서 그 모든 추상적인 표시들을 읽고 보면서 그 작은 기호들을 바탕으로 하여 음악을 재창조하려고 노력하지 않으면 안된다. 처음 악보를 읽으면서 자신의 감동에 현혹되면 그 준엄한 논리를 놓쳐 버리게 된다. 그 다음으로 가장 어려운 것은 자신의 감동을 담아내는 일이다. 그렇기 때문에 시간이 필요한 것이다. 니체는 자신의 시대에는 작품을 쓰는 사람들에게 반추하는 자질이 부족했다고 말했다. 오늘날에는 그 지적이 누구보다 연주자들에게 적용되어야 마땅하다. 어떤 사람들은 무엇보다 먼저 자신을 잘 표현할 생각부터 한다. 그들은 악보에 적힌 모든 것을 다 연주하다가 개성이 없어지면 어쩌나 하고 두려워한다. 그런 두려움은 좀 우스꽝스러운 것이다. 열 사람의 피아니스트에게 같은 작품을 정확하게 똑같은 방식으로 연주하라고 해보면 그들은 완전히 다른 열 가지 방식으로 연주하는 것을 볼 수 있을 것이다. 왜냐하면 음, 목소리, 비중, 감정이 각자 다르기 때문이다. 놀라운 것은 다양한 연주와 해석들 속에, 서로 알지도 못하고 들어보지도 못한 피아니스트들의 손가락 끝에서 같은 흐름과 경향을 만나게 된다는 점이다. 예를 들어서 코르토, 삼송 프랑수아, 혹은 라흐마니노프에게서 우리는 서로 다른 연주, 서로 다른 표현을 초월하여 같은 계보를 발견하는 것이다.

연주자는 그것을 전달하는 데 성공하면 스스로 그걸 느낄 수가 있고 그로 인하여 그의 힘은 몇 배나 늘어난다. 그때 일종의 말없는 소통이 이루어지면서 그 소통은 침묵의 성질 속에 밀도의 모습으로 표현된다. 즉 완전한 침묵뿐인 연주회의 홀은 우리에게 아무것도 전달해주지 못하는 것이다.

그것은 눈에 보이지 않는 것의 분야에 속한다. 연주자는 그날 저녁에 자신이 하는 것은 무엇이든 청중이 정확하게 이해하기 때문에 뉘앙스를 과장될 정도로 더욱 강조하고 보다 느린 템포를 택해도 좋다는 것을 느낀다. 연주를 할 때 피아니스트는 마치 거품방울 속에 들어앉아 있는 것만 같다. 그는 사람들을 그 거품방울 쪽으로 끌어당기기만 할 뿐 자신이 그들 쪽으로 가고 싶은 마음에 저항하고 그들에게 잘 보이려는 유혹을 뿌리쳐야 한다. 연주자가 청중을 베토벤의 소나타에 접근할 수 있도록 만들어야 하는 것이 아니라 청중이 스스로 그 음악으로 다가와야 하고 또 다가오고 싶어져야 하는 것이다. 그 욕구를 자극할 수는 있지만 그것이 항상 가능한 것은 아니다. 어떤 저녁에는 자신이 그곳에 완벽할 정도로 현전함을 느낀다. 그런데 다른 날 저녁에는 그렇지 못하다. 속임수를 쓸 수도 없고 그런 척할 수도 없다. 또 어떤 때는 긴장과 불안에 휩싸인 느낌을 받는다. 그러나 그 긴장은 특히 지성과 관련된 것이다. 마음과 손은 변함이 없다. 그저 평소보다 약간 불안해진 느낌일 뿐이다. 지성은 불길한 스트레스에 사로잡혀 있는데도 마음과 손은 꼭 표현해야 할 것을 정확하게 무의식적으로 표현한다. 끝에 가서 자신은 그 스트레스를 제압하려고 줄곧 애만 쓴 것 같은데 청중은 깊은 감동을 느꼈다는 것을 발견한다.

내가 보기에 음악가에게는 기본적으로 세 가지가 가장 중요한 것 같다. 첫째는 작곡가가 쓰고자 한 것, 악보 위쪽에 표시된 개개의 작은 기호가 의미하는 것이 무엇인지를 제대로 파악할 수 있도록 악보를 잘 읽고 해득하는 일이다. 스타카토라고 쓴 것은 이런 것을 의미하고 레가토라고 표시해 놓은 것은 저런 것을 의미한다. 각기 다른 문장들을 하나로 묶어주는 논리를 밝혀내야 하는 것이다.

두 번째는 선생님이 가르쳐주는 제일 중요한 것으로, 음악은 음악이기에 앞서 리듬이라는 것, 그러니까 인간의 맥박이라는 것, 심장의 리듬이 저마다의 음악 속에 여기에 새겨져 있다는 것이다. 그것이 없다면 음악도 없다. 그것은 원초적이지만 진정한 것이다. 젊은 음악도들은 자기 자신의 감정에 몰두해 있어서 그 점을 잘 생각하지 못한다. 그 근원적인 리듬이 없다면 아무것도 없는 것이나 마찬가지다.

세 번째는 소리에, 소리의 아름다움에 대한 집중이다. 자신이 원하는 소리를 정확하게 만들어내려면 자신의 감정을 지배하는 가운데 스스로의 소리에 귀를 기울일 줄 알아야 한다. 그것은 건반에 가감하는 몇 밀리그램의 중량, 악기에 고유한 소리의 장단 등에 달린 것이다. 그리고 또한 피아노에서 인간의 목소리의 표현을, 인간 본성의 표현을, 신이 창조한 것으로 우리가 자연의 어떤 이상을 지향함으로써 간신히 재창조하려고 애쓰는 것의 표현을 회복하지 않으면 안 된다."

이 대담은 침묵과 음악과 청취의 다양한 형태들 사이의 절대적인 상호 영향관계를 잘 말해준다. 그리고 나는 지난날 회교 지도자들이 통치하기 전의 이란에서 수피족의 스승으로 대접받는 어떤 장님 음악가와의 만남을 영원히 잊지 못할 것이다. 이미 중동 지역에서 사라져가고 있는 다양한 음악 형식들을 재발견하기 위하여 노력하고 있던 장 뒤링이 멜리에 있는 대중음악학교에서 그를 내게 소개해주었다.

나는 지극히 부드러운 얼굴에 몹시 친절한 미소를 지으며 의자에 앉아 텅빈 눈으로 나를 응시하는 그 남자의 나이를 가늠할 수 없었다. 장이 내게 말했다. "이분은 말은 별로 하고 싶지 않지만 그 대신 뭔가를 좀 연주해 보이겠답니다. 그만하면 말 대신으로 충분하겠지요."

우리는 옆에 달린 작은 방으로 옮겼다. 그는 72개의 줄을 가느다란 회양목 막대기로 두드리게 되어 있는 사다리꼴 악기를 무릎에 올려 놓았다. 그는 첫 곡을 연주했다. 매우 아름다웠다. 그 곡을 다 연주하고 나서 그는 잠시 동안 아무 말 없이 앉아 있다가 그렇게 열심히 들어주어서 고맙다고 인사했다. 그리고 곧이어 두 번째 곡을 연주했는데 놀라운 대가의 솜씨였다. 첫 번째 곡이 우리의 미적인 감각을 만족시켰다면 두 번째 곡은 영혼을 고양시킨 나머지 우리는 문자 그대로 황홀경에 빠져들었다. 마치 샴페인 병마개처럼 정신이 펑 하고 튀어 날아간다고 해야 할지, 환각제보다도 더 강하고 세게 우리를 폭발시켰다고 해야 할지 나로서는 어떻게 표현하고 설명해야 할 것인지 알 수 없는, 일찍이 한 번도 경험해보지 못한 한 순간이었다.

환희의 절정에 이른 느낌.

그 뒤에 이어지는 매우 긴 침묵 속에서 장과 나는 같은 주파수의 미소를 가득 머금은 채 서로 쳐다보기만 했다. 얼굴에 푸르스름한 무리가 가득해진 채 우리는 음악에 눈이 부셨다. 우리는 소리의 힘을 '눈으로 보았던 것'

이다.

여전히 얼굴에는 그 신기한 미소를 가득 담은 채 온몸으로 세상을 보는 그 장님 음악가는 다시 연주를 시작했다. 세 번째 곡이었다. 단순하고 짧고 명랑하며 저 아래 떠들썩한 시장의 생동하는 색깔들로 장식된 대중적 멜로디였다. 그 곡은 자 이제 여기 낮은 곳으로 다시 내려와야지요, 삶은 계속되니까요 하고 말하는 듯했다.

그리고 그는 우리에게 인사를 했다. 우리는 감동을 억누르며 그에게 감사를 표한 다음 그 센터를 떠났다. 그는 오르페우스의 천재를 가진 사람이었다. 나는 그때 그 천재는 속임수가 아니라는 것을 알 수 있었다.

장님의 지각은 보통 사람의 그것보다 몇 배나 더 예민하다는 것은 알려진 사실이다. 그런데 그 사람은 그 이상이었다. 그의 음악은 신적인 침묵에 닿아 있었다. 그때 나는 베토벤을 생각했다. 그는 귀가 먹어 내면에 태풍이 몰아치는 가운데 전신으로 듣지 않으면 안 되었다. 그는 1812년 7월 17일 여자 친구인 음악가(에밀리 M.)에게 이런 편지를 보냈다. "끈기 있게 계속해. 그저 예술을 실천하는 정도가 아니라 자신의 내밀한 존재에 사무쳐야 해. 예술은 그럴 가치가 있어. 오직 예술과 예술의 지혜만이 인간을 신의 경지로까지 끌어올려주니까. 진정한 예술가는 오만해질 수 없어. 불행하게도 그는 예술에 한계가 없다는 것을 알고 있거든. 그는 어렴풋하게나마 자신이 목표에서 얼마나 멀리 떨어져 있는지를 느껴. 다른 사람들이 그를 찬양할 때도 그는 자신의 최고의 천재가 겨우 멀리 있는 태양처럼 반짝이는 그곳에도 아직 도달하지 못했다는 것을 한탄할 뿐이지."

침묵과 음악에 대하여 더 이상 무엇을 말하랴? 모차르트의 미완성 진혼곡에 대하여?

「펠레아스와 멜리장드」를 작곡하면서 드뷔시는 친구 에르네스트 쇼송에게 편지를 썼다. "나는 상당히 보기 드문 한 가지 수단을 활용했소. 다시 말해서 표현수단으로서, 아니 어쩌면 문장의 의미를 강조하는 유일한 방식으로서 침묵을 활용했단 말이오."

그리고 베베른에게 있어서 침묵의 부분은 그가 자기 작품을 연주하는 사람들에게 가르쳤듯이 진정으로 해석을 필요로 하는 부분이다. 이런 태도는 「침묵」이라는 제목의 이론서*의 저자이며 침묵 콘서트의 저자인 존 케이지의 경우 극단적인 모습으로 나타난다. 그는 청중들 앞으로 피아니스트와 함께 등장한다. 피아니스트가 자리를 잡고 앉으면 그들 두 사람은 곧 연주를 시작할 것 같은 몸짓을 해 보이고… 완벽한 침묵 속에 꼼짝도 않고

---

* 드노엘 출간.

가만히 있다. 청중은 마침내 정서상 상처를 입은 기분으로 신경이 날카로워진 나머지 여러 가지 다양한 방식으로 침묵을 깨고 결국 홀 전체가 웅성대는 것으로 끝이 난다.

사람들이 침묵을 자기 됨됨이로 바꾸어 놓는 것이다.

나는 다만 가장 아름다운 집단적 침묵 중 몇 가지는 팝 뮤직 콘서트가 끝날 때 체험해보았다는 사실을 말해두고 싶다. 광적인 템포, 멋진 노래들, 원시적인 고함으로 점철된 몇 시간을 보내고 나서 말이다. 롤링 스톤스, 데이비드 보위, 혹은 루 리드 같은 대형 스타들이 연주를 그치고 그들의 마술적인 의식이 마감될 때, 그들의 노래가 끝날 때, 수천 명의 열광하던 관중이 그 축제의 시간이 맛보여준 행복감에 젖은 채 카타르시스를 통해 순정해진 마음으로 다 같이 경기장, 스포츠 센터를 등지고 집으로 돌아가는 그때, 발에 차이는 빈 맥주 캔들만이 가끔 리듬을 새겨 넣을 뿐인 마법의 침묵이 그 밤의 군중들 위로 내려 덮인다. 그것은 물론 매우 특이한 침묵이지만 동시 매우 감동적인 침묵이다. 그 침묵은 침묵 이상의 그 무엇을 가리켜 보이고 있기 때문이다.

우리는 우리의 존재를 잊은 채 침묵 속으로 빠져든다.

두 번째 자매가 소리치며 도망친다

주위의 벌과 붉은 보리수에서

그 여자는 영원한 바람이 부는 어느 날

전투의 푸른색 주사위,

미소 짓는 감시병

그의 칠현금이 "내 바라는 것은 이루어지리라"고 내뱉

을 때

그때는 침묵할 시간

미래가 탐내는

탑이 될 시간*

---

* 르네 샤르, 『세 자매』, 플레아드 총서, N.R.F.

새들의 언어

인간들 세상에 내 집을 지었건만
말의 소리도 수레 소리도 들리지 않네
어찌하여 그러한지 알고 싶은가?
초연한 마음은 주위에 침묵을 만드는 법이니
나는 울타리 밑의 국화를 꺾노라
황혼녘 산 공기는 맑고
새들은 무리지어 둥지로 돌아가는구나
이 모든 것에는 깊은 뜻이 있겠지만
내가 표현하려 하면
그 뜻은 침묵 속으로 사라지네
—도연명

동물과 식물의 침묵은 과연 그 속에 무엇을 감추어 지니고 있는 것일까? 이 질문에 대한 답을 얻기 위해 나는 조류학자인 내 친구 크누드 빅토르를 찾아가보기로 했다. 덴마크 출신의 이 사람은 20여 년 동안 뤼베롱 산 속에 그야말로 은자처럼 묻혀 살면서 자연의 소리를 채록하고 자연의 삶을 필름에 담으며 지내고 있다. 세상의 노래를 숨어서 귀 기울이는 전자시대의 은자인 것이다.

그는 아직도 거친 초목이 무성하게 자라고 있는 곳에다 무너져가는 옛 농가를 얻어 살고 있다. 그 집 뒤로 보이는 것은 그저 섬광을 발하는 듯한 대자연을 몇 시간 동안이든 가만히 앉아서 고즈넉하게 바라보고만 싶은 그런 풍경뿐이다. 항구적인 기적이 바로 그런 것이리라.

큰 덩치에 수염이 텁수룩하며 태도가 투박하기 이를 데 없는 그는 어린아이 같은 미소를 지으며 우리를 반가이 맞아주었다. 그리고 신기하다는 듯 설명했다. 불과 한 시간도 채 안 되는 잠시 전에 새들이 찾아와 요란스럽게 재잘대기에 그 행동이 너무도 기이하여 둥지로 달려가보았더니 필시 그때 세차게 불어대는 미스트랄 바람 때문인 듯 새 둥지가 땅바닥에 떨어져 있고 거기로 구렁이 한 마리가 달려들고 있었다는 것이었다. 그는 구렁이를 쫓아버리고 아직 살아 있는 새 새끼 한 마리를 땅에서 거두어 담고 둥지를 높은 나무 꼭대기에 안전하게 올려 놓았다. 그리고 집으로 돌아오는데 이상하게도 새 두 마리가 계속 따라붙으면서 온갖 시늉을 하며 미친 듯이 울어댔다. 그가 다시 둥지가 있는 곳으로 돌아가 땅바닥을 살펴보았더니 아직 날지도 못하는 또 다른 어린 새끼 두 마리가 풀숲 구멍에 숨은 채 어쩔 줄 몰라 하며 쪼그리고 있었다. 그는 그 새끼들을 조심조심 둥지에 주워 담아주고 집으로 돌아왔다. 어미 새 두 마리는 더 이상 그를 따라오지 않았다.

무화과나무 그늘에 자리를 잡고 앉아 잠시 이야기를 나눈 다음 나는 침묵에 대한 본래의 질문을 던져보았다. 그는 미소를 지으며 한동안 아무 말이 없더니 이윽고 대답했다.

"원래 침묵이란 없어. 따지고 보면 그건 상하 사이의 폭의 문제야. 그러나 상대적인 침묵은 존재하지. 가령 나는 그 상대적인 침묵 때문에 이곳 프로방스 지방으로 왔거든. 양질의 소리를 구할 수 있게 해주는 침묵 때문에 말이야. 매미 소리는 주위의 고요함 속에서 분명히 구별되지. 다른 모든 동물들의 소리도 마찬가지고. 20년 전만 해도 미스트랄 바람이 불지 않는 날엔 골짜기 속 농부의 목소리는 골짜기에 맞춰진 비율의 형태를 가지고 있었어. 골짜기의 형태라는 틀에 넣어 찍어낸 형태를 가지고 있었단 말이야. 그러나 이젠 주위의 소리들이 높아지면서 더 이상 그렇지 못하게 되었어. 산 뒤쪽에 자동차의 통행량이 많은 도로가 생기고 하늘에 왕래하는 비행기가 수가 많아지고 기계 소리들이 나게 되었으니까. 귀에 뚜렷이 들리지는 않더라도 그 모든 소리들이 음향 높이를 상승시켰고 따라서 상대적 침묵은 줄어든 거야.

– 전엔 개미들이 기어가는 소리도 들린다고 했잖아?

– 그랬지. 다만 주위의 침묵이 아주 짙은 장소들에서
만 그랬어. 귀만 좋으면 누구든 그 소리를 들을 수
있어.

– 그럼 자네는 개미들의 언어를, 신호를 알아듣나?

– 개미들은 의사소통을 위해서 배로 땅바닥을 때리는
거야. 그래서 우리의 귀에도 충분히 들릴 수 있는
충격음을 내지. 숲 속에서 벌레들이 내는 소리들도
충격음으로 해독될 수 있어. 모든 언어가 다 그렇듯
이 말과 말 사이에는 침묵이 있고….

– 네 개의 날개로 맴 맴 맴 하고 우는 매미의 경우, 소
리가 나지 않는 침묵의 순간, 확실한 휴지의 순간들
이 있는데, 그건 왜지?

– 매미들이 숨을 돌리는 거지!(웃음) 사실은 날씨가
더워질수록 매미들은 점점 더 같은 리듬의 소리를
내게 되고 드디어 어느 순간에는 마치 단 한 마리의
거대한 매미가 울고 있는 것만 같은 느낌을 주게 되
는 거야. 뜨거운 여름철에 마치 무슨 소리 나는 벽
을 마주 보고 있는 것 같은 느낌은 바로 그 때문에
생기는 거지. 그러나 작은 구름이 해를 가리기만 해
도 그 소리의 강도는 줄어든다는 걸 나는 여러 번
확인했어.

– 대체 매미들은 왜 우는 거지?

120

- 오직 수놈들만이 암놈들의 관심을 끌려고 그렇게 요란한 소리를 내며 울어 대는 거야. 하지만 나는 수놈들이 소리 전쟁판을 벌이며 우는 소리도 녹음해뒀어. 개미들은 몸으로 싸우지만 매미는 소리로 싸워.

- 그럼 새들은? 새들은 울어 댈 때 정말 믿을 수 없을 정도의 바이브레이션을 일으키다가는 뚝 그치고 그만….

- 내가 찾아내고 싶은 것도 바로 그거야. 우리는 주위의 동물들이 내는 다양한 음향적 요소들 간의 시적, 리듬적 관계를 유심히 관찰해볼 수 있어. 동물들은 노래를 부르다가는 잠시 귀를 기울여 들으면서 서로 간의 소리를 조화롭게 만드는 거야. 심지어 종류가 다른 동물들 사이에 어떤 관계가 이루어지기도 해. 귀뚜라미와 쏙독새, 혹은 개구리와 새가 서로 화답하는 경우가 있어. 내가 보기에 자연 속에서는 일종의 교향악 같은 것이 만들어지고 있는 것 같아. 가령 나는 서로 종류가 다른 새들이 서로 화답하는, 정말 믿기 어려울 정도로 아름다운 소리들을 녹음해둔 것이 있거든. 어쩌면 그저 자기들의 영토를 분명히 해두기 위해서 그러는 것인지도 모르지만 그 음향적인 조화가 놀라워.

하지만 어디서 침묵이 시작하고 어디서 침묵이 끝나는 것인지를 알 수가 없어.

어느 날 나는 아비뇽에서 아주 복잡한 기능을 가진 녹음기 한 대를 빌린 적이 있어. 거기서 한번 테스트를 해봤더니 아주 잘 되었어. 그 기계를 이곳으로 가지고 와서 저녁에 뭔가를 녹음해보려고 전원을 켰지. 그랬더니 아주 시끄러운 바람 소리 같은 것이 나는 거야. 온통 모터 소리밖에 안 들렸어. 어떻게 해볼 도리가 있어야지. 결국 기계를 도로 가지고 가서 테스트를 해봤지. 그랬더니 아무 탈이 없는 거야. 잘만 돌아가. 음향도 완벽하고. 심지어 기계에다 귀를 갖다 대도 바람 소리 같은 잡음은 아주 먼 곳에서처럼 아득하게만 들리더군. 나는 녹음기를 다시 여기로 가지고 왔어. 그랬더니 전과 똑같은 일이 벌어지는 거야! 그러니까 모터는 똑같은 것인데 오직 배경음향의 기준만 변한 셈이지. 도시에서와 여기 시골에서의 침묵환경이 완전히 달라진 거야. 따라서 음향의 높이에 대한 지각도 완전히 달라진 거지. 그날에야 비로소 나는 침묵이 상대적이라는 것을 깨달았어. 게다가 우리들의 귀 속에서 혈액이 도는 소리도 매우 중요해. 그 소리가 다른 소리들을 가리게 되면 우리는 그게 침묵이라고 여겨. 지금 내가 든 예에서 아비뇽 시의 배경소음이라든가 도시가 조성하는 긴장, 그래서 귀 속에 흐르는 혈액의 음향적 높이를 상승시키는 긴장, 이런 모든 것이 다 침묵들을 상대적인 것으로 만드는 데 개입되는 요소들이야.

침묵은 완전히 추상적인 개념이지. 나는 금년 여름에 초파리의 음향 퍼레이드를 녹음했어! 생긴 몸집에 비하면 그놈들이 내는 소리는 아프리카 사람들의 탐탐북 소리만큼 요란해! 모든 동물이 다 소리를 내지. 내가 늘 하는 말이지만 그 어떤 물질로 만들어졌건 간에 두 개의 몸이 서로 마주치면 언제나 소리가 나는 법이야. 문지르거나 미끄러지거나 팔딱거리면… 뭐든 다 소리가 나. 사람들은 새들이 나는 소리는 조용하다고 생각하지. 하지만 새들은 무시무시한 소리를 내! 깃털 소리가 엄청나거든!

70년대에 유행하던 노래 가사에 이런 말이 있어. '풀이 자라는 소리가 들린다.' 이 말은 은유가 아니야! 가령 우리는 어떤 나무의 수피 속에 가득 차오른 수액의 긴장을 귀로 들을 수 있어. 5월에 잎이 나오기 직전 자작나무에 기대앉아보면 수액이 올라오는 소리를 또렷이 들을 수 있어. 섬유조직의 구조 때문에 자작나무에서 그 소리를 더 잘 인지할 수 있지만 좀 더 개량된 기계를 사용하면 아무 나뭇가지나

잎 혹은 꽃에서도 수액의 소리를 들을 수 있지.

나는 고주파 저주파를 차단할 수 있는 기재를 가지고 한 가지 실험을 해봤어. 그러니까 잡음을 최대한 제거하여 침묵을 걸러내려고 노력해본 거지. 그랬더니 그 결과가 정말이지 너무 한심했어. 그 침묵은 사람의 귀 속에 전혀 다른 압력을 야기하는 거였어. 이래서야 어디 되겠어! 전혀 자연스럽지가 않은 거야. 몸으로 그게 느껴져. 침묵 속에 아마도 균형이 잡히지 않는 종류의 해로운 초저주파 혹은 초고주파 음이 있어서 그것이 아주 이상한 효과를, 극단적인 경우는 불쾌한 효과를 자아내는 거야. 내가 얻어낸 침묵은 짜증나는 침묵이었어! 고약한 침묵이었다고!

그런데, 물론, 동물들의 세계에는 소리와 소리 사이의 침묵이 있고 또 귀를 쫑긋 세우고 듣고 있을 때나 잠잘 때의 침묵이 있지. 그건 다른 개념이야. 하지만 고양이는 아무 소리를 내지 않고 있어도 우리는 그놈이 어디 있는지 알아. 저기 있긴 한데… 뭘 하고 있는 거지? 고양이는 다른 동물들과 마찬가지로 우리 인간들이 생각할 수 없는 어떤 세계 속에서 살고 있지. 시끌벅적한 소통이 끊임없이 이루어지고 있는 거야. 가령 고양이의 귀가 움직이는 걸 봐. 우리는 정말이지 그런 소통이 동물의 종류에 따라 어떤 식으로 해석되고 인지되는지 알 수가 없어.

여러 해가 지나서야 나는 새들의 어미와 새끼가, 암놈과 수놈이 주고받는 언어를 대충 이해할 수 있게 되었지. 그들은 아주 많은 소리들을 사용해. 때로는 음악적이기도 하고. 어쨌든 모든 소리가 다 어떤 의미를 지니고 있어. 나는 매년 새들의 둥지에서 나는 소리를 녹음하고 촬영했어. 그들의 소리 세계는 정말이지 믿기지 않을 정도야. 새 둥지는 일종의 가금 사육장 같은 거야.

—모든 에너지의 순환은 소리를 낸다는 사실을 확대 적용하여 인간의 사고까지도 소리를 낸다고 말해도 될까?

—거의 그럴 수 있을 정도지.

하지만 내가 보기엔 침묵과 소리와 관계된 진정한 문제는, 계절을 거듭할수록 우리 주변의 기계 소음 수위는 높아만 가고 동물 잡음의 한계는 낮아만 간다는 사실에 있는 것 같아. 최근 몇 년 사이에 나는 십여 종의 동물들이 멸종되는 것을 봤거든. 심지어 매미도 줄어들고 있고 올빼미는 점점 드물어가고 있어. 반면에 수리부엉이는 점점 더 잘 살고 있지.

—요즘은 그놈들을 잡아서 문에 매달아 놓는 일이 없어져서 그런 것 아닐까?

―그럴지도 모르지. 하지만 그 모든 대자연의 분위기
　　로 조성된 상대적 침묵은 가차 없이 변해가고 있는
　　데…."

　그와 헤어져서 돌아오는 동안 내 머릿속에는 뉴욕 경
찰의 어떤 형사가 겪었다는 기이한 경험이 머리에 다시
떠올랐다. 그는 어느 날 사무실에 앉아서 심심해하던 차
에 장난기가 발동해서 옆에 놓여 있던 죄 없는 고무나무
에 거짓말 탐지기를 갖다 대고 작동시켜볼 생각을 하게
되었다. 그런데 놀랍게도 그 식물이 여러 가지 다양한
자극에 반응한다는 사실을 알아차렸다. 우선 형사가 고
무나무 잎사귀 하나를 가위로 자르자 식물은 계기판의
바늘을 세차게 움직였다. 그것은 가위의 날이 유기체에
가하는 충격으로 설명될 수 있을 것 같았다. 그러나 실
제로 행동에 옮기지는 않은 채 그저 어떤 거친 행동을,
가령 내가 담뱃불로 너를 지지겠어 하고 머릿속으로 생
각만 하는데도 식물은 반응을 보였다. 머릿속에 일어나
는 생각의 소리 없는 신경충동만으로도 식물은 진동 반
응을 보이고 그것은 계기판에 그대로 나타나는 것이었
다. 그 후 여러 번 반복해본 이 실험은 식물들이 우리가
상상하는 이상으로 '느낀다' 는 사실을 증명해 보였다.

　그들의 침묵은 어떤 의식 상태인 것이다.

　사람들이 '녹색 손(화초를 잘 가꾸는 사람)' 이라고 부

르는 사람들이 실제 소리를 내서건 마음 속으로건 식물들에게 말을 하는 것은 무슨 까닭일까? 그거야 당연히 식물들이 말을 알아듣기 때문이다! 나는 채식주의자인 내 친구들을 놀릴 때면 늘 이렇게 말한다. 당신들이 먹는 채소들도 소리는 안 들리지만 아파서 소리소리 지르고 있답니다!

이 단계에 이르러 우리는 정보라는 개념에 대하여 몇 마디 하지 않을 수 없다. 모든 의사소통은

— 어떤 상대적 침묵의 공간을 통과해야 한다.

— 방해를 받아 흐려지면 안 된다.

그와 관련하여 나는 앙리 라보리트 교수와의 면담 내용을 소개하고자 한다. 라보리트 교수는 그것이 인간과 모든 살아 있는 종에 다 같이 적용될 수 있는 것임을 설명한 다음 이렇게 덧붙였다.

"우선 생물학자가 이해하는 정보 개념이 있습니다. 당신이 파리에서 'AS 620 비행기 편으로 며칠 몇 시 마리냥 공항 도착'이라는 내용의 전보를 마르세유로 보낸다고 합시다. 그 전보를 보내자면 일정한 양의 에너지가 소요됩니다. 전보문을 작성하고 그것을 우체국으로 가지고 가는 데 드는 에너지, 우체국 창구 직원이 소모하는 에너지, 전보 내용을 마르세유로 가져가고 그 코드를 해독하는 데 드는 에너지, 우체부가 수취인에게 가져가

전달하는 데 필요한 에너지 등등. 우리는 그것을 매우 정확하게 계량화할 수 있어요. 그렇지만 그 전보문의 글자들을 전부 모자 속에 담아가지고 흔들어 섞어 놓고 무작위로 그걸 꺼내보세요. 당신이 무턱대고 꺼낸 글자들이 의미 있는 전보문이 될 확률은 거의 없다고 봐야 해요. 그 글자들을 그냥 이어서 우체국으로 가져간다면 앞서와 똑같은 에너지를 소모하게 되겠지만 당신의 전보는 받는 사람에게 아무런 의미도 없는 것이 될 겁니다. 그러니까 글자들, 다시 말해서 전체의 구성요소들이 서로 연결되는 방식은 메시지의 의미작용을 위해서 매우 중요한 것이지요.

─그게 바로 살아 있는 것의 구조와 무기물의 구조 사이의 차이겠죠?

─그래요. 무기물의 원자들이 모두 다 생체 속에도 있어요. 그 원자들이 서로 이어지는 방식이 다를 뿐이죠. 예를 들어서 무기물인 크리스탈, 돌맹이 속에는 원자와 분자들이 항상 동일한 방식으로 되풀이되고 있어요. '조직 준위準位'가 없는 거예요.

크리스탈에서 어떤 조각을 떼어내든 그 조직은 항상 동일합니다. 생체조직의 경우 어떤 세포의 조직은 그것이 담당하는 기능에 따라 약간의 차이가 있긴 해도(신경세포는 근육세포나 선세포와 같은 기능을 맡고 있는 게 아니죠) 모든 세포에 있어서 거의 동일하고 그 세포들이 제 기능을 다하게 하는 화학공장이 언제나 같은 것인 반면 달라지는 것이 있다면 그것은 각 세포의 한계점에 어떤 '조직 준위'가 있어서 그것이 구성하는 세포가 어떤 것이건 '다른 기관'을 만들어낸다는 점이지요. 이렇게 하여 얻어지는 것이 바로 하나의 정보조직입니다. 나는 그걸 분자종합체 원자요소들의 형식화인 구조정보라고 부릅니다. 정보는 전체가 부분의 합 이상이라는 사실을 가르쳐줍니다.

당신 자신의 생체를 구성하는 모든 원자를 분리시켜 보십시오. 그러면 더 이상 유기체는 존재하지 않지만 거기에는 여전히 동일한 덩어리와 동일한 양의 에너지가 존재합니다. 그러니까 당신을 만드는 것은 단지 그 원자들과 분자들의 조직일 뿐입니다. 그래서 그것은 당신일 뿐 코끼리가 아닌 겁니다. 따라서 그것은 구조의 문제인 거죠. 구조는 무게를 달 수도 없고 동력측정기로 잴 수도 없는 정신적 미세함을 가지는 그 무엇으로서 물질이 아닙니다.

－당신은 존재를 생체로 한정하지는 않지요?

－그것은 존재하기 위하여 물질을 필요로 합니다. 비너가 지적했듯이 정보는 덩어리도 에너지도 아니지

만 덩어리와 에너지를 필요로 해요. 합칠 구성요소들이 없다면 합도 없을 테니까요. 그 점을 통해서 우리는 생체 시스템에 고유한 두 번째 사실을 이해하게 됩니다. 생체는 열역학적 차원에서 개방되어 있다는 사실이 그겁니다. 다시 말해서 당신은 영양을 공급받지 못한다면, 그러니까 에너지와 덩어리를 취하지 못한다면 살아갈 수가 없다는 거지요. 그런 점에서 당신은 물질을 소모하고 물질을 잠재적 에너지에서 운동에너지로 강등시켜 쓰레기로 내버립니다. 그러니까 이건 극도로 개방된 시스템인 거죠. 모든 생물계, 모든 생체 시스템은 박테리아에서부터 우리 인간에 이르기까지 어느 것이건 태양광자들이 그 속으로 뚫고 들어가서 파괴되기 때문에 열린 시스템인 것입니다. 게다가 인간은 입을 벌리고 태양광자를 섭취할 수 없습니다. 그래서 인간과 다른 살아 있는 존재들이 만들어내는 폐기물들이 박테리아, 동물, 식물 등 모든 생체 시스템에서 광합성되고 재처리되는 것이 중요하다는 겁니다. 사실 지구상의 물질 덩어리가 만약 끊임없이 재처리되지 않는다면 그 자체로서는 불충분할 것입니다. 만약 우리가 태양과 인간 사이에 있는 저 모든 자연을 파괴한다면 인간의 멸종에 이를 것입니다. 이건 오늘날 실제로 일어날 가능성이 있는 현실입니다.

－그럼 선생도 환경보호주의자들과 같은 입장인가요?

－물론이죠. 열역학과 정보의 차원에서 생체 시스템
은 열린 시스템입니다. 개인 차원에서 보면 그것은
구조적 면에서 닫힌 시스템이죠. 다시 말해서 당신
의 인체의 모든 분자, 모든 세포들은 오직 한 가지
목표만을 가지고 있는데 그건 곧 전체의 목표, 즉
당신을 살아 있도록 지탱한다는 목표입니다. 그 밖
의 다른 목표는 없어요. 그것 없이는 당신은 살아
있지 못하죠. 그건 구구단 외우는 것을 가르치기 전
에 아이들에게 가르쳐줘야 할 법칙들입니다.

－인간이란 종의 생존은 인간이 자기가 죽게 된다는
사실을 알고 있는 유일한 동물이라는 사실 속에 있
다고 선생은 말했는데요.

－그렇습니다. 인간은 필요의 압력에 의하여 지금까
지 항상 진화의 방향으로 반응했고 궁지에서 벗어
나기 위한 해결책을 생각해냈습니다. 오늘날의 문
제는 에너지원의 고갈, 생태계 파괴, 기하급수적으
로 증가하는 인구 등인데 이 모든 것은 지구 전체의
죽음을 가져올 위험이 있습니다. 그런 위기의식에
서 생겨나는 창조적 고뇌는 유익한 것이죠. 삶과 죽
음을 지구 전체, 인종 전체의 삶과 죽음으로 생각할

필요가 있어요. 그게 유일한 해결책이니까요."

자연은 말이 없다. 그러나 우리들 의식의 침묵 속에
그 메시지가 전달되기를 바랄 뿐이다. 그리고 나는 이
증언들에 대한 결론으로 이탈리아의 시오랑이라고 할
수 있는 귀도 세로네티의 말을 인용하고자 한다. "오늘
날의 생태 변화들이 우리가 살고 있는 세계(생태계) 속
에서 발동되고 있는 해로운 심리적 힘들 때문이라고 볼
때, 대략적인 물질적 수단들(좋은 테크놀로지 대 나쁜
테크놀로지라는 식의 바보 같은 궤변에 입각한)로 그 힘
들을 물리친다는 생각은 그 힘들에 우롱당하는 데 도움
이 될 뿐이다. 물질적 실제적 수단들이란 전혀 상관이
없는 것이기 때문이다. 그 힘을 물리칠 수 있는 것은 오
로지 말도 안 되는 어떤 선전을 추종하는 지배적 고정관
념을 완전히 차단하는 것, 소리 없는 방법으로 어렴풋한
흐름들에 작용하여 거대한 실들의 망상조직을 파괴해버
리는 일종의 개종, 음모뿐이다. 아니면 위기를 의식하고
음모를 좌절시키려고 고심하는 지극히 강력한 몇몇 정
의로운 사람들의 예방적 존재뿐이다."*
나는 이 개종 혹은 음모에 희망을 건다.

---

* 『몸의 침묵』, 알벵 미셸.

바벨의 도서관

독서를 하다보면 우정이 돌연
그것이 처음 지녔던 순수함으로 되돌아간다.
이 순수한 우정의 분위기는 말보다 더 순정한 침묵이다.
—마르셀 프루스트, 『독서의 날들』
(J. L. 보르헤스에 경의를 표하며)

바로 '경청L' Ecoute'이라는 제목을 붙인 글에서 롤랑
바르트는 문자 그대로의 듣기l' audition라는 것은 하나의
생리학적 현상인데 비하여 '경청(귀를 기울여 듣기)'은
하나의 심리적 행위라고 규정한다. "자유로운 경청은 본
질적으로 말의 여러 가지 역할들로 이루어진 뻣뻣한 그
물을 그 유동성에 의하여 순환시키고 교환하며 분해하는
경청이다."

이 말에서 우리는 우리의 체험적 침묵의 여러 가지 역
할들에 대하여 깊이 생각해보게 된다. 우리가 앞에서 지
적했듯이, 반대하는 의미를 가진 불안하고 부재하는, 혹
은 딴전피우는 침묵은 소통을 가로막거나 소통이 그 본

래의 교환과 참여의 기능에서 벗어나게 한다. 반면에 유
연하고 관심 깊고 진정으로 공생적인 침묵 속에서 주의
를 기울이는 경청은 장래성 있고 개방적인 대화를 가능
하게 해준다. 독서행위의 경우도 마찬가지다.

우리가 책, 그리고 독서와 맺고 있는 소통관계는 침묵
속에 깊숙이 뿌리내리고 있어서 토마티스 박사는 "사람
은 귀로 독서한다"고 말할 정도다. 바르트는 이 아포리
즘을 "나는 책을 읽듯이 경청한다"는 말로 보완한다. 이
말을 하고 있자니 내 머리에 떠오르는 것은 몽테뉴의 이
미지다. 그는 여행할 때나 사람을 만날 때 깨어 있는 진
정한 호기심 덩어리가 되어 모든 유용한 정보들을 하나
도 놓치지 않고 이삭 줍듯이 줍는다. 서재에서 이곳저곳
을 탐색할 때도 마찬가지로 그는 독서의 눈길을 이 책
저 책으로 굴리며 자유연상을 통해서 자신의 생각을 구
축한다. 타자의 말을 경청하는 이 이중의 진행 과정에
있어서 그는 결코 경직된 자세를 취하지 않고 벌이 꿀을
모으듯이 자신의 의식이 글이나 말로 된 언어의 꽃들에
서 꽃들로 자유롭게 돌아다니도록 버려둔다.

도서관이나 서점의 침묵은 얼마나 섬세하고 황홀한
침묵인가. 거기서 우리는 발길을 멈추고 표지와 제목과
페이지에 눈길을 던지며 메시지와 섬광처럼 스치는 생
각들을 찾아 책장을 들춰보고 거의 냄새를 맡듯이 책 페

이지들을 쓰다듬으며 실감으로 전신의 모든 감각으로 '느껴본다'.

말은 입 밖에 내뱉지는 않아도 사실은 소리, 이미지, 색깔이고 텍스처인 것이다.

트레거와 홀 같은 언어학자들은 언어를 포함한 그런 모든 유형의 소통에 적용되는 일련의 용어들을 도입했다. 그것들은 순서대로 "시리즈, 음, 그리고 도식이다. 시리즈(단어)는 우리가 제일 먼저 지각하는 것이다. 음(소리)은 시리즈를 구성하는 것이다. 도식(통사)은 시리즈를 수미일관하게 만들어 그것에 의미를 부여하는 수단이다". 그리고 홀은 지적하기를, 시리즈가 인간에게서 있어서 가장 손쉽게 지각할 수 있는 국면이고 도식이 이해를 가능하게 하는 조직된 차원이라고 한다면 음은 "추상이요 환상으로 거의 환영과도 같은 것이다"라고 했다.*

음(소리)과 시리즈(단어)의 구별은 막상 분석을 해보려고 하면 아주 불분명해지는 것이다. 불어의 "mot(단어)"라는 단어를 예로 들어보자. 이 단어는 m:엠 o:오 t:테로 나누어진다.

첫 번째의 시리즈는 사라지고 다른 것을 의미할 수도 있는 모음과 자음의 소리만 남는다. 그렇기 때문에 전화

---

* 에드워드 T. 홀, 『침묵의 언어』, 쇠이유.

를 걸면서 가령 "프로이드Freud 씨" 같은 쉽게 알아듣기 어려운 고유명사를 분명하게 알아듣도록 불러줄 때 Francis라고 할 때의 F, Robert라고 할 때의 R, Etienne라고 할 때의 E, Ursule라고 할 때의 U, Denise라고 할 때의 D라고 끊어서 말해주지 않으면 안 되는 것이다.

말하는 사람은 그러므로 자기 자신이 하는 말의 언어 체계, 즉 그 언어의 코드에 의하여 제한을 받는다. 진정한 소통은 단어의 차원을 넘어서는 곳, 바르트가 말하는 저 심리적 여백, 말로 표현되지 않았지만 의미가 가득한 거기에 자리잡는다. 에드워드 T. 홀은 언어의 일시적인 분석이란 불가능하다는 것을 인정하면서 이렇게 결론짓는다. "우리는 물리학에서 말하는 불확실성의 원칙과 유사한 원칙을 이 딜레마에 적용할 수 있다. 그 원칙에 따르건대 관찰자와 그의 도구는 관찰되는 현상과 뗄 수 없는 관계를 맺고 있다. 관찰행위는 관찰 조건을 변질시킨다. 언어적 구성요소들을 깊이 분석하면 할수록 과거의 관찰들은 점점 더 추상적이 되고 불분명해진다. 다른 말로 표현하면, 일정한 기간 동안 단 한 번의 단일한 분석 차원에서만 말의 의미가 정확성을 가진다는 것이다. 나는 이것을 '문화의 불확정성'이라고 부른다."

단어와 문장의 의미작용은 그 언표를 초월하는 곳에

위치한다.

이것은 물론 독서의 경우에도 그대로 적용된다. 소설에서 복잡 혼미한 정념들이나 성격 묘사는 어떻게 받아들여지는 것일까? 우리는 저마다 독서의 침묵 속에서 자신의 영혼을 거기에 투사한다. 각자의 반응은 자신의 참조사항들, 교양, 여건, 자신의 고유한 내면적 탐구와 함께 나름대로 진동하는 그 자신의 존재의 반응일 것이다. 인용사전을 훑어보면 물론 거기서 흥미로운 인용들을 찾아볼 수 있겠지만 우리들 각자는 자신의 마음에 꼭 맞는 자신의 인용사전을 만들어낼 수도 있을 것이다.

어떤 저자의 작품 속에서 중요한 문장들 가운데 가령 장 콕토의 유명한 이 문장, "결국 모든 것은 적당히 해결되게 되어 있다. 적당히 해결되지 않는 존재의 어려움만 제외하고는"*은 각자의 마음 속에 상이한 메아리를 불러온다. 진정으로 독서를 좋아하는 사람들은 바쁜 시간으로부터 빼앗아오는 독서의 매 순간, 인생의 의미에 대한 명상을 계속해간다.

책을 앞에 펴 놓고 우리는 절대적인 침묵 속에 빠져들며 완전히 혼자가 된다. 망각인 동시에 프시케의 한없이 깊은 심연 속에서의 표류로 이루어진 은총의 순간, 휴식

---
* 『존재의 어려움』, 뒤 로셰.

과 재창조, 어떤 이상한 그림자 연극 구경, 우리들 마음 속에 반사되는 꿈, 우리의 관심과 필요에 따라 서로 다른 여러 가지 층위에서 이루어지는 소통. 다향적多響的인 담론, 글을 읽는 사람과 글을 쓰는 사람이 결코 같은 세계 속에 있을 수 없는데도 가능해지는 이상한 상호 침투의 장소, 변화와 생성이 교차하는 라인들….

여기서 이탈로 칼비노의 재담*을 인용해볼 필요가 있을 것 같다. 어떤 여자가 그에게 물었다. "당신은 당신 스스로 확신하고 있는 것만을 내가 당신의 책 속에서 읽어주기를 바라나요?"

그는 이렇게 대답했다. "그렇지 않죠. 나는 독자들이 내 책 속에서 내가 알지 못했던 그 무엇을 읽게 되기를 기대해요. 그러나 이번에는 그들 자신도 몰랐던 그 무엇을 읽게 되기를 기대하는 독자들에게만 나도 그렇게 되기를 기대할 수 있는 겁니다."

각각의 독서가 갖추게 되는 침묵의 형태들은 경험하는 상황들만큼이나 무수한 것이다.

읽혀지는 침묵. 그것은 음향적 현실에 겹쳐지는 하나의 부주제副主題, 자아에 대한 성찰과 세계 인식의 장소다.

여러 세대의 사람들에게 감동을 주었던 한 작품을 예

---

* 『만약 어느 겨울날 밤, 한 여행자가』, 쇠이유.

로 들어보자. 신화적인 구도求道의 과정을 서술한 헤르만 헤세의 유명한 저서 『동방 순례』는 바로 우리들 자신의 상징적 여행이다. 우리들 역시 꿈이나 독서나 여러 장소들의 방문을 통해서 여러 시대를 건너지르기도 하고 10세기의 과거 속에 자리잡거나 우리들 자신의 두뇌 속 여러 방들에 있는 족장들과 요정들의 세계에, 아니 어쩌면 이렇게 하여 우리가 방문하는 시공간 속에 들어 살기도 하니까 말이다. 돌이나 다른 무엇에 그려진 것이건 글로 쓰여진 것이건 그런 정신의 움직임을, 그런 침묵 속의 반향을, 그런 시간과 과거 경험의 메아리를 촉발하는 것은 바로 그 작품의 마술이다.

헤세는 이렇게 말한다. "내가 보기에 세계 역사는 흔히 인간들의 가장 격렬하고 가장 맹목적인 욕망을 반영하는 그림들을 모아 놓은 책에 불과한 것 같다. 망각하고자 하는 욕망을."

그렇다. 하지만 인간 존재는 또한 '되찾으려는' 욕망에 시달리는 존재이기도 하다. 구도求道는 곧 되찾기 위한 노력이다.

사람마다 여행의 목적은 다른 것 같다. 절대적인 도道나 성배聖杯의 문일 수도 있고 마법의 뱀 쿤달리니일 수도 있고 잠을 깨워야 할 반려나 신비의 공주일 수도 있다. 그런 점에서 우리는 저마다 왕자다. 우리를 기다리고 있다가 용감한 기사의 진정한 삶에, 저마다의 여인의 비밀스러운 정원에 깃들어 있는 순정한 마음에 눈뜨도록 해줄 것이다. 나아가는 방향과 표현은 늘 다르지만 그것이 원형적인 것임에는 변함이 없다. "…우리의 목표는 그냥 동방이 아니다. 아니 우리의 동방은 단지 어떤 고장, 그 어떤 지리적인 것이 아니라 그것은 언제나… 영혼의 고향이며 청춘이다."

어느 시대에나 우리의 마음 속에 감춰져 있는, 그러나 삶의 길을 가는 동안 발견해야 할 그 공통된 보물의 탐구는 그러므로 아주 여러 가지 형태를 취한다. 그 형태들은 다양한 영적 조류들에 의하여 양식화되었다. 선종에서 말하는 빛나는 진주, 완전한 십자가, 카바의 검은 돌, 성배 그랄, 불타의 수수께끼 같은 미소 등 '피안'으로 가는 통로를 상징하는 이 모든 거울들은 이승의 세계에서 지각할 수 있는 어떤 초월적 세계에 대한 동경에 초점을 맞추고 있다. 그러나 그 거울들은 얼른 보기에 말이 없다. 그것들은 믿음을 다하여 그 깊이를 헤아려야 할 어떤 침묵의 미궁 속에 유폐되어 있는 것이다. 하나같이 조금은 광인인 것이 우리들이므로 이 기이한 어린 아이들의 기이한 꿈들이 입을 열도록 해야 하는 것도 바로 우리들이 할 일이다.

헤세는 또 한 가지 다른 문제도 제기한다. 그것은 바

로 입문人門의 침묵이라는 문제다. 즉 무엇 때문에 모든 입문은 비밀의 봉인 속에 숨겨져 있어야 하는 것인가? 소위 한 걸음 더 나아가게 만든다는 행위가 왜 신비 속에 싸여 있어야 하는 것인가? 그것은 영혼의 점진적인 드러남에 꼭 필요한 것일까? 아마 그럴 것이다. 과연 일정한 때가 되어야 우리는 가르침이나 경험을 터득할 만큼 성숙해진다. 그것은 어떤 형태로건 하나의 도를 실천한다고 다짐하는 종파나 집단의 결속을 위해 유용한 것일까? 그렇다, 분명 매우 유용할 것이다. 그렇기 때문에 비밀은 흔히 경계하는 태도를 갖게 만드는 것이다. 비밀은 곧 함정이 아니던가? 그러나 침묵 속에 숨겨진 그 비밀은 어느 한동안 의식의 개화에 반드시 필요한 것이다. 그것 덕분에 우리는 내면 속의 신비에 접근할 수 있게 되니까 말이다.

헤르만 헤세는 또한 말하기를 자신은 "소수의 사람들의 정신적 힘을 믿는다고 했다. "세상은 불과 몇 사람에 의하여 구원될 것이다."

소설에서나 인생에서나 영웅들은 항상 희귀하고 놀라운 존재들인 것이 사실이다. 마르크스와 그 아류들이 뭐라고 하든 역사는 언제나 몇몇 소수의 인물들에 의하여 만들어졌다. 사실 인류를 구원한 것도 파괴한 것도 총체적인 운동을 이끄는 진정한 효모와도 같은 몇몇 사람들의 의지였다. 그런 생각을 해볼 때 결국 머리에 떠오르는 이름들은 어떤 것인가? 불타, 모택동, 예수, 마르크스, 노자, 징기스칸, 나폴레옹, 소크라테스, 처칠, 드 골, 간디, 마호메트, 라마크리슈나… 그리고 몇몇 철학자들과 시인들과 극작가들, 제왕들과 대신들과 전사들. 그리고 몇몇 '자신의 저자를 찾고 있는 인물들', 르 시드, 트리스탄과 이졸데, 메를렝과 멜뤼진느, 아더왕과 기사들. 어린 왕자… 위대한 건설자들과 파괴자들은 신비주의자들과 영감을 받은 현자들의 이 이름난 초상화 갤러리에서 어깨를 나란히하고 있다. 결국 역사에 손찌검을 남기고 역사를 움직이고 만들어내는 것은 언제나 의식의 침묵 속에서 다듬어진 어떤 이상이다.

　　그 모든 크고 작은 우연들이
　　자아내는 것은… 그러나 그 나머지는 침묵일 뿐

　햄릿은 숨을 거두며 이렇게 결론짓는다.
　그런데 글을 쓴다는 것이 "삶이라는 성스러운 신비에 다가가고 우리의 앎에 주어진 한계를 부서뜨릴 기회를 가지는 것(알베르 베겡)"이라면 독서행위의 야심도 그와 같은 것이다. 땀을 좀 덜 흘린다는 것이 다를 뿐이다. 하기야 독서도 때로는 머리를 쥐어짜고 존재를 으깨는 싸움이요 고문일 경우가 있다. 그러나 그것은 무엇보다 희귀한 행복이다.

눈을 들면 내 방 창문을 통해 나뭇가지 사이로 빛나는 달이 보인다. 내 등 뒤에서는 오직 파리 한 마리만 서재의 침묵 속에서 이리 저리 날아다니고 있다. 저 나뭇가지 위에 떠 있는 달은 휘영청 밝다. 일본 문학에서 가장 아름다운 것으로 회자되는 시가 왜 감탄사와 명사 단 두 마디 말로 되어 있는지를 이제야 알 것 같다.

오, 마츠시마…

시인은 일본의 그 유명한 풍경의 아름다움과 그 앞의 물과 하늘을 배경으로 뚜렷하게 드러나는 섬에 너무나도 깊은 인상을 받은 나머지 그 자연의 형언할 수 없는 비경 앞에서 할 말을 잃은 채 더 이상 입을 열지 못한다. 그러나 사람들은 그 텍스트를, 그 침묵을 그의 걸작이라고 생각한다.

과연 저 나뭇가지 사이로 빛나는 저 아름다운 달을 묘사하여 달빛이 자아내는 미묘한 인상들을 남들과 마음으로 나누기는 어려운 일이다.

하이쿠라고 하는 일본의 전통시의 모든 힘은 사실 말로 표현하지 않은 것에서 온다.

오리는 자취도 없이
물위를 오가지만
제 길을 잃지 않네

위대한 선사 도겐은 죽기 직전 『산쇼도에이』 시편에서 위와 같이 썼다. 침묵을 향해 열리는 몇 마디로 시인은 자연과 더불어 맛볼 수 있는 순간적 상호 침투의 감정을 재생시킨다.

왜냐하면 바슐라르가 말했듯이 "이미지는 생각들 그 자체보다도 더 강력하기" 때문이다. 그리고 "시는 순간의 형이상학이다. 짧은 한 편의 시 속에서 시심은 우주의 비전과 영혼, 존재, 사물들의 비밀을 동시에 제시해야 한다. 시가 단순히 삶의 시간을 따라가기만 한다면 그것은 삶만 못하다. 시는 삶을 정지시킴으로써만, 기쁨과 고통의 변증법을 즉석에서 살아냄으로써만 삶 이상이 되는 것이다. 그때 시는 가장 산만하게 흩어지고 가장 이완된 존재가 통일성을 획득하는 근원적 동시성의 원칙이 된다."*

어두운 밤이

---

* 『꿈꿀 권리』, 조제 코르티.

밝아지고

종달새가 노래 부른다

혼자서 처음에

아침을 묘사한 하이쿠다. 르네 샤르는 말했다. "어떤 날들에는 묘사할 수 없는 것들을 명명하는 것을 두려워 하지 말아야 한다." 그렇다. 그때 오직 말의 전압電壓만이 독자의 마음 속에서 이미지를 깨워 일으켜 그 앞에 현전 하게 하는 것이다. 침묵의 그림자가 말을 한다.

나는 지리적인 동시에 심리적인 영토의 길들에 대한 케네드 화이트의 르포를 읽는다.** "깊은 북쪽 나라의 (좁은)길은 홋카이도 쪽으로 떠난다." 지난날에 북쪽 나 라의 만족들로부터 문명화된 일본을 지키기 위하여 세 웠던 옛 성벽이 남아 있는 시라카와, 국경과 미지의 영 토에 대한 신화를 노래하는 한 편의 시를 쓰는 전통이 있었던 시라카와에서 케네드는 이렇게 적는다. "사실 그 전통은 너무나도 깊이 뿌리박고 있어서 방 안에만 틀어 박혀 있는 수많은 시인들이 그 고장에는 발걸음도 해보 지 않은 채 '시라카와의 시'를 알 낳듯이 쓰곤 했다. 그

** 「마가진 리테레르」지, 일본 특집.

런데 바쇼는 그곳을 지나면서도 시를 쓰지 않았다(아무 말 없이 지나가는 쪽을 택하게 되는 '시적인' 정황들이 있는 법). 다만 그 인근에서 어린 계집아이 하나가 논에서 노래 부르는 소리를 들었다. 그리하여 그의 발걸음을 따라오는 것은 계집아이의 이미지와 그 노래의 단순한 멜로디였다. 나도 그 '노스승'의 유령과 더불어, 머리 속에 떠도는 몇 가지 흐린 개념들, 그리고 까마귀들의 검은 외침들과 함께 그곳을 지나갔다."

침묵은 도움이 된다. 그것은 운동을 정지시키고 그 운동에 빛을 던지기 때문이다. 침묵은 말 속에 그 자체의 만다라인 휴지의 순간을 만들고 그 중력 중심을 찾아내고 시인 미쇼가 말하는 '그토록 희귀한 환희'를 향한 길을 내도록 허락하는 것이다. 희고 빛나는 들판.

가득한 텅 빔의 자명함. 감각의 장소.

바르트는 『기호의 제국』에서 초인도 신념을 가진 기사도 아닌 자신이 할 수 있는 것은 오직 언어를 가지고 속이는 것, 언어를 속이는 것뿐이라고 털어놓는다. "하이쿠는 선의 문학적 한 분야에 불과한 것이지만, 선 자체는 이처럼 언어를 정지시키기 위한, 우리의 내면에서 계속적으로 방출되고 있는 일종의 내적 무선통신을, 그리고 선에서 사토리라고 부르는 것, 즉 서양인들이 기껏 모호한 방식으로 기독교적인 말(계시, 직관)로 옮기는 것이 고작인 그 사토리를 깨부수기 위한 방대한 실천 같아 보인다. 선은 언어의 갑작스럽고 강한 공황 상태 같은 정지, 우리들의 내면에서 코드의 지배력을 무력화시키는 여백, 우리의 인격을 형성하는 저 내적 암송의 단절에 불과한 것인가?"

그러나 바르트가 제대로 찾지 못하고 놓친 것은 바로 구태여 신념을 가진 기사나 초인이 아니더라도 그 상태 속에 빠져들 수 있고 그 상태를 살아낼 수 있다는 사실, 그것은 공황 상태가 아니라 고요함의 대양이라는 것, 그런 정지 상태 속에서 우리 인격의 심층 그 자체, 빙하 혹은 달의 이면이 발견되고 드러난다는 사실이다.

거기서 배어나는, 그리고 침묵이 열어 보이는 어떤 '전체'의 인상은 거기서 연유하는 것이다. 내면적인, 그러나 동시에 외적인 전체. 『고요한 묵시록』에서 케네드 화이트는 어떤 다른 여행 중에 들은 인디언 치료사의 말을 다음과 같이 전하고 있다. "갑자기 우리는 엄청나게 넓은 흰 벌판 한가운데 홀로 있게 되었다. 눈으로 덮인 높은 산들이 우리를 빤히 노려보았다. 큰 침묵이 지배하고 있었다. … 그런데도 소곤거리는 소리가 들렸다." 그리고 그는 이렇게 해설을 붙인다. "여기서 시우족의 위샤사 와칸(성스러움의 인간)은 자신의 위대한 비전, 즉 자기가 본 겨울의 모습에 대하여 말하고 있는 것이다. 아메리카 인디언에게 겨울은 부재와 부정으로 낙인 찍힌 계절이 아니라 '온갖 비밀들의 계절'이다. 눈 덮인 풍경의 텅 빈 침묵은 집중과 명상으로 초대하고 활짝 피어날 수 있는 가능성을 제공하는 것이다.

현대인에게 부족한 것은 바로 그 힘과 폭이다. 관료주의와 우스꽝스런 코미디 사이, 권태와 오락 사이를 왕래하는 가운데 온갖 잡음을 내면서 자신의 근원적인 결핍을 메우려고, 아니 적어도 그것을 감추려고 애쓸 뿐, 깊은 교양이 결핍된 문명 속에서 자신을 되찾을 능력을 상실한 시민은 어쩌면 자신의 '근원적인 얼굴'을 만나 그 모습을 고즈넉이 들여다볼 수 있을지도 모르는 공허의 세계 비슷한 것만 보아도 도망치려고만 들고 세상을 가득 메우고 있는 '진부함' 속에서만 다소간 만족을 얻고 안심하려 들지만 그는 결코 행복해질 수 없는 것이다."

독서는 흔히 이 상태를 극복하기 시작하고 소음에서 벗어나 침묵의 오의를 발견해가는 데 도움이 된다. 세상에는 이런 명상에 더 많은 도움을 주는 책들이 있다. 각자에게는 저마다의 책이 있는 것이다.

무엇보다 책 그 자체 속에 깃들어 있는 침묵에 대하여 이야기해볼 필요가 있다. 우선 문체상의 침묵이 있다. 생략법의 글쓰기, 불명확한 재현, 단속적인 대화체, 그리고 누구나 다 잘 알고 있는 말없음표 등 여러 가지 침묵들이 여백을 남겨둠으로써 독자의 참여를 유도하여 독자의 의식이 원하는 방향으로 텍스트의 빈 곳을 메울 수 있도록 만든다. 이 비어 있는 곳은 채워야 할 결핍이기도 하지만 동시에 전체 구성의 당연한 일부인 것이다.

또한 침묵과 시간의 관계도 주목해볼 필요가 있다. 주인공 자신은 자기의 삶의 틀을 가득 채우는 갖가지 정황들의 변화와 감각적 자극들을 마치 관객인 양 묵묵히 바라보기만 할 뿐 거의 아무런 행동도 하지 않고 있는 한편, 서술상의 시간적 느낌은 가속화되고 있는 다양한 상황들을 묘사하거나 여러 가지 사건들이 연쇄적으로 일어날 때 생겨나는 관계 말이다.

그 가장 좋은 예는 카뮈의 『이방인』이라고 할 수 있다. 이 소설에서 주인공 뫼르소는 자신과 거의 아무런 관계없이 전개되는 행동 속에, 그리고 동시에 침묵 속에 잠겨 있다. 세계적인 베스트셀러인 이 작품 속에서는 아버지, 어머니, 아랍사람들, 교도소의 부속사제, 그리고 나레이터 등 모든 사람들이 다 침묵 속에 잠겨 있다. 서로 주고받는 말은 짤막한 한 마디거나 아니면 외침 소리다. 살인 장면 자체가 이미 여러 시선들의 침묵에 지배되고 있다. 뜨거운 태양은 달아오르고 위협적이면서도 하찮은 역설적 접촉수단은 침묵뿐인데 그 침묵을 깨는 것은, 아니 그 침묵을 죽이는 것은 오직 '메마르고 귀청을 찢는 듯한 소리'를 내며 총알을 토해내는 권총뿐이다. 한편 뫼르소가 방아쇠를 당기는 순간 하늘이 갈라지면서 "광막한 공간 전체 위로 불비가 쏟아졌다." 이 전반적인 단절은 또 다른 침묵, 즉 피해자의 침묵으로, 그리고 또 다른 말없음, 즉 뫼르소의 말없음으로 인도하는 소멸 바로 그것이다. 이제 뫼르소는 자신의 마음 속 생각들, 감방의 동료들, 그리고 면회객들과 더불어 혼자다. 이 상태는 그가 부속사제를 향하여 목이 터지라고 쏟아내는 마지막 절규에 이를 때까지 계속된다. 그는 사제에게 자신의 형이 집행되기 전에 기도하지 말라고, 또 그 자신의 공허를 결코 채워줄 수 없는 것이기에 그만큼 더 견딜 수 없는 또 다른 공허인 그 속빈 설교로 그를 방해하지 말라고 소리친다.

형언할 수 없는 것이 말로 할 수 있는 것과 하나가 된다.

프루스트는 플로베르에 대하여 말하면서 "내 생각에 『감정교육』에서 가장 아름다운 것은 어떤 문장이 아니라 여백이다"*라고 했다. 그리고 말라르메는 말을 가지고 "글로 씌어진 침묵의 오케스트라를 창조해내어야 한다"고 말한다.

수많은 저자들과 비평가들은 요컨대 "가시적인 것의

---

* 『반 셍트 뵈브』, 플레아드.

위력은 비가시적인 것 속에 있다(무어)"는 사실을 강조한다. 눈에 보이는 것, 말로 표현되는 것은 눈에 보이지 않는 것, 말로 하지 않은 것, 즉 강력한 암시로 인하여 풍부해진다는 것이다. 뒤라스의 가장 널리 알려진 소설인 『연인』에서 침묵은 시간을 완만하게 만들어 마침내는 그 시간에 지극히 예민한 차원을 부여한다. 그리하여 몸짓들이 침묵 속에 꾸밈없는 날것 그대로, 그러면서 비현실적인 모습으로 두드러져 보이는 그런 시간이 생겨나는 것이다. 여기서 생겨나는 분위기가 바로 이 책이 성공하게 된 요인이며 "문체는 바로 담화의 침묵, 담화 속의 침묵, 글로 쓴 말의 상상적이며 비밀스러운 목표다"라는 사르트르의 말을 뒷받침해주는 것이다.

어떤 작품의 순전한 위력은 명명할 수 없는 것을 작가가 암시하는 데 성공했을 때 발휘되는 것이다.

우리는 또한 이렇게 말해볼 수 있다. "집단적이건 개인적이건 모든 환상은 침묵의 세계에 속하는 것이다. 그것이 누보 로망의 핵심이다. 직접적인 묘사의 대상으로서가 아니라(묘사했다가는 미리부터 왜곡되어버렸을 테니까) 글쓰기가 그 둘레로 맴돌게 되는 비어 있는 핵으로서의 핵심인 것이다."**

** 피에르 반 덴 회벨, 『말, 언어, 침묵』, 조제 코르티.

어떤 책들은 침묵 속에서 진행된다. 그 침묵의 두께는 가변적이다. 가령 베르코르의『바다의 침묵』에서는 오직 독일 장교만이 말을 하고 그가 묵고 있는 집의 남자, 딸, 그의 질녀, 강요된 손님들 모두가 침묵 속에 잠겨 있다. 오랫동안 이어지는 침묵은 온 방 안을 구석구석까지 가득 채워 터져나갈 듯하다. 그 전쟁 중의 겨울 저녁에 장교가 찾아오면 그들은 모두가 다 세 인물을 한데 연결하고 묶어주는 은밀한 비극을 마음 속에 안은 채 그 침묵의 깊이를 끊임없이 헤아린다. 그것은 마지막 작별의 순간까지 계속된다. 안녕이라는 작별의 말은 이 소설 속에서 불가능한 사랑에 허락된 유일한 한마디 말이다.

침묵의 분위기를 묘사하는 데 있어서 한 걸음 더 나아간 것이 바로 쥘리엥 그라크의 감동적인 소설『시르트의 기슭』이다. 그 작품 속에서는 문명의 번잡함과 충격의 가장자리에서 태고 적의 석호潟湖가 기다림에 잠겨 있다. 그러나 우리는 또한 베케트, 르 클레지오, 카프카, 미쇼, 조이스, 바타유, 클로소프스키, 셀린느처럼 한결같이 가장 순수하고 가장 은밀하며 가장 확실한 발화형식으로 이러한 침묵의 무늬를 주목하는 작가들을 예로 들어볼 수 있다. 떠오르는 햇빛 속에 나무들과 들판 저 너머로 지금 내 앞에 마주 보이는 뤼베롱 산의 푸르스름한 덩어리를 바라보면서 앙리 보스코는 "어떤 강력한 저의底意"

라고 생각한다. 그리고 에드가 포나 그 밖의 많은 사람들은 "침묵에는 양면—바다와 기슭—육체와 영혼—이 있다"고 생각한다. 모든 시인들에게 있어서 "오직 침묵만이 위대하고 그 밖의 것은 약점이다.(알프레드 드 비니)" 그 모든 시인들은 한결같이 보들레르가 말하는 저 '심연'을 마주 대하면서 마음을 가다듬는다. 마치 언제나 거기에 있는, 그리고 결코 거기에 있지 않는 미지의 그 무엇을, 궁극적인 신비를 우리들 마음 속에서 불러일으키려는 듯이.

파스칼에게는 그와 더불어 움직이는 그의 심연이 있었나니,
오호라! 모든 것이 다 심연, 행동, 욕망, 꿈,
말이로다! 그리하여 곧추 일어서는 내 털 위로
몇 번씩이나 두려움의 바람이 지나가는 것이 느껴진다.
위에도 아래도 도처에 깊은 곳, 모래톱,
침묵, 끔찍하고 마음을 사로잡는 공간이니…
내 밤들의 밑바닥에 신은 그 현명한 손가락으로
온갖 모양의 악몽을 끊임없이 그려 놓는다
거대한 구멍이 무섭듯이 나는 잠자는 것이 무섭다
막연한 공포로 가득 찬 것이 알 수 없는 곳으로 끌고 가나니;

모든 창문으로 보이는 것은 오직 무한뿐
언제나 현기증에 시달리는 내 정신은
허무를 시샘하는 무감각
오! 수와 존재들에서 결코 벗어나지 못하다니!*

작가들에게는 저마다 "조각품이 풍부하게 잠재되어 있는 다듬지 않은 대리석 못지않게 잠재적인 지혜와 정신으로 가득한(올더스 헉슬리)" 것이지만 사용되는 상황에 따라 "때로는 가장 잔혹한 거짓이 될 수도 있는(R. L. 스티븐슨)" 이 침묵에 대하여 자기 식의 말하는 방식이 있다.

침묵 상태에 대한 이런 말들은 따지고 보면 마르틴 하이데거가 『말을 향해 나아가는 걸음』**에서 "존재는 언제나 인간이 자신을 생각의 대상이 될 자격이 있음을 상기하기를 기다리고 있다"고 한 지적을 구체적 체험으로, 표현된 말로 떠맡는 한 방식이 아니겠는가?

청소년 시절에 나는 두 주일이 넘도록 병원에 입원하여 지낸 적이 있다. 사람들이 면회를 오고 치료를 받고 하는 사이에도 내게는 매우 광대한 침묵의 공간들이 남아 있었다. 그 공간을 나는 빅토르 위고의 『내가 본 것

---

* 샤를 보들레르, '심연', 『악의 꽃』.
** 갈리마르 출간.

들』과 다섯 권짜리 라블레의 작품을 읽으며 채워갔다. 내게 가장 인상적이었던 것은 『팡타그뤼엘』의 제 23장에 나오는 기이한 한 대목이었다. 거기에서 주인공은 옛날의 한 여자 친구로부터 백지로 된 편지 한 장을 받는다. 그것은 모든 가능성을 향하여 열린 완벽한 메시지였다. 나는 그것을 읽고 깊은 인상을 받았다. 그리고 나는 거기에서 J. L. 보르헤스가 말하는 바로 그 알레프, 즉 현재 과거 미래가 한데 만나는 연결고리로서의 장소, 침묵이 가득한 기원의 순간이 그대로 표현된 것을 보았다.

언어, 말, 소리가 새겨질 수 있는 백지. 말이 된 존재.

데생의 의미

> 공간과 시간 속의 모든 운동의 유기적 중심이
> ―그 이름을 창조의 뇌라고 하든 심장이라고 하든―
> 모든 기능들을 결정하는 바로 거기에 자리잡기를
> 원하지 않는 예술가가 어디 있으랴?
> ―파울 클레, 『일기』

아침 일찍 일어나 글을 쓰고 일하는 것을 좋아하는 나는 흔히 점심식사 후에 잠깐 동안 낮잠을 잘 필요를 느낀다. 반드시 잠을 자야 하는 것은 아니다. 날이 너무 춥거나 비가 올 때는 한 반 시간 동안 조용한 방에 누워 있고 그렇지 않으면 밖에 나가 올리브나무에 등을 기대고 그 뿌리 위에 앉아 있는 것만으로 충분히 몸과 정신의 힘을 회복할 수 있다. 이것이 바로 침묵을 만드는 또 하나의 방식이다. 이 침묵은 육체적 몸짓과 심리적 운동의 정지와 일치하는 것이다.

이렇게 긴장을 푼 상태에서는 일종의 무감각이 존재를 사로잡는다. 이런 경지에 이르면 오직 비행기가 구름

층 저 위에서 만나는 푸른 하늘처럼 막연하면서도 또렷하고 맑은 의식의 첨예함만이 남는다.

이때 주위의 소음들은 지극히 먼 곳에서 오고 있다. 마치 이 부동 상태가 어떤 새로운 침묵의 완충지대를 사이에 두고 우리를 그 소음들과 멀리 떨어져 있게 만든 것만 같다. 그 침묵의 공간에서는 아무것도 없는 백지의 배경 위에서 서로 고립된 획들처럼 여러 가지 소음들이 제각각 분리되어 있다.

이따금 잠이 찾아온다. 그러면 우리는 그 속으로 빠져들고 잠은 우리를 감싼다. 그러나 휴식이 되려면 그 잠은 그저 일손을 놓는 정도의 짧은 잠깐이어야 한다. 잠 속으로 완전히 가라앉아버리면 그것은 그야말로 긴 시간 동안의 힘겨운 각성을 기다리는 우둔함 그 자체로 변한 나머지 오후 시간은 뒤틀려버리고 힘겹게 비틀거릴 테니까 말이다. 그렇게 되면 그날 오후는 저녁까지 뒤죽박죽이 되고 만다.

천재적인 살바도르 달리는 이 점을 똑똑히 알아챘다. 그는 어떤 젊은 화가에게 주는 충고에서 그의 '제3번 비법'이라고 하는 효과적인 낮잠의 흥미로운 예를 소개하는데 그 '비법'을 여기서 간단히 요약해볼 필요가 있다. 그는 그것을 "열쇠를 가진 잠"*이라고 부른다. 그 잠을 위해서는 우선 팔걸이가 달린 안락의자에 편안하게 자리를 잡고 앉아야 한다. 그리고 두 손은 의자 밖으로 늘어뜨린다. 왼쪽 손의 엄지와 검지로는 꽤 무겁고 큰 열쇠 하나를 쥐고 있어서 그 열쇠가 미리 방바닥에 가져다 놓은 접시 위의 허공에 떠 있도록 한다. 이와 같은 준비를 마치고 나면 "당신은 그저 자기 영혼의 아니스 술의 정신적 방울이 몸의 사각 설탕 속으로 배어들듯이 오후의 평온한 잠이 서서히 당신을 엄습하도록 버려두기만 하면 된다. 열쇠가 당신의 손가락 사이에서 떨어지면 방바닥에 엎어 놓은 접시 위에 그것이 떨어지는 소리에 당신은 틀림없이 잠이 깰 것이다. 그러면 당신은 동시에 의식을 잃었을까 말까 할 정도로 잠을 잤는지 어떤지 분명치도 않은 그 짧은 순간만으로 충분하다는 것을 확실히 알 수 있다. 단 1초의 잠도 더 필요 없이 당신은 이제 꼭 알맞은 만큼의 휴식으로 육체적 정신적으로 활력을 되찾은 것이다. 그것은 오후에 보람 있는 활동을 개시하기 전에 필요로 했던 것의 넘치지도 모자라지도 않는 만큼의 잠이다. 그렇지 않고 만약 열쇠가 떨어지는 경고음을 무시하고 그대로 한 15분, 아니 심지어 몇 분만이라도 계속 버틴다면 그것은 당신의 작업에 해가 될 것이다. 왜냐하면 그 몇 분간의 게으름만으로도 충분히 당신은 남은 오후 시

---

* 『마법의 50가지 비법』, 드노엘.

간 동안 그 무거움으로 인하여 '노예로 전락될' 가능성이 있기 때문이다. 지극히 짧은 낮잠이라 하더라도 그 잠에서 깨어나기 위해서는 격렬한 육체적 노력에 호소할 필요가 있다는 것은 잘 알려진 사실이다."

원기를 회복하는 데는 오직 정신적인 것이, 따라서 육체가 손을 놓아버리는 순간만이 근본적으로 중요하다는 것을 우리는 알 수 있다. 의식적으로 주의를 집중하는 것이 달리가 충고하는 열쇠를 훌륭하게 대신할 수 있다. 깨어 있을 때의 의식에게 엄격한 명령을 내려두기만 해도 의식은 잠자는 상태에서 그 명령에 충실하게 복종한다. 마음 속으로 정해둔 일정한 시각에 잠이 깨는 현상은 바로 그 좋은 예다.

달리는 일련의 침묵 기술들 가운데 또 한 가지를 공개하는데 그것은 "손을 대지 않고 그림을 그리기 시작하기"에 가장 적합한 그 결정적 순간과 관련이 있다. 카다케스 출신 천재 특유의 농담일까? 그렇지 않다. 모든 창조자들은 본격적으로 작품을 시작하기 전에 정신집중, 묵상, 침묵을 향한 열림, 그리고 눈앞의 현실 앞에서의 벌거벗음으로 이루어진 한 순간이 반드시 필요하다는 것을 잘 알고 있다. 작가는 백지 앞에서, 음악가는 악기 앞에서, 저마다의 기술자는 기계나 도구 앞에서 나름대로 화가 지망생들에게 들려준 달리의 충고를 적용해볼 수 있을 것이다. "여러분은 오직 캔버스 앞에 가 앉아서 손대지 않은 그 흰 표면을 마치 안구의 깨끗한 흰자위를 들여다보듯이 오랫동안 응시하고 있으면 됩니다. 그 어떤 불도 켜지 말고 그 캔버스를 오래 오래 동안 응시하십시오. 마침내 당신의 눈에 그것이 실제로 거의 보이지 않게 될 때까지 말입니다. 그 캔버스는 점차로 흐릿해지다가 결국은 어둠이 찾아와 완전히 보이지 않게 되거나 아니면 당신에게 그것이 차지하고 있는 자리만 막연하게 의식될 정도에 그칠 것입니다.

그렇게 계속하여 아무 거리낌 없이 그것을 응시하십시오. 한 15분은 실히 되는 긴 시간 동안. 왜냐하면 바로 그렇게 함으로써 당신의 정신은 가장 잘, 가장 확실하게 작업을 할 수 있게 될 것이기 때문입니다."

창조의 도구와 창조자가 서로 구별할 수 없는 하나가 되는 그 특별한 순간에 창조적 영감이 생겨나는 것이 사실이다. 비록 어떤 효과가 그 영감에 뒤따라 발생하는 것은 아니지만. 작품의 뿌리들은 아주 또렷한 명증함 속에서 체험된 그 침묵의 순간 속에서 무의식적인 방식으로 돋아나는 것이니 말이다.

조르주 브라크는 자신의 예술에 대하여 말하면서 "생각이 지워졌을 때 그림이 완성된다"고 했다. 나는 그가 말하는 뜻을 잘 이해할 수 있다. 모든 화가들은 조루주

루오가 바라 마지않았던 것과 같이 "오로지 우리가 내면에 지니고 있는 신비스럽고 숨겨진 어떤 아름다움을 내적으로 높이 받들기 위하여" 살고 창조하기를 그토록 어렵게 시도하는 것이다. 그래서 새로 시작한 화폭 하나 하나, 작품 하나 하나는 어떤 완전한, 혹은 완전하기를 바라는 이미지에 도달하기 위한 연습과도 같은 것으로 화가의 비전을 표현하는 동시에 그 이미지를 세상에 드러내는 데 그 목적이 있다. 그 비전을 뒷받침하는 생각을 일단 넘어서고 나면 또 그 너머에 존재하는 어떤 다른 작품으로 옮겨가게 된다.

각각의 그림은 삶의 한 단계다. "우리가 무엇을 하든 우리가 만드는 것은 예술가 자신에 의한 예술가의 초상이다.(지오노)" 그것은 한 순간의 존재 상태의 요약이다. 즉 자기 비춤인 것이다. 세잔의 사과는 우리에게 세잔을 드러내 보여주고 반 고흐의 신발은 반 고흐를 드러내 보여준다. 미술관이나 아틀리에 혹은 친구들의 집에서 우리가 바라보는 개개의 화폭은 우리가 침묵 속에서 그것을 잠깐 보건 오랫동안 감상하건 존재의 한 조각이며 투영된 어떤 비전의 초상인 것이다. 그때 그것은 시간을 벗어난 한 순간에 환희에서 공포에 이르기까지 외침의 모든 음질을 다 지닐 수 있는 어떤 외침이 되어 우리를 부른다.

발레리는 "데생은 의지의 감각을 주고 색깔은 마법을 준다"*는 사실을 분명하게 알아차렸다. 데생에 의하여 에워싸인 공간 속에서 선은 우리의 시선을 이끄는 어떤 의지의 노선이고 각각의 색깔은 그 배합을 통해서 스스로 진동하는 동시에 우리의 감각, 우리의 존재를 진동하게 한다. 우리가 어떤 그림을 바라보는 순간 속에는 생성의 에너지를 향한 개방이 이루어지면서 그 에너지가 한 순간에 우리를 창조의 기원으로 되돌려 놓는다. 그 순간 혼돈이 질서를 되찾는다.

예를 들어서 전쟁을 주제로 한 피농의 그림을 바라보면 나는 우선 격렬하고 혼란스러운 색채들을 집어던지듯이 마구 칠해 놓은 원초적인 혼돈 속으로 빠져들면서 땅바닥에 쏟아 놓은 쓰레기통에서 악취가 풍기는 가운데 파리 떼가 잉잉대며 날아다니는 장면 앞에서와 똑같은 동요를 느낀다. 그러나 대개는 어떤 친구 집의 식탁에 그 그림을 마주하고 앉아서 그 그림을 계속하여 응시하고 있다 보면 그 혼돈 상태의 깊은 의미가 밝혀지면서 인간성에 반하는 항구적 범죄를 미워하며 그 피 흐르는 대 벽화를 그린 화가의 비전 속으로 빨려드는 것이다. 눈앞에 보이는 수많은 디테일들이 추상적인 것으로부터

---

* 『노트』, 플레아드 총서, N.R.F.

차츰 형상을 갖추면서 현실로 변한다. 나의 상상이 예술가의 상상에 반응한다. 그리고 내 시선의 주의 깊은 침묵 속에서 그의 작품은 내 의식의 장 속 깊이 스며들면서 내게 뭔가를 가르쳐준다.

내가 반 고흐의 그림을 처음으로 본 것이 제네바의 바젤에 있는 미술관에서였던가, 기억이 확실치 않지만 어쨌든 스위스 여행 중의 일이었다. 그때 나는 마치 문짝이 돌쩌귀 밖으로 이탈하듯이 제정신이 아닌 것 같은 충격을 받았다. 열여덟 살 때였던가, 나는 귀가 잘린 그 사람의 작품들을 복사판 그림들과 그림엽서들을 통해서 알고 있었다. 내 방의 벽 한구석에 태양이 미친 듯이 빙글빙글 도는 그의 그림을 붙여둔 적도 있었다.

그러나 그의 실제 그림을 내 눈으로 '본다'는 사실은 나를 산산조각내 놓는 것 같은 느낌을 주었다. 튜브를 꾹꾹 눌러 짜서 어찌나 두껍게 발라 놓았는지 층층으로 포개진 덩어리가 어떻게 떨어지지 않고 화폭에 제대로 붙어 있을까 하는 의문이 들 정도인 다량의 물감 무더기, 물감을 입혀서 선들을 어찌나 짓이겨 놓았는지 그림에서 30센티미터 정도 떨어진 거리에서는 오직 아우성치는 듯한 색조들 속에서 요동치는 요철들의 혼합밖에 알아볼 수 없고 화집에서 보았던 이미지를 대강이라도 찾아보려면 한두 걸음 물러서야 하는 그 독특한 화법,

그야말로 다른 어디에서도 본 적이 없는 놀라운 창조방식이 그날 나에게는 격렬한 충격 그 자체였던 것이다. 그때 나는 회화 작품에 눈을 뜨게 되면서 그림이 실제로 걸려 있는 곳에 가서 직접 눈으로 보는 것이 얼마나 중요한지를 깨달았다. 왜냐하면 인쇄된 복제품이란 형상의 막연한 유사점 외엔 실제 그림과 전혀 관계가 없기 때문이다.

회화 작품이 우리의 눈과 영혼에 확연하게 보이는 존재의 외침이 되도록 하자면 수용자 특유의 침묵 속에서 육체적으로 그 그림을 직접 보아야 한다.

한 폭의 그림은 절대적 현실이다. 그 그림을 만들어낸 수고는 분출하는 색감으로 백색 화폭이라는 모태에 수정시킨 창조자의 노력이다. 한 예술작품을 바라본다는 것은 일종의 쾌락에 속한다. 그것은 우리를 순화시키고 우리를 어떤 다른 상태 속으로 투사하여 변신시킨다. 그러므로 예술작품 앞에서 우리가 할 수 있는 단 한 가지는 입을 다물고 침묵하거나 노래하는 일이다.

양식은 다르지만, 런던 내셔널 갤러리에서 그 미술관 전체와 맞바꾸어도 좋을 만한 걸작을 꼽으라면 나는 단연「용을 제압하는 생 조르주」를 꼽겠다. 우첼로의 것이라고 하는 작품이다. 그 작품 역시 나는 고등학교 다닐때 내 방 한 구석에 핀으로 꽂아 붙여 놓았었는데 그것은 내게 있어서 의미 있는 자기 초극의 상징이었다. 그런데 내 손바닥 두 배 정도밖에 안 되는 크기의 실제 그림 앞에 서자 얼굴을 주먹으로 두어 대 얻어맞은 기분이었다. 사무라이의 기압소리 같은 무시무시한 고함을 내지르며 짐승을 찌르는 기사의 전투적 절규, 끔찍한 소리를 내며 창에 찔려 땅바닥에 못 박힌 채 피를 흘리며 죽어가면서 발 달린 뱀이 토해내는 고통의 절규가 바로 그 주먹질이었다.

불과 몇 제곱센티미터밖에 되지 않는 그림이 분출하는 감동의 힘은 환상적일 정도의 효과를 내면서 원형경기장에서 죽임을 당하는 투우에 버금가는 현실감으로 다가온다. 그런 가운데 용을 끈에 매어 움켜쥐고 있는 젊은 여인이 그 모든 드라마를 승화시키고 있다.

그러면 이제 루벤스로부터 모딜리아니에 이르기까지, 르누아르와 마네에서 클림트에 이르기까지, 고야에서 두아니에 루소에 이르기까지, 보티첼리에서 막스 에른스트에 이르기까지 모든 나체들의 관능에 대하여 말해보자. 그들은 모두가 구체적으로 손에 잡히지는 않지만 그 우아함과 광채와 방사하는 빛 속에서 발견된 여성의 내밀함을 보여주고 있는 것이다. 그 여성성이야말로 그들의 매력의 반영이다. 곡선, 그늘, 피부의 부드러운 감

촉, 시선, 몸짓, 그 모든 것의 부동성이 모든 것을 웅변
해주고 있어서 따로 말이 필요 없다.

그리고 아기 예수를 안고 있는 저 모든 성모상들과 그
들을 에워싸고 있는 연극적인 벽화는 또한 어떠한가! 성
모상들은 매번 이중의 역사적 순간을 표시한다. 매 순간
인간이라는 종의 기초를 마련하는 모멘트와 그 그림이
그려진 시공간의 모멘트가 그것이다. 그것의 모든 디테
일들과 표현들은 우리의 마음 속으로 스며든다. 이 작품
들을 바라보고 있노라면 나는 그림이 잉크가 되고 나는
그 잉크를 빨아들이는 압지가 된 것만 같아진다.

내 생애에 있어서 두 번 회화 갤러리를 운영해본 경험
이 있기에 나는 전시회 오프닝 파티 시간이 아니라 아무
도 찾는 이 없는 아침나절의 끝이나 오후가 시작되는 시
간에 갤러리에 찾아가는 것을 좋아한다. 그리고 마찬가
지로 창조가 이루어지면서 빛과 뒤섞이는 중인 모습을
불시에 목격할 수 있는 화가의 아틀리에를 방문하거나
침묵의 냄새 가득한 미술관에 들려보는 것을 좋아한다.
그런 장소에 들어서면 쌓여 있는 작품들이 우리들로 하
여금 가벼운 취기를 느끼게 하고 무슨 환각제처럼 우리
에게 경이로운 눈을 만들어준다. 이것이야말로 세상에
서 가장 아름다운 선물이다. 예술은 통찰력을 갖게 해주
는 것이다.

사람들은 잘 알지 못하지만 그런 장소들 중의 하나가 파리 한복판에 있다. 다름 아닌 클루니 박물관이다. 생 미셸 거리와 생 제르맹 거리가 교차하는 곳에 위치한 이 16세기 궁전은 지하에 아직도 그 폐허가 남아 있는 옛 로마 온천장의 기초 위에 세워진 것이다. 지상층의 여러 방들은 모두가 가장 고요한 침묵의 장소들 중 하나인 중심으로 인도된다. 그 넓은 원형 공간에는 유명한 「일각수와 함께 있는 부인」이라는 이름의 타피스리들이 있다. 처음 방문했을 때 나는 그곳이야말로 앙드레 브르통이 찬미한 바 있으나 내겐 써늘하게만 느껴지는 생 자크 탑을 훨씬 능가하는 진정한 파리의 통과의례 장소라는 생각을 하게 되었다. 물론 하늘과 하늘 위 구름 속을 떠가는 뒤집혀진 배의 모습인 노트르담 대성당이 이 도시의 비길 데 없는 신비의 중심인 것은 사실이지만 말이다. 각 도시는 나름대로의 중심들을 가지고 있다. 우리는 그때그때의 감정과 직관과 시선이 움직여가는 대로 다른 사람의 것이 아닌, 오직 나만의 것인 어떤 독특한 '필링'에 잠겨서 그 중심들을 발견할 수 있다.

우리가 여러 입구들 중 하나를 통해서 클루니 박물관의 그 원형의 방에 들어갈 때 침묵에 잠긴 그 공간의 힘은 놀라운 데가 있다. 다섯 가지 감각에 바쳐진 그 거대한 타피스리들에서 뻗어 나오는 믿을 수 없을 만큼 강한 파동에 우리는 넋을 놓는다. 나는 내가 진정으로 사랑하는 모든 여자들과 몇몇 친구들을 그곳으로 데리고 가보았다. 모두가 다 놀란 나머지 무엇엔가 사로잡힌 표정으로 할 말을 잃었다. 그런데 자주 확인해본 바이지만 파리의 편협한 문화계 인사들 대부분은 그 장소를, 아니 적어도 그 존재와 그 엄청난 심장의 박동을 알지 못하고 있다.

각각의 예술작품 속에는 그것을 관통하는 어떤 은밀한 공간, 어쩌면 성스러운 공간이 있다. 예술작품을 물리적 매체로 삼는 그 공간은 오직 자신의 존재를 창조적 에너지와 일치하도록 조절함으로써 그 작품의 진정한 힘을 발견할 줄 아는 사람에게만 인간의 오관을 초월하여 드러나 보이는 숨겨진 공간이다. "창조하는 것의 힘은 이름을 가질 수 없다. 결국 그것은 신비스러운 것일 수밖에 없다. 어쨌든 우리의 내면의 가장 깊은 곳을 뒤흔들어 놓지 못하는 것은 신비일 수 없다. 우리는 그것을 표현하지 못한다. 그러나 우리는 최대한 가장 멀리까지 그 원천을 찾아갈 수 있다"라고 '추억들을 추상으로 체험하며 사는' 화가 파울 클레는 말했다.

이리하여 우리는 마침내 행동의 원천으로, 근원적인 것으로 돌아왔다. 바위에서 솟아나는 샘물이 표면으로 뿜어 나오기 전에 무슨 소리를 내던가? 우리는 그 소리를 지각할 수 없다.

그와 마찬가지로 어떤 풍경 속에서 우리는 무엇을 보는가? 화가는 무엇을 보는가? 말레비치는 가장 멋진 대답을 내놓았다.

"우리는 '아 멋진 풍경이구나!' 하고 감탄한다. 저 멀고 깊은 곳에 푸른빛으로 뒤덮인 지평선이 보이고 그 푸른빛을 배경으로 산과 숲과 원경이 보이기 때문에, 그 아래로 푸른 초원 한가운데 강물이 흐르고 강물 위로 배들이 떠다니고 초원에 빛나는 옷을 입고 사람들이 즐거워하며 걸어오고 있기 때문에 우리는 그렇게 말한다."*

그런데 대체 화가는 그런 풍경 속에서 무엇을 보는 것일까?

"그의 눈에는 회화적 덩어리들의 운동과 휴식이 보인다. 그의 눈에는 자연의 구성, 다양한 회화적 형태들의 통일성이 보인다. 그의 눈에는 자연이 보여주는 그림의 통일성 속에 여러 모순들의 대칭과 화합이 보인다. 그는 가만히 서서 여러 가지 힘들의 흐름과 조화에 몸을 싣는다. 바로 이렇게 자연은 그것 나름의 풍경을, 다원적인 테크닉의 위대한 대작을 구성한 것이다. 자연은 들판과 강과 바다를 연결했고 인간적인 형태에 힘입어 동물들

---

* 『세잔에서 절대주의까지』, 라주 돔므.

과 벌레들 사이의 연결을 깨뜨려버렸고 그렇게 하여 창조적 표면 위에 형태들의 단계들을 형성하였으니 그 풍경은 인간의 형태와는 모순되는 것이다. 창조적인 예술가의 눈앞에 나타나는 것은 바로 그러한 창조적 표면이다. 즉 그가 직관을 통해서 세계를 건축하는 장소인 그의 화폭이 바로 그것이다." 그곳에서 그는 세계를 다시 꿈꾼다.

헤겔에 따르면, 종교의 정신은 "동시에 모든 것이 되고자하는 의지"에 있다고 한다. 형식이라는 바위에 비끄러 매인 프로메테우스인 예술가가 세계를 보는 방식의 본질은 바로 거기에 있다.

노자와 불교의 대각경은 존재와 무(공과 형태)는 서로를 태어나게 한다고 말한다. 모든 창조의 과정에서 볼 수 있는 이 개념은 물론 극동의 서예를 통해서 그 절대적인 모습을 구체적으로 드러낸다. 서예에 있어서 붓과 몸짓의 무에서 검은 색으로 뿜어 나온 획은 백색 종이의 공간을 빌렸다가 이내 종이를 떠나 허공으로 사라진다. 행위와 무위의 리듬. 여기와 여기 아닌 것의 사이. 관찰자는 그 양자의 경계에 위치한다.

매번 심장의 박동 사이로 침묵이 지나간다.

어느 예술작품 앞에서나 우리는 거기에 현전해야 한다. 하이데거가 말하는 "다자인Dasein"의 의미에서의 현전, "무無 속에서 지탱함을 의미하는" 그 절대적 현전 말이다. 참다운 지탱이란 어떤 존재의 손에서 태어난 오브제를 향하여 던지는 시선 속에서 침묵을 지키는 것을 의미한다. 그것은 곧 칸딘스키가 "내면적 필연의 원칙"* 이라고 부르는 것, 즉 다른 에너지가 들어올 수 있도록 하는 그 열림 혹은 틈 속에 자리잡을 것을 요구한다.

"예술가는 자신을 표현하기 위하여 그 어떤 형식이든 다 사용할 수 있다"** 고 한다면 감상자는 그 어떤 장르의 예술적 표현이든 다 사용하여 예술이 그에게 말하고자 하는 바에 귀를 기울일 수 있다. 선택의 문제는 개인적인 것이다.

그러나 예술가가 자신의 몸, 오장육부, 그리고 온갖 기분들의 결을 가지고 자신의 반죽과 형상을 창조한다면 그의 작품을 감상하는 사람 역시 자신을 형성하는 요소들의 전체를 바탕으로 그 작품을 바라본다. 그 전체는 어떤 소리를 만들어낸다. 경청, 만남, 상호 침투가 실현되기 전에는 우선 그 카르마의 소리를 침묵 상태로 눌러 두지 않으면 안 된다. 우리 관찰자들의 내면 속에 말이다.

왜 무가 아니라 그 어떤 것이 존재하는 것일까? 그때 그 대답이 우리 앞에 놓여 있다.

---

* 『예술, 특히 회화에 있어서의 정신적인 것』, 드노엘, 명상총서.
** 위의 책.

모든 것은 시선에 달려 있다.

사진이 유일무이한—다시는 되풀이하여 일어나지 않을 테니까—한 순간의 무한히 재생 가능한 클리셰이듯이 예술작품은 어떤 절대적이고 유일무이한 노력을 주조한 복제품과도 같은 것이다. 포착 불가능한 것을 어떤 디테일로, 어떤 반영으로 포착하고자 했던 절대적 노력의 복제품 말이다.

성스러움의 이미지와 폐허의 기억

…내가 다만 귀로 듣거나 말하기만 했다면
과연 나는 삶을 진정으로 음미할 수 있었을 것인가,
내가 아는 것의 지극히 귀중한 몫은
침묵으로 얼룩져 있다
아니다, 세상도 경험도
철학도 죽음도
극장 속에, 법정 안에
어떤 교훈 속에
가두어 놓을 수 있는 것이 아니다.
—미셸 세르, 『다섯 가지 감각』

  내가 아프가니스탄 여행에서 마음 속에 담아 두게 된
가장 인상적인 이미지가 하나 있다. 1972년 겨울이었다.
간간히 마주치는 러시아 모델 지프차 몇 대 만이 당시
러시아의 영향을 말해주고 있던 시절이었다. 그 당시 내
가 본 것들 중 마음에 가장 오래 남는 것은 길을 가다 말
고 엎드려 기도하는 사람들의 모습이다. 우람한 산들로
에워싸인 골짜기에서 우리는 덥수룩한 수염에 터번을
쓰고 얼룩덜룩한 색깔의 누더기를 걸친 아프가니스탄

사람들을 끊임없이 마주쳤다. 그들은 언제나 몸에 지니고 있던 소총을 잠시 내려 놓고 돌투성이의 땅바닥에 작은 카펫을 신전의 자리 삼아 깔고는 메카 방향으로 엎드려 기도를 드리는 것이었다.

찬란한 햇빛이 쏟아지는 가운데 하늘은 푸르지만 영하 10도, 15도를 오르내리는 추운 날이었다. 그런데도 그들은 하루에 다섯 번 가던 길을 멈추고 기도를 드렸다. 아무 말도 없이.

귀족적 고귀함이라는 말이 무엇을 뜻하는지를 깨달은 것은 다름 아닌 아프가니스탄에서였다. 그들의 몸가짐, 행동, 시선, 정성스레 꿰맨 누더기 옷, 그리고 찢어지게 가난한 삶 속에서도 그토록 넉넉하고 변함없이 베푸는 환대에서는 그 뒤 다른 어느 나라에서도 보지 못한 어떤 의연함이 배어나오고 있었으니 말이다. 무서운 파편효과를 가진 폭탄이 터지는 가운데서도, 견딜 수 없는 굶주림 속에서도, 어느 날엔가는 결국 이기고야 말—왜냐하면 베트남 사람들이 정글과 한 몸이 되어 살았듯이 그들은 산악과 한 몸이 되어, 그 장소의 정령과 하나 되어 살고 있으니까—부당한 전쟁 속에서도, 그 모든 시련들 속에서도 그들은 이렇게 계속하여 기도를 드리고 있었다. 이렇게 계속하여 창조의 신비 앞에 엎드렸고 이렇게 계속하여 자신들을 초월하는 존재 앞에 몸을 숙이고 있

176

었다.

하나의 신전을 만들기 위해서는 그저 카펫 한 장이면 족했다.

사하라의 수많은 유적들이 증거하고 있듯이 사막 속에 돌들을 모아다가 표시한 둥근 원 하나면 족했다.

거기에 네 개의 벽과 하나의 지붕을 추가하고 여닫는 행위를 위하여 문을 달 수도 있다.

장소의 중심, 우리들 내면의 중심을 상징하는 것이면 몰라도 조각상이나 성상 같은 것은 필요 없다. 제단도 마찬가지다. 아무 장식도 없는 돌판이면 더할 수 없이 충만하고 확고하다.

신명기(27장 5절)와 열왕기(상, 6장 7절)는 오직 생긴 그대로 다듬지 않은 돌들만을 가져다가 제단을 쌓고 망치나 정이나 그 어떤 연장을 다루는 소리가 들리지 않도록 채석장에서 이미 다듬어 준비한 돌들만을 가져다가 전을 지으라고 권하고 있다. 중세의 십장들과 석공들도 로마 교회를 건축할 때 이 권고를 따랐다.

사실 절대적인 의미에서는 신전은 기본적 초석만으로 충분해야 마땅할 것이다. 우리가 우주적인 가치를 부여하는 그 돌은 야곱이 베고 누워 잠자는 동안 열린 하늘로 올라가는 사다리를 보았던 바로 그 베델의 돌인 것이다. 그때 야곱은 이스라엘 백성의 토대를 마련하는 계시를 몸소 체험했다. "야곱은 잠에서 깨어나 두려움에 사로잡혀 외쳤다. '아 얼마나 두려운 곳인가. 여기가 바로 하느님의 집이요 하늘의 문이로구나!' 야곱은 아침 일찍 일어나 베고 자던 돌을 세워 석상을 삼고 그 꼭대기에 기름을 붓고는 그곳을 베델, 하느님의 집이라 불렀다.(창세기, 28장 17, 19절)" 야곱이 세운 이 돌은 신전 전체의 기초를 마련하는 역사 이전의 몸짓을 나타내는 기호다. 그것은 다만 어떤 장소가 무슨 특별한 계시에 따라 성스러운 곳이 되었다는 것을 표시하는 일종의 선돌에 지나지 않는다.

그러고 나서 기도하는 영역, 기구와 마음의 침묵 속에 정신을 집중하는 장소를 구획지어 놓기 위하여 그 주위의 공간을 다듬어 울타리를 만드는 것은 그 다음의 일이다. 이렇게 하여 돌을 쌓아 만든 원, 사각형, 삼각형들이 신의 공간의 절대적 존재를 상징하는 근원적 돌을 연장하여 천상의 예루살렘을 예시한다. 이미 공간의 중심이 되고 있는 이 장소 안에서도 제단과 감실은 마치 정신이 수많은 동심원들을 거쳐서 그 장소의 요체를 향하여, 존재의 비밀을 향하여 나아가야 한다는 듯이 어떤 새로운 중심을 고정시키게 된다.

이윽고 바로 그 위에 성스러움의 몸짓들이 접목된다. 꽃, 성상, 촛불, 램프, 향, 의식 등은 거기에 있는, 그리고 우리의 내면에 있는 신비를 향해 정신을 집중하기 위한 상징적 도구, 환기의 신호나 수단으로 작용한다. 그것은 인간을 진부한 일상에서 격리시켜 그 자체 속에 자리잡고 있는 다른 공간들과 접촉하게 하는 분위기의 마법이다.

당연히 모든 기성 종교의 문제는 전례를 유난스럽게 중요시하는 경향을 보인다는 데 있다. 전례는 인간의 의식을 이른바 '성스러움의 방향'으로 집중시키고 그 특별한 감정 쪽으로 인간 정신을 유도하는 것이지만 동시에 전례의 형식화를 초래할 위험이 있다. 형식화된 전례가 우리 지각의 전 영역을 독차지하면서 허식과 말의 잔치를 통해서 진정한 종교의 의미를 몰아내버리고 마는 것이다. 진정한 종교는 기도의 참다운 뿌리인 침묵, 그 숨결에 가서 닿는 행위가 아닌가. 침묵이 없다면 기도는 아무것도 아니다. 물론 말이 없으면서도 투명하게 진동하는 언어를 표현할 줄 알아야 한다. 그 언어는 곧 기다림, 희망, 슬픔과 기쁨을 증거하는 것이다. 그러나 그 언어를 뒤에서 떠받치고 있는 침묵을 결코 망각하지 않는 기도여야 한다.

정신 속의 우상은 가장 깨뜨리기 어려운 것이다. 겉으로 보이는 이미지, 우리가 내면에 지니고 있는 이미지를 초월하지 않으면 안 된다. 절대는 존재하기 위하여 이미지를 필요로 하지 않는다. 절대는 그것 자체의 의미를 싣고 다닌다. 이미지는 그 의미를 억누르고 가두고 제한한다. 신의 이미지는 그 어떤 것이건 간에 바람의 사진과도 같이 근원적인 힘인 그 흐름이 겉으로 드러나고 현현하는 원형적인 틀이라고 보아야 한다.

형성되어가고 있는 에너지의 자유를 뻣뻣하게 굳어지게 만드는 함정들이 끊임없이 우리를 위협하고 있다. 인간은 경화되고자 하는 욕망을 멈추지 못하기 때문이다.

예술작품의 변신에 의하여 물질이 된 에너지는 매우 아름답다. 그러나 감상자의 정신이 작품을 뛰어 오르는 도약대나 밖으로 나가는 문으로 삼지 않고 그 속에 스스로를 투영하여 고착화현상을 초래한다면 그 정신은 죽은 것이 되어 엉기고 딱딱해진다.

'나의 하느님…'이라는 흔한 표현이 말해주듯이 인간은 끊임없이 신을 붙잡고 소유하여 자기의 것으로 만들고 싶어 한다. 그러나 궁극적으로 형상의 초월 속에는 나도 없고 나의 것도 없다는 사실을 성스러움의 경험은 우리에게 가르쳐준다. 지난 세기 인도의 위대한 성자였던 라마크리슈나의 말씀은 한 세기가 지난 지금도 그 각별한 맛을 잃지 않았다. "그대가 온 세상을 다 찾아다녀 보라. 그 어디에서도 진정한 종교는 발견하지 못할 것이다. 그대에게 진정한 종교는 오직 그대의 마음 속에 있다. 자신의 속에서 종교를 발견하지 못한 자는 자신의 밖에서도 그것을 발견하지 못할 것이다. 개인의 소유격을 나타내는 자아를 생각한다는 것은 곧 갠지스강 물을 조금 떠 놓고 그 분리된 소량의 물을 우리 자신의 갠지스강이라고 부르는 것과 다름이 없다. 흙탕물에는 해도 달도 분명하게 비치지 않는다. 마찬가지로 환상의 베일이 걷히지 않는다면, 다시 말해서 '나'와 '나의 것'이 없어지지 않고 끝내 남아 있다면 우리의 내면에서 보편적인 영혼은 실현되지 않을 것이다. 해는 땅을 비추지만 작은 구름 한 점만 있어도 우리의 눈에는 해가 가려져서 보이지 않을 것이다. 양파는 껍질을 아무리 까도 항상 다른 껍질이 나올 뿐 결코 알맹이를 찾아낼 수 없다. 마찬가지로 그대가 자아를 분석하면 자아는 완전히 사라져버린다. 최종적으로 남는 것은 아트만, 즉 절대적 의식이다."*

형상이 아름답고 필요한 것일 수 있다. 그래서 나는 모두가 한결같은 작은 성상들을 좋아한다. 기독교 교회에서 진정한 우주적 여신인 성모 마리아 상은 흔히 우리가 사는 세상만큼이나 음산한 십자가와 그 시신보다 훨

* 『인도의 성자 라마크리슈나』, 르 쿠리에 뒤 리브르, 참조.

씬 더 감동적이다. 절망적인 고문과 고통의 이미지보다 나는 우리의 원천이며 동시에 장차 우리가 돌아가야 할 곳인 우주적 어머니, 그 위안의 이미지가 더 마음에 든다. 7세기 그리스 신부 앙드레 드 크레트가 노래하듯이 십자가 역시 서로 반대되는 것의 통일과 부활의 상징이라는 것을 나도 잘 알고 있다. "오 십자가여, 우주의 화해요 높은 하늘, 깊은 땅, 눈에 보이는 모든 것의 넓이요 광대한 우주이신 십자가여." 그러나 한 걸음 더 나아가 십자가는 두 가지의 길이가 똑같은 그리스 십자가처럼 어떤 네모, 어떤 원 속에 새겨져야 한다. 그렇게 되면 상징은 어떤 능동적 전체의 상징이 되니까 말이다. 그렇지 않으면 그 상징은 악과 고통과 죽음에 의하여 십자가에 못 박힌 육체의 상징이 되고 만다. 무시무시한 진실, 인간 조건의 거울인 것이다.

반대로 세상을 향하여 그 어린 아들을 자랑스럽게 안아 세우고 있는 생생하고 순수한 물질인 별빛 가득한 성모는 너무나도 아름다운 상징이다. 거기에는 근본적인 것이 표현되어 있다. 비록 죽음이 존재한다 해도 생명을 널리 확장해야 한다는 것이다.

그런데 그 생명의 원천을 찾으려면 우리들의 내면에서 그 미묘한 침묵을 되찾을 수 있어야 한다. 그것은 이미지로 이루어진 것이 아니기에 자취를 남기지 않는다.

우리가 가장 흔히 보는 부처님의 모습이나 그 앉음새에서 우러나는 고요함과 정일한 미소가 상징적인 차원에서 강한 작용을 하지 않는 것은 아마도 수수께끼 같은 모나리자의 침묵, 그 비슷한 무엇을 말해주고 있기 때문이 아닐까 한다.

여기서 우리는 정보와 소음이 넘쳐나는 이 세상에서 침묵의 공간 위에 세워지는 어떤 자연의 윤리, 도덕, 종교를 꿈꿔볼 수도 있을 것이다.

우리가 여행을 하거나 산책을 하다보면 그 길 위에서 대부분 뭐라고 분명하게 꼬집어 말할 수 없는 어떤 강한 감정을 불러일으키는 장소들을 만나게 된다. 그것은 표현 불가능, 소통 불가능의 영역에 속하는 것이다.

그것은 존재 전체를 휘어잡으면서 어떤 미묘하고도 신비스러운 인상을 촉발한다. 어떤 아름다운 경치들이나 폐허, 그때 존재를 송두리째 다 휘감는 전율을 상기해보라.

그것은 무엇인가? 아름다움의 번갯불? 우리의 내면으로 침투하는 자연의 혼? 역사가 자아내는 감회? 그 장소에 깃든 영? 아니면 그런 모든 것의 혼합?

어찌 되었건 그 순간들은 마치 무슨 은총의 상태로 추억 속에 남아 있다. 어떤 다른 현실이 아니라 현실의 눈에 보이지 않는 비밀을 지각하는 상태로 말이다. 이는 강렬한 충일감의 순간이다.

그리하여 미르체아 엘리아데는 『일기초』*에서 털어놓는다. 그는 브뤼주에서 "상상력이 현장의 분위기(모든 예술작품이나 마찬가지로)에 의하여 자극을 받으면 얼마나 창조적인 것으로 변하는지, 그 결과 어떤 진정한 '르네상스', 다시 말해서 존재 전체의 회생의 길을 트게 되는지"를 깨닫게 되었다는 것이다.

어느 겨울날이 생각난다. 나는 이블린느 지방의 빌코넹이라는 이름의 오래된 마을에서 그리 멀지 않은 곳에서 친구인 화가 앙토니오 톨레와 함께 오랜 도보여행 끝에 산꼭대기에 있는 어떤 요새의 폐허에 이르렀다.

숲 속 여기저기에 허물어진 벽들이 서 있었다.

아무 말 없이 우리는 역사가 깃든 그 자연 속으로 걸어 다녔다. 우리가 그곳에서 멀어지고 있을 때 앙토니오가 말했다. "때로는 침묵이 너무나 우렁차서… 이건 뭐랄까… 우리는 이제 막 그 성의 돌들 사이로 저 기막힌 폐허를 밟고 지나온 거야. 그 위로 내린 눈과 야생 그대로의 자연. 침묵이 어찌나 아름다운지 이 모든 심오한 의식 상태를 말로 옮겨 놓기가 어려워…."

---

* 갈리마르 출판사, 제 2권 (1970-1978).

어떤 사람들은 돌들의 기억을 운위하곤 한다. 하지만 돌들이 대체 무엇을 기억한단 말인가? 흘러간 세월의 시시콜콜한 일들을? 벽난로 앞에서 지낸 긴긴 밤들을? 수세기에 걸친 그 무수한 탄생과 죽음을? 대림절 주일날 백마를 타고 달리다가 돌아오는 성주 딸의 얼굴을 황금빛 후광으로 환하게 비추는 햇살을? 그녀가 원수 집안 아들과 맺은 저 격정적인 사랑의 이야기를? 그것도 아니라면 1373년 성이 포위되었던 때의 저 참혹한 전쟁을? 목숨을 부지한 사람들이 배고픔을 참을 수 없어 야밤에 도망칠 때 이용했으나 그 뒤 폐쇄했다고 전해지는 그 비밀통로를? 성은 그 전쟁 때 불타버렸고 한 세대 후에 재건되었다. 돌들은 내가 여기서 상상하고 있는 대 사건들의 기억을 간직하고 있을까? 그 돌들에는 무슨 알 수 없는 힘의 물결이 새겨져 있는 것일까?

어쨌건 야생 그대로인 환경 속의 아름다운 폐허는 낭만적이고 시적이다. 현재의 시간이 그 폐허와 너무나도 강한 대조를 이룬 나머지 갑자기 과거가 우리들에게 문들을 열어 보이는 것만 같다. 이윽고 그 폐허와 접하면서 우리들 내면의 어린아이 같은 영혼이 깨어나고 소설, 에세이, 전설, 역사 이야기, 나아가서는 무협과 고대 사극영화 등 그 모든 해묵은 모험과 여행의 신비스러움이 순식간에 우리 눈앞에 드러난다. 그리고 저 벽들, 돌출 회랑 우뚝한 저 성탑, 허공으로 열린 저 계단, 골짜기로 면하여 바로 저 아래 길모퉁이를 응시하고 있는 저 총안, 그리고 좀 더 멀리 나무 등걸들을 통째로 넣고 불을 때던 벽난로의 거대한 잔해, 이 모든 것들이 열광적인 몽상을 불러일으키기에 충분하다.

해묵은 돌들.

그대는 삶에 대하여 오직 흐릿한 몇몇 추억들이 어른거리는 어떤 꿈의 덧없는 인상만을 간직한 낡은 두뇌의 소유자인 것인가?

오페드 르 비외 마을에서의 저물어가는 오후. 전깃줄 하나 보이지 않는 중세시대의 해묵은 마을이니 당대의 필름 몇 장면을 머리 속에 돌려 보기에 이상적인 장소다.

비가 오고 있었다. 끈질기게 계속되지만 미지근하게 느껴지는 가랑비가 매우 부드러운 바람에 날리고 있었다. 인적이 없는 거리. 우리는 장 이브 클루와 함께 장 폴 클레베를르를 찾아가는 길이었다. 그와 더불어 속세를 떠나 고독하게 지내는 수도자들과 그들의 치열한 절대의 추구를 논하기 전에 우리는 내 아내와 여자 친구와 딸아이를 그의 집에 남겨 두고 몇 걸음 걷자고 밖으로 나왔다.

거리에는 아무도 없었다. 정말이지 완벽한 분위기였다. 마을의 골목길들에 리듬을 부여하는 듯한 돌층계들은 세월과 물에 씻겨 반들반들해진 채 습기로 반짝거렸다. 오페드는 성스러운 장소가 아니라 일종의 요새로서 이곳의 피로 물든 성주인 메니에가 엑상프로방스 의회 의원들의 도움을 받아 발도 파와 맞서서 싸우면서 자기 마을들이 불타는 광경을 지켜보았던 곳이다. 궁전들과 부속건물들을 거느린 이 요새는 오랜 세월을 두고 수많은 건물들이 연이어 추가된 집합체다. 그렇지만 내리는 빗속의 가벼운 침묵으로 무엇엔가 홀린 듯한 이 분위기에는 장엄한 그 무엇이 깃들어 있다.

우리는 교회 쪽으로 올라갔다. 문이 닫혀 있었다. 오늘날의 문제는 이제 더 이상 시골의 교회들에 자유롭게 들어가 마음을 가다듬을 수 없게 되었다는 사실이다. 그렇다, 나도 알고 있다. 도둑이 걱정인 것이다. 귀중품과 값나가는 조각상들을 치우고 하다못해 낮 동안만이라도 그 장소를 개방할 수는 있는 것 아닌가. 빈 공간만으로도 이야기를 나누거나 내면의 특별한 수용 상태를 갖추기에 족할 터이니 말이다.

교회 앞뜰에는 켈트식 돌 십자가 하나. 카바용 골짜기가 안개 속에 잠겨 있다. 저 위쪽으로 시선을 돌리니 성이 희미하게 보인다. 아니 적어도 허물어지고 난 성의 잔해는 말이다. 그리고 덤불숲 사이로 난 오솔길을 올라간다. 바람에 부대끼는 일종의 홀 같은 것이 나타난다.

무너지지 않고 서 있는 저 두 쪽의 돌무더기와 높은 창문틀이 아니었다면 벽이 있었던 자리겠거니 하고 그저 짐작만 할 수 있을 뿐이니 홀이라기보다는 홀의 원형 같은 것이다.

오직 창문 위의 아치만이 공간을 구획 짓고 있다. 창문을 통해서 지척에 우뚝 솟은 뤼베롱 산과 거대한 소나무, 시프레 나무들이 할퀴고 있는 풍경이 내다보인다. 회색과 흰색의 거대한 바위들 위로는 안개의 장막이 흩어지고 나무들은 바위들 사이에서 바람 부는 대로 흔들린다. 그 광경 앞에서 우리는 시간을, 모든 시간을 벗어난 채 돌이 된 듯 굳어진다.

우리 뒤에서 돌더미가 무너지는 소리가 난다. 아니, 이건 길을 잃은 관광객 아닌가. 베레모를 쓴 품이 분명 영국인인 것 같다. 우리는 그에게 미소를 지어 보이고 계속하여 말없는 명상에 잠긴다. 이윽고 뒤를 돌아본다.

그 사람이 보이지 않는다. 이상하다. 그가 내려가는 소리를 듣지 못했는데. 어리둥절한 채 홀에서 나가는 출구를 찾아본다. 땅에서 약 3미터 정도 높이의 궁륭형 천장 한 구석에 구멍이 하나 나 있다. 무너진 벽을 밟고 올라가서 구멍을 통과하니 평평한 데가 나타난다. 주위가 어지러울 지경으로 가물가물한 허공으로 에워싸인 탑의 잔해 위다. 또 다른 충격.

"판타스틱" 하고 내뱉더니 영국 사람은 마치 원숭이처럼 구멍으로 몸을 빼며 아래로 내려간다. 그가 할 말은 다 한 셈이다. 더 이상 보탤 말이 없다.

밑으로 내려온 우리들 앞에 나타난 것은 어떤 벽에 의자처럼 패인 돌이다. 웃음이 터져나왔다. 지난 과거로부터 전해 내려온 그 돌 의자는 수많은 세대의 남자 여자 아이 어른들이 매일같이 타일 바닥 속에 파놓은 이 동그란 구멍에다가 대소변을 보았다는 사실을 우리에게 상기시킨다. 그 옆의 창문으로 몸을 숙이자 성벽 밑의 바위가 바로 이 장소를 떠받치고 있다는 사실을 확인할 수 있다. 조붓하지만 긴 오줌 자국이 저 아래 관목 숲 속에서 끝나고 있다.

역사의 침묵이 이제 막 우리에게 잊지 못할 재주를 피워 보인 것이다.

폐허에는 지난날 그들의 삶의 조각들이 달라붙어 있다. 저마다의 건축물들은 그 기능을 통해서 말을 한다. 오래된 농가에서는 쟁기 보습의 날, 쇠스랑, 오솔길 한가운데 버려진 채 놓여 있는 여러 가지 농구들을 발견할 수 있는 것이다. 해묵은 교회 문의 열쇠구멍을 들여다보면 기도 대, 십자가, 성모와 아기예수 상이 보일 것이다. 그리고 도시에서 불도저가 짓부수어 놓은 저 집들을 보

라. 여러 달 동안 무너지지 않고 남아 있는 경계벽, 다음 공사가 시작될 때까지는 없어지지 않을 온갖 것들이 무슨 환영인 양 야릇한 그림을 만들고 있다. 알록달록한 벽지들, 기둥 모양으로 하늘을 향하여 솟아 있는 벽난로 굴뚝, 온갖 흔적들, 그리고 때로는 세면대 위의 거울 조각이나 잊고 떼어내지 않은 사진들, 어린아이가 그린 그림 같은 가장 내밀하고 자잘한 것들도 눈에 띈다. 다른 곳으로 사라져버린 한 세상의 이미지.

폐허와 버려진 집들의 침묵 속에는 비장한 그 무엇이 있다. 그곳에서 우리의 가슴을 죄는 것은 죽음의 존재와도 관련이 있는 것이다. 그때 우리가 만나는 것은 해골들이다. 그렇기 때문에 그곳을 찾는 우리의 몸가짐은 조심스러워지고 거기에는 항상 진정한 통과의례의 감정이 깃든다. 과연 우리는 공허의 세계, 죽음의 영지로 발 들여 놓는 것이다. 부재의 왕국으로.

그렇지만 그 부재는 실재다. 거기서는 모든 틈새로 생명이 솟아나고 있으며 풀들이 우굿한 그 폐허에 삶이 폭발하고 있다. 폐허에는 어떤 중요한 비밀이 숨어 있다는 것을 우리는 알고 있다.

어떤 이중의 비밀이 거기 있으니, 바로 세상의 영원하지 못함과 끊임없는 변혁이 그것이다.

그 어떤 것도 영원히 남아 있지 않지만 모든 것은 변

화한다. 그것이 역사의 교훈이다.

장소들에서 중요한 것은 그 장소들의 정령이 우리들 내면에 반사되는 모습이다.

인적이 끊어진 장소들이여, 그대들은 부재와 실재의 말없는 증인들이다.

터키에서 내가 어린 시절을 보내는 동안 우리는 가끔 성도 코니야를 찾아가곤 했다. 길을 가다 보면 여기 저기 돌들이 흩어져 있는 인적 없는 광대한 벌판 한가운데 오래된 카라반세라이유가 우뚝 서 있었다. 대상들이 머무는 여숙으로 사용되던 중세시대의 거대한 건축물이었다. 그것은 우리의 여정의 중간지점 쯤에 위치하고 있었으므로 우리가 꿈에 그리는 휴식처가 되었다. 고고학에 심취한 아버지와 함께 우리는 그곳을 한 바퀴 돌아보았다. 회교사원만큼이나 방대한 내부에는 불을 피운 자취가 있는 것으로 보아 끊임없이 사람들이 찾아든다는 것을 알 수 있었다. 밤이면 순례자들과 여행자들이 여전히 그곳에서 자고 가는 것이 분명했다. 그리고 그곳에는 옛날에 왕래하던, 규모가 큰 대상들의 얼이 깃들어 있음을 그 건축물의 생김새 자체가 말해주고 있었다. 내가 어린 시절에 찾아가보았던 저 모든 고대의 폐허들 역시 마찬가지였다. 당시 그 폐허들은 정말 야생의 모습 그대로인 자연 속에 파묻혀 있었다. 때로는 유적의 목록에 등재되지 않은 고대 극장들과 신전들도 발견할 수 있었는데 그 계단식 관람석들과 돌기둥들은 여전히 여러 인간 종족들의 건축과 유희의 정신과 그들의 희망을 증언하고 있었다.

고양이 떼들이 돌아다니던 죽은 도시들. 그리고 지금은 옛 폐허의 새로운 환생인 관광객들이 돌격하듯이 달려드는 죽은 도시들. 그러나 그때 이미 나는 과도하게 붐비는 팡테옹보다 태양이 짓누르듯이 작열하는 들판에 오아시스처럼 고요하고 서늘하게 버려진 조그만 그리스 신전을 더 좋아했다. 내겐 아직도 여지는 남아 있다. 나는 늘 우리의 프시케를 향하여 침묵 속에서 말을 거는 그 장소들의 순수한 신비의 마법을 되찾기 위해 관광철을 벗어난 때에 여행을 하는 것이다.

이런 과거의 건축물들과의 만남은 때로 그 자체 내에 미리 예정된 숙명 같은 것을 내포한다. 앙드레 브르통이 "객관적 우연"이라는 말로 표현한 것이나 칼 구스타브 융이 "동시적 성격"이라고 명명한 것이 바로 그런 것이다. 의미심장하고 당혹스러운 우연 말이다.

융은 이처럼 시간의 계속성이란 "단 하나뿐인 창조행위의 영원한 실재"라는 관점에서 계속적이고 순차적인

192

어떤 창조관을 제시하고 있다. 이처럼 단 하나뿐인 창조 행위가 단 하나뿐인 통일된 세계, 즉 "우누스 문두스" 안에 끊임없이 일종의 형성 중인 창조의 질서를 촉발한다는 것이다. 여러 가지 힘들과 다양한 현상들은 바로 그 하나뿐인 세계로부터 솟아나는 것일 뿐 아니라 그 힘과 현상들은 그 드러남을 통해서 하나뿐인 세계를 재현하고 그것에 자양을 공급하는 것이다. 그 힘과 현상들이 서로를 흡수하고 또 다른 길을 통해서 끝없이 영속하는 그릇, 피조물인 동시에 창조의 주체인 질료, 수정受精되었으면서도 수정하는 주체인 실체. 그 세계 속에서는, 그 씨줄과 날줄 속에서는, 모든 것이 서로 이어져 있고 모든 것이 서로를 지탱한다. 우연을 논할 때 나는 차라리 의미심장한 일치, 동시적 상황, 공시적 관계, 혹은 더 나아가서 보들레르가 말하는 조응correspondance이라는 정의를 제시하고 싶다. 우리들은 저마다 그런 현상을 일상 속에서 체험한다. 내가 어떤 사람을 생각하고 있는데 그가 내게 전화를 걸어온다든가 길을 가다가 그를 마주치게 된다든가 하는 것은 그런 종류의 사건들의 한 전형이다. 그것은 우리들의 내면에 어떤 텔레파시의 경로가 존재한다는 것을 말해준다. 그것은 사실 우리가 직관이라고 부르는 것과 일치한다. 직관의 침묵.

장소들과의 만남은 또 다른 의미를 지닐 수 있다. 그

런 장소들은 우리의 정신을 시적인 표현 이외에는 달리 표현할 수 없는 어떤 소통 상태로 몰아넣는다. 우리의 의식이 우리들 각자의 내면 깊숙이 매몰되어 있되 겉으로 드러나기를 바라는 그 무엇을 한데 끌어안을 수 있게 해주는 상태가 그것이다. 폐허들과 버려진 장소들은 흔히 우리들의 어떤 부분들이 비춰지는 거울들이다. 그런 종류의 장소들은 우리들 각자의 내면에 잠들어 있는 명상인을 특별히 깨워주는 성격을 지니고 있으니 말이다.

몇 년 전, 나는 사람과 이별한 마음의 충격이랄까, 이해받지 못한 부적절한 사랑의 투영에서 온 혼란이랄까, 어쨌든 어떤 감정적 위기를 겪으면서 일 드 프랑스의 어떤 오래된 마을에서 산책을 하다가 우연히 접어든 길목에서 문이 온 사방으로 활짝 열린 외딴집과 마주치게 되었다. 금방 두려움의 감정이 밀려들었다. 무슨 광란 상태에서 돌연 버리고 떠난 집이 분명한 것이 어른과 어린아이의 옷가지들이 여기 저기 더러운 쓰레기가 되어 흩어져 있고 커다란 적포도주 빈병들, 찢어진 포르노 잡지들, 짓밟힌 싸구려 탐정소설 따위가 나뒹굴었다. 도처에 때문은 것들과 쓰레기였다. 몹쓸 공포영화와도 같이 마음을 짓누르는 분위기 속에 벽이란 벽마다 고통이 배어나고 있었다. 무엇보다도 마음을 뒤흔드는 것은 그 형편없는 어린이 장난감들의 잔해와 버려진 어린이 신발들이었다. 바닥에는 깨진 그릇들이 밟혔고 벽장들은 황폐해지고 몇 안 되는 가구들은 뒤집혀져 있고 매트리스는 푹 꺼져 있었다. 이곳에서 무슨 일이 일어났던 것일까? 덧문이 꼭꼭 닫혀 있는 그 마을에서 나는 더 이상 아무것도 알고 싶지 않았다. 알코올 중독이나 약물 중독 혹은 이성을 잃고 짐승이 되어버린 사람들의 비극이었을까?

밖에는 새들이 지저귀고 있었다. 그리하여 나는 마음의 혼란과 동시에 삶의 고통을 치유받은 기분으로 그곳을 떠났다. 한 생애의 독약이 되고 있는 진정한 비참에 비긴다면 한낱 조그만 사랑의 슬픔이나 자아의 고통쯤이란 무엇이란 말인가?

한 장소의 끔찍한 공포가 내게 가르침을 준 것이었다.

조금 더 가다가 보니 길가에 인적 없는 교회당이 하나 거대하고 잎이 무성한 나무 밑에 조그맣게 서 있다. 구부정한 나무 등치에 기대듯이 서서 아기 예수를 안은 성모 마리아의 아주 작은 석상과 서투르게 다듬은 나무 의자들을 품고 있는 작은 예배당은 그 평온한 모습을 통해서 다시 찾은 마음의 고요와 새로운 희망을 내게 가르쳐준다.

우리가 악몽의 수렁 속으로 깊이 빠져들어 그것에 사로잡힌 노예가 된다면 삶은 송두리째 지옥이 된다. 그리하여 생명이 떠나버린 그 장소들, 거주의 세월이 마감된 그 해골들은 우리가 가는 길의 경계표지들로 변한다. 우리에게 말없이 주의하라, 정신 차려라, 순간은 지나가고 돌아오지 않는다고 경고하는 경계석들. 그 순간이 덧없이 흘러가도록 버려두어서는 안 될 일이다.

저 벽들 뒤에는 공간이

당신들, 당신들은 곧장 신에게로 갑니다.
나는 그렇게 하지 못합니다.
반면에 당신들은 내게 수도원을 지어 달라고 합니다.
다시 말해서 백여 명의 수도자들이 들어가 살 집을 짓고
그들이 침묵을 얻을 수 있도록 해달라고 합니다.
그들은 침묵 속에 공부를 담습니다.
나는 그들에게 도서관과 강의실을 지어줍니다.
그들은 침묵 속에 기도를 담습니다.
나는 그들에게 교회를 지어줍니다.
그러므로 그 교회는 내게 어떤 의미를 지닙니다.
─르 코르뷔지에

우리가 어떤 사원에 발을 들여 놓을 때 가장 중요한
것은 거기서 느껴지는 침묵의 공간(종류)이다. 즉각적으
로 느껴지는 침묵의 공간.

성자 중의 성자는 바로 침묵 그 차체이니 말이다.

나는 12세기 시토 수도회의 수도원 중 하나인 세낭크
에서 그리 멀지 않은 곳에 사는 행운을 누리고 있다. 이
고적은 아마도 천지창조의 아름다움과 하느님 나라의

희망을 가장 강력한 힘으로 말해주고 있는 수도원일 것이다. 세낭크는 하느님 나라의 그림자이고자 한다.

그것은 충일감이 넘치는 놀라운 건축물이다. 집 뒤에 있는 언덕을 넘어 걸어서 그곳에 이르든, 아니면 고르드나 뮈르를 지나 자동차로 도착하든, 양쪽 산허리 사이에 낀 작은 골짜기 한가운데 편암판석으로 이은 지붕들이 눈에 들어올 때마다 내게는 어떤 시각적 충격이 일어난다.

자신들을 초월하여 어떤 피안을 추구하는 사람들의 작품인 세낭크 수도원의 그 장엄한 단순성은 완벽함과 주변의 자연과의 통일을 보여주는 이미지 그 자체다.

그 건물을 에워싸고 있는 산들은 어딘가 메마른 인상을 주지만 그 한가운데에 라벤더가 만발해 있고 주변에 떡갈나무와 회양목이 무성한 골짜기는 경치가 아름답다. 산과 하늘은 양, 골짜기와 땅은 음이니 자연의 남성 여성적 두 요소가 인간의 작품인 이 제3의 요소를 통해 하나가 된다.

수도원은 아무 데나 짓는 것이 아니다. 이 수도원은 전 우주의 소리에 귀를 기울이는 어떤 거대한 귀의 고막과도 같은 것이다.

오늘날 부활절에서 만성절까지 수만 명의 방문객들이 이곳을 지나지만 구태여 수도승들이 나서서 그들에게 가르침을 줄 필요가 없다. 그 어떤 사람보다도 기도가 그들에게 가르침을 주는 것이다. 여기서는 건축의 메시지가 도道의 진정한 기둥이 되어 어찌나 강력하게 전달되는지 몸과 정신과 영혼이 그 목소리를 듣는다. 나는 형태가 내뿜는 파장의 힘을 세낭크에서만큼 강하게 느껴본 적이 없다. 아마도 내가 이곳을 찾고 또 찾는 것은 이 때문일 것이다. 비록 잠깐 동안만이라도 그곳으로 달려가보지 않는 주일이 없을 정도다. 그때마다 느끼게 되는 것은 영원히 변함없는 매혹이며 항상 새로워지는 교훈이다.

마리 마들렌 다비의 표현을 빌리건대 사람들이 숨김없이 드러난 성배를 직접 눈으로 보며 살았다는 저 전설적인 12세기의 완벽함에 버금가는, 아니 그 완벽함에 근접할 수 있는 것으로 20세기의 우리들은 과연 무엇을 건설하고 있는가? 아무것도 없다.

새로운 정신적 모험으로부터 대성당들을 지은 건축가들의 힘과 천재를 이끌어내기 위하여 우리는 무엇을 기다리고 있는 것일까? 우리가 사는 땅 전체가 폐허로 변하기를? 그리고 그 위에 다시 건축할 수 있기를? 역사가 기대하고 있는 것이 어쩌면 정말로 그런 것일지도 모른다. 맹목인 인류의 헤아릴 길 없는 어리석음은 풍성하던 지상낙원을 망가뜨림으로써 스스로를 심판하고 벌해야만 하는 것일까? 대체 무엇을 깨닫기 위하여? 스스로의 부질없음을? 사정이 그렇다면 쓸데없이 시간을 허비할 필요가 없을 지도 모른다.

빛의 덫인 세낭크.

시토 수도회의 개혁자 생 베르나르는 우리들 모두가 다 그렇듯이 모순으로 가득 찬 인물이었고 모든 거인들이 그렇듯이 병리학적 케이스였다. 그는 마음 속의 꺼지지 않는 불길을 이기지 못한 나머지 이단적인 카타리 파와 이교도들과 맞서 무용하고 피비린내 나는 십자군 전쟁에 나설 것을 역설했을 뿐만 아니라 동시에 원초적인 단순함과 은둔으로의 회귀를 통해서 수도자의 이상에 생명을 불어넣었다. 1152년, 그가 사망하였을 때 교단은 약 350여 개의 수도원을 건립하기에 이르렀다. 그가 시토에 도착한 것은 1112년이었다. "인간의 영혼은 빛을 따름으로써 빛을 찾으려 한다"고 말했던 이 수도원 설립자는 과연 자신의 치열한 신앙이 보여준 최고의 증거가 자신의 뜻을 받들어 세운 돌들의 침묵 속에 새겨지게 되리라고 상상인들 해보았을 것인가? 그는 그 돌들이 "우리의 몸 때문에 성스러운 것"이라고 믿었다. 성 바오로 이후 12세기가 지나 그가 "영혼 구제의 항아리"에 비유했던 우리의 몸 말이다.

자신의 할 일에 모든 것을 바쳤던 그는 분명 후세에 이름을 남기는 일 따위는 생각도 해보지 않았을 것이다.

그는 오직 그 완벽함에 다가가려는 일념뿐이었다. 완벽함이란 저 앞에 놓인 것이기에 항상 도달해야 할 장래의 목표였다. 그는 논설들과 설교집 속에 지극히 고전적인 글들을 남겼는데 거기에는 그 인물의 섬세한 메타 심리학이 그대로 반영되어 있다는 것을 알 수 있다. 무슨 요란한 비전을 획득하거나 그런 것을 기대하는 것과는 거리가 먼 그 인물은 미끄러지듯 완만하게 깨어나는 의식, 우리의 내면에서 솟아나는 저 침묵에 세심한 주의를 기울일 뿐이다. "말씀이 몇 번씩이나 내 속으로 찾아왔다. 말씀이 빈번히 내면으로 찾아들었지만 내가 항상 그 도래를 의식한 것은 아니다. 그렇지만 나는 그것을 속에서 느꼈다. 나는 그 존재를 상기한다. 나는 나 자신의 높은 부분으로, 말씀이 지배하는 더욱 높은 곳으로 올라갔다. 내 속으로 들어올 때 말씀은 그 어떤 움직임이나 그 어떤 감각을 통해서 자신의 존재를 드러내지 않는다. 오직 내 마음의 은밀한 떨림만이 그것을 드러낸다. 내 속에서 그것은 그것의 광휘의 그림자 같은 것이다."

단순함이 유난히 돋보이는 이 문장들 속에서 우리는 형성되고 있는 침묵의 힘을 되찾는다.

세낭크 수도원에서는 매일, 시시각각, 빛은 변하면서 그것 자체의 변주를 지각 가능하게 만든다. 그 빛의 덧 속에서 인간의 어떤 꿈이 실현된다. 여기서는 침묵과 광채가 만나 기막힌 노래가 된다. 내 친구이며 공모자인, 그리고 이곳 문화원장인 엠마뉘엘 뮈엠과 함께 수도원 주변을 이리 저리 돌아다니다가 교회 안으로 들어갈 때면 매번 우리는 놀라움에 사로잡혀 말을 잊는다.

제단 뒤의 반월형 부분을 향하고 서 있노라면 황홀해진 시선을 통해 각자의 마음 속에 그야말로 어떤 충돌이 일어난다. 존재를 송두리째 휘어잡고 뒤흔들며 그 존재를 기도의 상태로, 다시 말해서 영혼의 운동 상태로 몰아넣으면서 그 존재를 능동적이고 빛나는 침묵으로 탈바꿈시키는 어떤 영혼의 움직임 말이다. 교회의 가로 회랑은 성서의 출애굽기에서 유난히 성스러운 곳으로 받들고 있는 공간인데 그 부분으로 인도하는 정결의식의 세 개의 계단을 향하고 있거나, 삼위일체 개구부를 통해 빛이 들어오는 후진 아래쪽 놀랍도록 텅 빈 제단으로 인도하는 두 개의 계단을 향하고 있노라면 우리들의 내면에 돌들과 곡선들과 뚫린 부분들이 마법과도 같이 배열되고 있음을 느낄 수 있다. 이리하여 이 인적 없는 사원 안에서(우리는 사람의 왕래가 거의 없는, 따라서 충만한 시간에 그곳을 찾아간다) 신비주의라는 말이 몸과 정신 속에서 체험된 현실로서 의미를 갖는다. 그곳을 찾아갈 때마다 우리는 딴 사람들이 되어 밖으로 나온다.

그 같은 명소에 살고 있는 엠마뉘엘의 말을 들어보자.

"만약에 우리가 이 건축에서는 어느 하나 무용한 것 없이 모두 다 뜻이 있고 필연적인 것이라는 가정에서 출발한다면 우선 가로 회랑의 입구에 있는 기둥머리마다 뚜렷하게 보이는 단 한 가지 기호가 집요하게 드러내는 의미를 이해하려고 노력할 필요가 있을 것이다. 즉 둥근 바퀴가 그것인데 특히 가로 회랑의 오른쪽 벽 꼭대기에 있는 커다란 원형 창 속의 전차바퀴처럼 보이는 형상이 주목된다. 바퀴는 언제나 풍부한 의미를 지니고 있어서 인간의 상징적 상상력을 강하게 사로잡아왔다. 어떤 상징은 간단한 등식으로 환원되지 않는다. 그 해석은 주관적인 것이어서 다양한 차원의 의미를 갖는다. 바퀴는 우선 둥근 주변을 한 점의 중심에 연결하는 형상으로 제시된다. 신을 중심으로 삼는 둥근 세상의 원이다. 그것은 정신적 완전함, 에제키엘식 통찰의 상징이다. 소수의 합인 열 개의 살을 가진 이 원형의 창 속에서 바퀴는 그 중심의 주위에 모인 우주의 집합으로, 주기적 시간의 이미지, 영원 회귀의 이미지로 보일 수 있다. 밤 성무를 보기 위하여 숙소에서 내려오는 수도사는 대번에 그 바퀴를 눈앞에 맞닥뜨리게 되고 내진의 자기 자리로 돌아갈 때는 교회 안쪽 벽 꼭대기에 있는 거대한 장미꽃을 응시하게 된다. 바퀴에서 파생된 형상인 장미꽃은 모든 시토교회들이 받들어 모시는 성모의 표상이다. 삼위일체의 3

으로 세상의 4방을 곱한 열두 개의 살을 가진 장미는 완전한 창조의 이미지다. 그 열두 개의 꽃잎들은 두 개의 동심원 주변에 새겨져 있고 동심원은 뚜렷하게 강조된 십자가에 의하여 고정된 형국이다. 이렇게 하여 유동성으로서의 전차 바퀴가 급격하게 방향을 바꾸는 시선 속에 정지되는 것이니 시간이 영원으로 변한 것이다.

실제로 교회 전체가 그 이중의 운동에 참가하게 될 것이다. 교회는 두 얼굴을 가지고 있다. 대단한 건축적 풍부함이 그 한 얼굴이라면 어떤 건조한 단순함이 또 다른 얼굴이다. 정돈된 음악적 리듬으로 부르고 응답하면서 후진의 모성적인 알 껍질을 향하여 옷깃을 여미는 듯한 가로 회랑 위에 거창한 볼륨의 둥근 지붕을 조성함으로써 보여주는 그야말로 우주적인 얼굴이 그 하나라면 극도로 절제되고 장식 없이 높은 궁륭을 가진 중앙 홀의 모습은 보다 시토 교회다운 얼굴이다. 오직 빛만이 교회를 살아 있게 한다. 수도원에서는 더 생생하고 교회에서는 더 은밀한 그 빛이 정오 시간에는 불태울 듯이 강하게 내려 쪼여 여름철에는 빛과 어둠의 정확한 선으로 오려낸 듯 또렷하게 그 윤곽을 만든다. 빛의 행진, 시선과 영혼의 행진. "장소를 바꿈으로써 가까이 다가갈 것이 아니라 차례로 빛의 농도를 달리하면서 다가가야 한다. 육체적인 것이 아니라 영적인 빛 말이다"라고 생 베르나르는 말했다.

그러나 빛은 그것이 황금같이 번쩍이건 동굴의 습기에 젖어 흐릿해지건 상관없이 언제나 돌 자체의 아름다움을 드러나게 한다. 완전한 색깔 배합. 하나하나의 돌은 회반죽도 바르지 않은 채 있는 그대로 거짓 없이 서로 이어져 있다. 이런 배려에도 어떤 메시지가 담겨 있다. '들어오라, 그대들 자신이 영적인 집을 이루는 살아 있는 돌들이니 건축물의 구조 속으로 들어오라'고 성 베드로는 말한다. 이리하여 교회는 그것을 지은 재료 자체로 인하여, 그리고 십자가를 본뜬 배치에 의하여 그리스도의 신비적인 몸의 이미지가 된다. 수도원 공동체의 단조로운 성가로 충만해진 그 궁륭 아래서, 끊임없는 상승의 충동 속에서."

여기, 오늘 또한, 이 장소들의 기막힌 침묵, 그 진동하는 현존은 그 자체만으로도 우리를 높이 높이 상승시켜 주기에 충분하다. 표현의 극단에 이른 이 형태들 속에서 존재가 날개를 펼치는 공허의 건축이, 개방된 볼륨의 충만이 활짝 피어난다. 그림 색유리도 없고 조각도 이미지도 없는 이 교회는 수도원의 수학적 조화로움의 힘으로 낮과 밤의 순수한 광채 속에서 우리들에게로 열리는 우주를 내면화한다. 네모난 빛의 우물, 하늘의 우물인 수도원.

"우리는 상징의 반사에 의해서밖에 신을 볼 수가 없다"고 생 베르나르는 말했지만 우리는 거기에 보태어, 신이라고 하는 에너지는 이 세상을 형성하는 이 모든 것들 속에, 연약하기 짝이 없는 줄기의 끝에 꽃을 피우는 한 가닥 풀잎 속에, 사막의 돌로 지은 장미꽃인 이 세낭크의 건축물 속에 그 모습을 드러낸다고 말할 수 있을 것이다.

수도원 옆에 붙어 있는 문화원은, 그 한 층이 기도하는 몸짓들에 대한 가르침에 할애되어 있고 다른 한 층은 사막에서의 삶과 그곳에 사는 투아레그족에 대한 전시회로 채워져 있다. 아름다운 사진들, 사막 위에 남은 흔적들, 아세르크렘 고원 위에 있던 샤를르 푸코의 집에 달려 있다가 총알을 맞고 구멍 뚫린 채 그의 시신 위로 쓰러졌던 문의 한 조각 같은 물건들. 그리고 그가 손으로 쓴 한 권의 공책에는 그가 번역한 투아레그족 격언의 목록. 유리장 안에 펼쳐져 전시된 바로 그 페이지에는 다음과 같이 적혀 있다. "수다스러운 사람의 뱃속에 들어 있는 것은 오직 수다뿐이다."그리고 "불에 덴 상처는 아물지만 말로 인하여 입은 상처는 영혼 속에서 치유되지 않느니라…"

침묵의 지혜에 바쳐진 감동적 경의. 그리고 몇 걸음 더 걸어가면 오늘의 투아레그족인 하바드가 쓴 시의 한

구절 번역이 눈길을 끈다. 거기에 쓰여 있는 서예 글씨
는 그 획 하나하나가 글자라기보다는 기호다.

　　우물을 향해 걷는 걸음은
　　우리들 목마름의
　　끝이 아니다

　내가 그 시를 다시 한 번 소리 내어 읽어주니 엠마뉘
엘은 자기가 사막을 걸어서 여행할 때 어떤 투아레그 친
구가 그에게 말해준 격언 하나를 인용해보인다. "잠음을
내는 사람은 자신의 내면에 오직 잠음만 집어넣는다."

　침묵과 명상의 공간을 창조하는 일에 관계되는 건축
은 현대적인 재질들을 활용해서 매우 훌륭한 효과를 만
들어낸다는 것을 알 수 있다. 롱샹에 있는 노트르담 뒤
오 교회와 아르브렐르에 있는 셍트 마리 드 라 투레트
수도원의 경우가 그렇다. 이 두 건축물은 새삼스레 재발
견해볼 가치가 있는 천재 르 코르뷔지에가 건설한 명상
의 장소들이다. 이 장소들을 에워싸고 있는 벽은 빛을
가두는 덫이다.
　여기서도 역시 진정으로 귀를 기울일 줄 아는 사람에
게는 침묵이 말을 건넨다.

롱샹에서 나는 그 침묵에 눈이 부셨다. 청소년 시절, 빛나는 8월 어느 날 오후에 나는 한 무리의 친구들과 걸어서 그 언덕에 도착했다. 거기에 조그만 교회가 하나 눈부신 빛을 받으며 서 있었다.

아르브렐르에서 나는 그 침묵의 품에 안겨 가만히 흔들리는 느낌이었다. 실제로 나는 스승 데시마루님과 함께 참선을 하며 사흘씩 세 번 그곳에 머물었던 것이다.

처음 보면 그 수도원의 시멘트 건축물은 그저 눈에만 놀랍게 느껴지지만 우리는 차츰 그 장소가 제 기능을 발휘하면서 공간과 모서리들의 성질, 리듬, 분위기를 통해서 공동의 명상을 돕는다는 것을 깨달을 수 있다. 작은 방 안의 고독한 장소는 세상과 단절된 침묵의 둥지이니 여기서 우리는 성찰이나 휴식의 수행에 들어간다.

저기 복도로 나서면 남들과 한데 모이는 장소. 대자연에 면한 식당, 공부방들….

빛이 잘 들어오는 경사진 면을 통해서 내려가면 교회 안에 아늑한 집중의 장소가 나오고 거기서 다시 우리는 자신의 내면에 있는 침묵의 정상을 향해 올라가기 시작한다. 우리들 마음 속에 깃들어 있는 저 상승의 장소를 향해서.

내 두 번째 좌선기간 중 처음으로 이곳에 와서 머물 때였던 것으로 기억된다. 호기심을 억누르지 못한 나머지 나는 스승 데시마루님에게 합동 참선 수행 중에 사진을 몇 장 찍도록 허락해달라고 청해보았다. 아직 그분을 잘 알지 못할 때였지만 내가 미디어 쪽과 관련이 있다는 것을 아시고 스승께서는 그러라고 허락해주셨다.

모든 참가자들이 아침 11시 수행을 위하여 도복 차림으로 교회 안으로 들어간다. 각자가 열 속의 자기 자리로 간다. 양쪽으로 나란히 세 개의 열을 맞추어 명상용 방석에 자리를 잡고 측면 벽들 중 하나를 향하여 5점 형으로 배치되어 앉는다. 나 역시 다른 참가자들과 마찬가지다.

5분 정도 경과한 뒤 나는 내 펜탁스 사진기를 옆구리에 끼고 소리 없이 일어나 제단을 향하여 열과 열의 사이 공간으로 걸어 나갔다. 나는 제단의 층계 꼭대기에 올라서면 전체의 멋진 정경을 렌즈 속에 포착할 수 있으리라는 기대에 부풀어 있었다. 계단을 걸어 올라간 다음 마침내 뒤로 돌아섰을 때 나를 뒤흔든 것은 미동도 하지 않고 정좌한 120명에게서 뿜어 나오는 침묵의 엄청난 충격 바로 그것이었다.

그때 느낀 침묵은 그 파장이 너무나도 강력한 것이어서 나는 사진기 셔터 소리와 그 메아리로 그 농밀한 정적을 깨뜨릴 엄두를 내지 못한 채 한참 동안 가만히 서 있었다.

그 후 나는 다른 장소들에서 같은 경험을 되풀이해볼 수 있었다. 명상에 잠긴 채 꼼짝도 하지 않고 있는 백에서 삼백에 이르는 몸에서 새어나오는 침묵의 진동은 언제나 상상을 초월할 정도로 강력한 것이다. 그러나 그 진동은 장소의 건축 형태에 따라 가변적이다. 마치 공간과 장소의 에너지와 침묵이 서로 삼투작용을 일으키면서 매번 다른 하나의 총체를 만들어내기라도 하는 것만 같다.

나는 프랑스, 벨기에, 스위스, 스페인 등 도처에서 선수행에 참가해보았다. 장소는 교회, 수도원, 헛간, 호텔의 스포츠 센터, 혹은 라 장드로니에르의 그것처럼 전통에 따라 만들어 놓은 도장 등 다양했다.

물론 나는 매번 다른 사람이었다. 우리는 매일 아침 새로운 존재로 깨어난다. 자신이 같으면서도 다른 존재임을 깨닫게 되는 그 추이를 차근차근 밟아갈 수 있도록 해준다는 것이 바로 참선의 커다란 장점이다. 그러나 장소의 상황과 형상, 그 당시의 날씨, 땅바닥의 광물적 에너지나 주변 식물에서 배어나오는 힘… 같은 것이 수행하는 사람들에 의하여 얻어지는 침묵의 질에 영향을 미친다. 그리하여 테이블과 의자를 다 들어낸 발 디제르 지방 어느 식당의 텅 빈 홀에서 급류가 쏟아지는 산협 쪽으로 면한 커다란 유리창을 옆에 두고 참선을 하는 것, 혹은 블루아 근처, 루아르 지방의 약간 나른한 풍토 속에서, 혹은 프랑스 북부 바르데스크의 어느 수도원, 작은 기도실의 써늘한 타일 바닥 위에서, 그 장소의 예외적인 에너지에 전신을 맡길 수 있는 생트 봄의 드넓은 헛간에서, 카리 르 루에의 햇빛이 쏟아지는 지중해를 눈앞에 두고, 아니면 지금 여기에서 처럼 라르브렐의 현대적인 라 투레트 수도원 교회에서 참선을 하는 것은 그때마다 전혀 다른 새로운 경험인 것이다. 그만큼 명상은 그 장소의 기후적, 풍토적, 건축적 생기에서 그 자양을 얻는 것이다.

침묵의 질은 각 수련회기의 시일이 흐르는 동안 계속 변한다. 처음에는 저마다 자신의 근심 걱정, 환상, 피로 및 각종 마음의 혼란을 반추하는 가운데 무겁고 심지어 음산한 분위기마저 감돌던 그 집단적 침묵이 시간과 더불어 차츰 변화를 보이면서 회기가 끝나갈 무렵이 되면 에너지와 광채로 진동하는 것이다.

모든 수련 지도자들은 누구나 그런 경험을 가져본 바있다. 명상수행을 통해서 내면의 때가 씻겨나가면서 전반적 분위기가 고양되는 것을 확인할 때면 언제나 커다란 감동을 맛본다.

다시 라 투레트 이야기로 돌아와보자. 1983년 그곳에서 종교건축에 관한 세미나가 개최되었을 때 건축가 클로드 바랑은 이렇게 말했다. "작품 그 자체를, 가령 르코르뷔지에의 라 투레트 교회를 바라보고 있노라면 더할 수 없이 단순하고 도식적이면서도 동시에 따뜻하다는 느낌을 받습니다. 이 장소가 사람을 짓누르며 마음을 혼란스럽게 하나요? 아닙니다. 오히려 정반대죠. 그 크기는 잊혀지고 거친 인상은 사라집니다. 오직 나 혼자뿐이라는 느낌과 더불어 이 장소가 나 자신의 사이즈에 맞추어지는 것입니다. 마치 내 집에 있는 기분이 듭니다. 여기는 수도사들의 교회가 아닙니다. 나 자신의 교회니까요. 내 집이니까요.

이런 현상을 어떻게 설명하면 좋을까요? 당신의 눈에 이 장소가 정다움으로 가득 차 있다는 느낌을 줍니다. 어떻게 해서 이런 효과가 생기는 것일까요? 이것은 건축가의 작품입니다. 그 수단은 무의식적인 것이죠. 유일한 의식은 작품의 힘 속에 있습니다. 에누리할 수 없는 그 거센 힘 말입니다. 솔직함으로 이루어진 어떤 거칠음이랄까요. 그 나머지, 우리가 느끼게 되는 것, 수 세기에 걸쳐 사람들이 느끼게 될 것, 그것은 신비의 차원에 속하는 것입니다."

과연 거기서 드러나는 것은 어떤 의미를 가진 한 장소, 사물과 사람들이 자신들에게, 그리고 타인들에게 현현하는 한 장소, 타자, 가까운 사람, 깊이 파묻혀 있는 근원적인 것과의 관계를 활성화하는 한 장소인 것이다. 진정한 사원은 자신의 내면에 자리잡고 있는 것이므로 마음을 유도하는 지혜와 고유한 수행과 위치한 장소에 의해서 성스러운 기운을 살려낸 각각의 장소는 오직 깊은 의식 속으로 빠져 들어갈 수 있도록 우리를 도와줄 뿐이다. 예배당은 내면의 것으로 남아 있어야 한다. 그리하여 각각의 장소는 중심이 되고 우리를 초월하고 우리의 바탕이 되는 것과 소통하는 장소가 된다.

거기서 새로운 건축이 생겨날 수 있을 것이다. 르 코르뷔지에가 깨달은 것도 바로 그것이다. "사람들의 집이 그 자체로 완전하게, 자연 속에 자리잡고 땅 전체를 떠맡으며 사방으로 열려 있다. 구름과 창공, 혹은 별들이 찾아들도록 지붕을 열어 놓았으니 신중한 올빼미도 스스로 찾아와 내려앉는다."* 지붕은 건물 중에서도 가장 높은 열광의 장소요 우주를 향해서 열린 다섯 번째 외벽이다.

르 코르뷔지에는 지칠 줄 모르고 그의 탐색을 계속하여 종교예술의 기초를 회복한다. "개인, 집단, 우주, 이것이 내가 일생 동안 탐구해온 법칙이었다."

이러한 금과옥조에 힘입어 그는 많은 것을 재발견했

---

* 「각이 진 시詩」

다. "건축과 음악은 각각 시간과 공간에 적절한 비례를 부여하는 두 자매다. 매혹을 만들어내는 도구, 그것은 바로 비율이다. 가능성이 최고조에 달한 여러 가지 감정들은 비율과 긴밀한 관련이 있다. 그것은 거의 불가사의, 혹은 신들의 언어에 가까운 것이다. 건축물 앞에서 느끼는 감각인 비율은 거리, 크기, 높이, 볼륨에 대한 지각이며 성공이냐 실패냐에 따라 통일성을 주거나 주지 못하는 어떤 키를 가진 수학이다. 참으로 믿을 수 없는 일은, 건축의 관건이 되는 그 비율이 분실되고 망각되었다는 사실이다. 어떤 시대에는 절대적인 중요성을 가졌던 그것, 신비 그 자체로 인도하는 그것을 사람들은 더 이상 생각하지 않게 되었고 더 이상 신경도 쓰지 않게 되었다. 비율을 방기해버린 것이다. 현저하게 시각적인 기능인 비율은 물질성을 정신성에 연결시켜주는 형이상학으로 발전될 수 있는 것이다."

우리는 누구나 만남의 신전 안으로 들어가서 한동안 그 단순하고도 매혹적인 장소의 마법을 음미하기를 좋아한다. 마음을 가다듬고 자신을 돌아보며 기도하고 명상하는 장소들. 힌두교, 불교, 무슬림, 유태교, 기독교 기타 모든 종류의 신전들에서 우리가 즉각적으로 느낄 수 있는 것은 두 가지 요소, 즉 신앙의 정신 혹은 그곳에서 실천하는 명상, 그리고 어떤 특별한 땅에 세워 뿌리

내린 그 모습 그대로의 장소의 정신이다. 다양한 침묵들이 우리들로 하여금 구도의 바탕이 되는 근본적인 것과 접촉할 수 있도록 해준다. "조화를 탐구하는 각각의 존재는 성스러움의 감각을 지니고 있으니… 각 존재 속에 있는 그 비밀, 즉 저 거대 무한한 공허 속에 우리는 개인적인, 순전히 개인적인 성스러움의 개념을 담아둘 수도 있고 그러지 않을 수도 있다. 하루는 24시간이다. 삶에도 입구와 출구가 있다. 각자에게는 한동안 누릴 수 있는 유예기간이 있다. 인간은 저마다 제 피부의 내면에, 자신의 피부라는 자루 속에 있다…."* 이렇게 쓴 글을 남긴 빛의 구도자인 건축가 르 코르뷔지에는 바다와 태양 사이에서 헤엄치다가 죽었다. 나는 그가 바다와 태양이 혼합된 광휘 속으로 녹아들었다고 생각하고 싶다. 그의 몸, 그 가죽자루는 파도에 밀려와 바닷가 모래톱에서 발견될 것이다.

우주를 설계하는 위대한 건축가가 있다 할지라도 그의 작품들은 세워졌다가 다시 해체될 것이다.

침묵의 가장 아름다운 상징은 무엇일까? 흐릿한 박명 속에서 타고 있는 촛불의 불꽃. 그 불꽃은 일어나 빛을

---

* 앞의 책.

발한다. 그렇지만 그것은 머지않아 꺼질 것이다. 그것은 또한 우리가 이 세상에 가하는 행동의 상징일 수도 있을 것이다.

그 덧없는 기회….

두려움에 대한 소극笑劇

죽음이 삶에 형태와 가치를 부여하면서 삶을 매듭지어 완성
하는 것과 마찬가지로 침묵은 언어와 의식의 궁극적 귀결이
된다. 우리가 말하거나 글로 쓰는 모든 것, 우리가 아는 모든
것은 바로 그것, 진정으로 그것, 즉 침묵을 위한 것이다.
—J.M.G. 르 클레지오, 『물질적 황홀』

 누군가가 "무서워요" 하고 말하면 우리는 그에게 반문
한다. "대체 뭐가 무섭단 겁니까?"
 그의 무서움에는 어떤 대상이 있어야 한다. 그는 어떤
구체적인 사실로 대답하지 않으면 안 된다. 가령, 길에
서 어떤 사람이 따라와요, 살인자가 나를 노리고 있어
요, 우리집 아이가 중병에 걸렸어요, 우리 공장이 문을
닫아서 실직하게 되었어요, 동물원에서 도망쳐 나온 호
랑이가 문 뒤에 있어요, 혹은 왕뱀 한 마리가 침대 밑에
있어요… 그것도 아니라면 내 셔츠 칼라에 묻은 루주 자
국을 보면 마누라가 한바탕 할 것 같아요, 라든가 우리
집 그이가 퇴근하면 나를 두들겨 팰 거예요 같은 것 말

이다.

반면에 누군가가 고통이나 막연하고 불확정적인 불안, 삶의 괴로움을 토로할 경우 그 원인에 대한 질문은 전혀 다른 방식으로 제기된다. 왜냐하면 그 질문은 어떤 구체적인 사실이 아니라 무슨 위협적인 히드라인 양 위험한 것으로 인식되는 삶 전체에 적용되는 것이기 때문이다.

카를로스 카스타네다의 작품에서 주술사 야퀴 돈 후안은 제자에게 이렇게 말한다. "식자의 으뜸가는 천적은 두려움이다. 그건 무시무시하고 억누르기 힘들고 야비한 적이다. 그것은 길모퉁이마다 숨어서 주위를 배회하며 노린다."

그렇지만 침묵의 개념이 이 기만적인 두려움과 대체 무슨 관계가 있는 것일까? 아주 밀접한 관계가 있다.

우선 침묵은 그 어떤 것이건 간에 그 속에 두려움을 감추고 있을 수 있다. 침묵은 세상 사람들의 눈에 두려움을 숨김으로써 약점, 근심, 동요, 섬짓함, 공황 등 다양한 상태들을 은폐한다. 흔히들 숨이 멎을 정도로 두려운 나머지 말문이 막혀 말을 못할 지경이니 죽은 것이나 다름없다고 하지 않는가?

침묵을 지키고 있다고 해서 속으로 느끼는 감정이 없을 수 없고 각종 표시들이 나타나지 않을 수 없다. 뱃속에 돌덩이가 들어앉은 것만 같고 다리가 휘청거리며 식은땀이 나는가 하면 눈은 초점을 잃고 얼굴은 창백해진다. 이른바 '모골이 송연해지고' 소름이 돋는 것은 말할 필요도 없다. 이렇게 되면 본래 좀 젠체하는 사람의 경우는 기절하기에 이르니 그야말로 완전한 침묵이 될 터이고 도망을 치는 경우라면 비겁한 침묵이고 다소간 억제된 방어적 반응을 보이는 경우 침묵은 어느 정도 떠들썩한 말이나 다양한 야단 법석과 외침으로 변한다.

침묵은 또한 무기로 사용될 수 있다. 방어와 공격의 무기로 말이다. 어떻게? 답은 간단하다. 우선 자신의 불안한 환상을 중지시킬 일이다. 어떤 상황에 대하여 갖게 되는 마음 속의 환상이 실제 현실보다 더 위험하다. 흔히 그 환상 때문에 어떤 어려운 상황을 돌파할 수 있는 모든 수단을 다 잃어버리게 되니 말이다. 두려움의 진정한 문제는 과도한 범람에 있다. 두려움은 판단력을 마비시켜서 적절한 행동을 취할 수 없게 만들고 오성의 눈을 흐리게 한다는 것이 주된 불편함이다. 두려움이 자아내는 환상과 생각에 맞서 싸우려면 침착하게 심호흡을 하도록 노력해야 한다. 사실 길거리에서 생긴 문제건 가정불화건 직업상의 마찰이건, 혹은 자기 자신의 함정과 두려움에 맞선 싸움이건 간에 들숨과 날숨의 속도 조절을 통해서 정신을 집중함으로써 올바른 판단을 내릴 수 있다.

이 통제된 호흡법을 사용하면 눈에 날이 서면서 시선이 면도날처럼 날카롭고 칼끝처럼 예리하고 다이아몬드처럼 빛을 발하게 된다. 우리의 시선이 견고해지고 다른 사람이 보기에 안정감을 확보하면서 명철함으로 빛나게 되면 우리는 그야말로 말이 없으면서도 무시무시한 무기를 지니고 있는 것이나 매한가지라고 할 수 있다. 단 한 번의 눈길로 상대를 꼼짝할 수 없게 할 수 있는 것이다. 다만 숨소리나 시선에 그 어떤 흥분의 기미도 드러나 보이지 않도록 주의할 필요가 있다. 그와 반대로 확고한 결의를 통해서 냉정과 투명함을 보여주어야 한다.

침묵의 세 번째 무기, 이 동요 없이 침착한 국면, 상황 전체를 꿰뚫어 보며 줄기차게 쏘아보는 시선, 차분한 호흡의 국면에 이르면 이제 중요한 것은 자신의 주위와 정면에 진동하는 방패를 만들어내는 일이다. 항상 침묵 속에서 눈으로 어떤 광선을, 가능하다면 태양광선을 거머잡아 마음 속으로 자신의 몸에 휘감고 단전에 최대한 멀리 날숨을 내뿜고 신속하고 자연스럽게 들숨을 들여쉰 다음 아랫배가 뜨거워질 때까지 다시 한 번 더 날숨을 내쉰다. 심지어 어떤 무당들은 말하기를 이때 단전에서 눈에 보이지 않는 어떤 촉수들이 뻗어 나와 상대를 멀리 날려버리거나 적어도 그를 무력화하여 꼼짝도 못하게 만든다고 한다. 내가 지금 들려주는 충고가 터무니없다고 느껴지겠지만 사실은 무예의 전통적 수련방법인 것이다.

이렇게 하면서도 엄지발가락의 바깥쪽 가장자리에 힘의 중심을 두고 두 발로 땅바닥을 단단히 딛는다. 여전히 침묵 속에서. 겁쟁이처럼 소리내어 방귀를 뀌는 것은 금물. 상대방에게 웃음을 자아낼 위험이 있다. 땀을 흘리거나 얼굴이 창백해지는 것도 금물. 이쪽이 두려워하고 있다는 명백한 표시가 되기 때문이다.

물론 지금까지 말한 것들은 깊이 생각해서가 아니라 본능적으로 실시해야 한다. 그렇다, 자신도 모르게 본능적으로 행해야 한다. 그러지 않고서는 그 기막힌 전술을 때맞추어 수행하기도 전에 급소를 가격당할 위험이 있다.

마지막으로, 모든 일이 잘 되어 외적 내적 상황이 제대로 통제될 경우 이제 남은 것은 다음 단계로 옮겨가는 것이다. 가서 한 잔 하거나 브릿지, 포커, 카나스타, 혹은 장기나 바둑을 한판 두자고 제안하여 큰 위험부담 없이 말 없는 유희의 진한 즐거움과 실내 대국의 짜릿한 긴장을 맛보는 일 말이다. 그렇지 않으면 그저 발길을 돌려 당당한 위엄이 깃든 침묵 속으로 사라져버리면 된다.

나아가 침묵의 체험은 수많은 대결의 궁극적 이유를 깨닫게 해준다. 그것은 상황에서 한 걸음 물러나 있게 해주니 말이다. 이것은 더 정확하게 말해서 스스로 손을 더럽히거나 몸에 진흙탕을 뒤집어쓰지 않는다는 것을 의미한다.

가장 큰 힘은 상황을 제압하면서도 직접 끼어들지 않음에 있다. '싸우지 않고 승자가 되는 것', 이것이 모든 무예의 또 다른 비법이다.

이와 관련하여 매우 재미있는 이야기가 하나 있다. 어떤 어린 스님이 이 절 저 절을 다니면서 통문을 전하게 된다. 목적지가 가까웠는데 다리를 건너지 않으면 안 된다. 그런데 그 다리 위에 강도가 험상궂은 얼굴로 버티고 서서 길을 막는다.

"제발 지나가게 해주세요. 가서 이 통문을 전해야 되요" 하고 어린 스님이 말한다.

"안 되지. 나와 싸워 이겨야 지나가." 강도의 대답.

"난 싸울 줄 모르는데…"

"그럼 넌 죽은 목숨이야."

"그럼 하다못해 이 통문을 주지 스님께 전한 다음 돌아와서 싸우도록 해주세요."

"맹세하겠느냐?"

"목숨을 걸고 맹세하지요."

그리하여 어린 중은 통문을 가지고 가서 주지 스님께 사정을 설명한다. 주지 스님이 그에게 이렇게 말한다.

"내가 하는 말을 잘 듣고 다리 위로 돌아가거라. 간다고 맹세했으니까. 여기 이 칼을 받아라. 상대와 마주하거든 이 칼을 네 머리 위로 높이 쳐들고 태연하게 두 눈을 감고 입을 다문 채 가만히 죽음을 기다려라."

그리하여 어린 스님은 다리 위에서 비웃으며 지키고 있는 강도에게 돌아가 주지 스님이 일러준 대로 버티고 서서 용감하게 죽음의 순간을 기다린다.

이 어린 것이 아무 말 없이 꼼짝도 않은 채 머리 위로 칼을 높이 쳐들고 있는 것을 보자 그 사나운 강도가 더 이상 비웃고만 있을 수가 없게 되었다.

"아니 이놈이 뭣 하고 있는 거지? 이런 기술은 한 번도 못 본 거잖아!"

그리고 그는 어린 중을 모욕하면서 너를 난도질해서 냄비에 튀겨가지고 거시기와 두 쪽 귀를 안주삼아 먹겠다는 둥 갖은 해괴한 말들을 다 쏟아내며 조롱한다.

그러나 어린 중은 여전히 미동도 하지 않고 칼을 높이 쳐든 채 죽음을 기다린다.

끝없는 침묵이 흐르더니 갑자기 쇠붙이들이 땅바닥에 떨어지는 소리가 어린 중의 귀에 들린다. 눈을 떠보니 강도가 다리의 벌레 먹은 나무토막 위에 엎드린 채 울며 소리친다.

"목숨만 살려줍쇼, 대사님. 목숨만 살려줍쇼. 대사님,

제가 졌습니다. 제발. 목숨을 살려주신다면 저도 남들을
위해 보시하는 중이 되겠습니다!"

침묵과 부동으로 승리를 거둘 수 있다.

역대의 가장 위대한 사무라이 미야모토 무사시는 그
의 유명한 책에서 그것을 이렇게 요약한다. "상대의 전
의를 뿌리부터 뽑아버려야 한다."

이 충고는 일상생활에서도 적용될 수 있다.

우리가 일상적으로 마주치게 되는 흔한 공격의 원칙
들에 대하여 한번 생각해보자. 그 밑바탕에는 항상 에고
의 문제가 깔려 있다.

누가 부딪치는가? 왜 부딪치는가? 부딪치는 것은 때
때로 불가피한 일이다. 그러나 정말로 불가피한 경우는
많지 않다.

사람들 사이의 이런 충돌은 왜 일어나는가? 가까운 사
이일수록 충격은 더 강하고 거칠다. 실제로는 어리석은
일이다.

너는 네가 보고자 하는 모습으로 나를 본다.

나는 내가 머릿속으로 생각하는 모습으로 너를 본다.

모든 남자들, 여자들이 다 그렇다.

비난하는 소리들. 비난하기는 쉽다. 처음에 자기에게
그런 일이 생기면 자기와 관계된 일이 아닌 줄 안다. 참

을 수 없는 자신이 이미지를 얼굴에 뒤집어쓴 것이다. 그것은 상대방이 본 나의 모습이다. 스스로의 깊은 마음 속에서 그 '나' 라는 것은 자신과 다른 것임을 잘 알고 있다. 나는 항상 더 낫고 더 멋지고 더 세련되고 더 똑똑하고 더 현명한 나 자신의 모습을 더 잘 보고 있는 것이다. 나는 잘 알고 있는 것이다.

다른 사람들이 무엇을 알겠는가?

그러나 우리가 잊고 있는 것이 있다. 순전히 우리의 내면에서 벌어지는 일들은 오직 우리 자신만이 알지만, 반면에 매일같이 우리가 연출하는 몸짓과 말의 연극, 자신의 이상을 흉내 내는 듯한 우리의 외적 자아, 그 자아의 모습은 대개 우리 자신보다는 다른 사람들의 눈에 더 빤하게 드러나 보이는 법인데 우리는 그걸 잊고 있다. 다른 사람이 시간 여유를 가지고, 그러니까 말없이, 나를 바라보기만 한다면 그는 나의 모습을 펼쳐 놓은 책처럼 읽어낼 수 있다. 그는 우리들의 장점과 약점을 다 알 수 있다. 인물의 모든 쩨쩨한 면과 진실들을 말이다.

그 순간에 진정한 인격이(그것이 어떤 것이건), 그리고 스스로 자신에 대하여 남에게 보이고 싶어 하는 이미지가 드러난다. 스스로 안심하는 데 필요한, 다른 사람들의 눈에 존재하고 스스로의 통찰과 힘과 경험(흔히 있지도 않은, 혹은 이상에 비긴다면 별것 아닌)을 증명하는 데 필요한 이 끊임없는 유희. 우리는 모두가 다 진흙으로 만든 두 발을 딛고 선 거인들이다.

한바탕의 쇼, 다툼, 분노. 언제나 중요한 것은 상대를 밟아서 꼼짝 못하게 하는 것.

아마 그 상대가 잘했거나 잘못했을 것이다. 아마 그가 잘하지도 않았고 잘못하지도 않았을 것이다. 그는 그의 인물 속에 갇혀 있고 너는 너의 인물 속에 갇혀 있다. 비누 방울이 다른 비누 방울과 나란히 떠 있다. 어떤 특별한 우주가 그 못지않게 특별하고 그 못지않게 이상하고 슬프고 즐거운 우주와 공존하고 있다. 각자가 세계 위로 자신의 떨리는 촉수를 내뻗고 자신의 주위로 스스로를 투영하며 어떤 방식으로 생각하고 느끼고 산다.

고독하면서도 아주 막연히 유대를 느끼며.

세상에 똑같은 지문은 없다. 그런데 우리는 모든 사람이 다 비슷하기를 바란다. 하지만 살갗을 구성하는 화학 공식은 같다. 하지만 우리는 같은 요소들로 이루어져 있는 것이다…. 하지만 조화에 도달하는 것은 너무나도 간단해 보인다….

수많은 것들이 우리를 갈라 놓고 수많은 것들이 우리를 하나로 합쳐준다… 그냥 함께하면 되는 것이다.

그런데 그렇게 할 용기가 없어서 우리는 매일 매일의 폭력 속으로 빠져든다.

그 폭력 속에 감추어진 것은 위험에 처하여 당황한 자아.

조롱당한 에고의 혼란.

진정한 상황에 대한 무지.

의식적으로든 무의식적으로든 개입하고자 하는 욕구.

그래서 자신을 비웃고 마는 약한 마음.

절망의 고통.

음울한 쓰라림.

'불 같은', 피 같은 격노.

둑을 무너뜨릴 듯이 범람하는 무분별.

부수고 짓밟다 못해 죽이고만 싶은 마음.

감정 표시를 위하여 상처를 주고 위해를 가하고 싶은 욕구.

당황한 나머지 우선 이 장소와 이 순간을 벗어나고 싶은 마음.

참을 수 없게 된 현재 순간.

스트레스에 짓눌린 왜소함 때문에 견딜 수가 없게 된 타인.

존재의 책임 회피.

자신과 타인에게 드러나는 인간적 일면.

탈주하는 신경질적 반응.

근육조직의 광적 반사.

심리적 염증.

어리석음, 혹은 동물성.

통제하지 못한 공포.

억제하지 못한 질투.

넘쳐나는 시샘.

관계의 되돌릴 수 없는 한계점.

자신 없는 상황.

스스로 방어하지 않을 수 없게 만드는 정신적 억압.

마지막 수단으로서의 위협.

이성을 잃은 숏.

누더기처럼 찢어발겨진 생각과 의식.

모든 것을 다 차지한 심층의식.

겉으로 드러나는 속의 비열함.

상처, 충격, 스트레스.

자기의 주장을 내세우기 위한 투쟁.

살아남으려는 전쟁.

구체화되면서 쾌감을 맛보는 악의.

모든 것을 휩쓸어버리는 악.

지금 내 머리 속에 들어 있는 유전적 악마.

적나라한 현실의 물결.

성난 신들.

살의와 탐욕의 화신 칼리.

작은 불티에서 시작하여 점점 더 거세게 활활 타오르

는 불.

그냥 스치며 지나가지 않고 정면충돌하는 시간과 공간.

운명의 영원한 운동….

이 목록에는 아직도 빠진 것이 있을 것이다.

한 발 뒤로 물러서서 잠시 침묵하며 바라보면 흔히 위에서 열거한 것의 진행을 피할 수 있다.

『바가바드 기타』는 말한다. "진정한 요가란 행동의 순발력이다." 풍요로운 침묵과의 관계 말이다.

죽음과 고독

소케이 산의 길을 찾은 뒤부터
나는 태어남과 죽음이 서로 다르지 않음을 알게 되었다.
─도겐 선사 『쇼보 겐조』

세상에는 또 다른 두려움이 존재한다. 침묵 그 자체에 대한 두려움이 그것이다.

육십여 세 된 미망인인 한 부인이 최근에 내게 말했다. "나는 침묵이 싫어요. 그래서 가끔 아파트 안에 두 대의 텔레비전을 켜 놓고 지내요. 아파트가 크다보니 내가 가는 곳마다 도처에서 소리의 존재감을 느끼기 위해서 말입니다." 그 여자분은 부단히 음향을 동반하지 않으면 살 수가 없는 무수한 사람들 중의 한 사람이다. 그들의 경우 자명종 겸용 라디오가 하루 중 제일가는 동반자의 역할을 충분히 해낸다.

그런 두려움은 물론 고독에 대한 두려움이다.

아이들의 웃음소리와 어른들의 말소리가 가득하던 집에서 살다가 홀아비나 과부가 되면 익숙해질 때까지 그 공허의 밀도를 견디기란 그리 쉽지 않다. 그런데 또 어떤 사람들에게는 그토록 고통스러운 부재로 인식되는 그 침묵의 존재, 그것은 또한 죽음의 세계라는 가깝고도 필연적인 존재를 의미한다. 얼마나 많은 사람들이 내게 말했던가. 그런 주제에 대하여 글을 쓰다니 어이없군. 침묵이라는 거, 그거 별로 유쾌한 것이 못돼. 그건 결정적인 것, 다시 말해서 무덤이야. 죽을 때가 되면 그 다음엔 얼마든지 고요해질 텐데 뭘….

소리 나는 것이 삶이고 침묵이 죽음이라니 우리의 인생행로에 대한 기이한 정의가 아닐 수 없다. 그 죽음이란 것이 어떤 신화적이지만 미지의 피안으로 가는 길, 혹은 생물학적 진화 과정의 결정적인 중지, 개체의 완전한 파괴로 인식되고 있다는 것이 곧 이 드라마의 이미지 그 자체다. 생체 질서의 근본적인 전복은 존재의 의미를 완전히 뒤흔들어 놓는다.

인간적인 기척인 눈물마저도 깨뜨리지 못하는 상가의 침묵에는 우리의 마음을 깊이 후벼 파는 그 무엇이 깃들어 있다. 하데스의 존재, 어둠의 장소.

현대 사회는 인생행로의 이 궁극적 이변을 당할 때 어떻게 그 심정을 표현할지 더 이상 알 수 없게 되었으니 분위기는 그만큼 더 무거워진다. 입관 절차를 마친 뒤에 성찬을 즐긴다는 것을 부끄럽게 생각하는 것은 옛날 일이고, 오직 멋진 장례식이 품위 있는 퇴장으로 보인다는 이유에서만 종교적 절차를 따른다. 고인의 마지막 뜻은 공증인의 회계장부나 상속에 따른 지난한 세금 계산으로 받든다. 검정색은 유행하는 색깔이니 상복에는 잘 보이지도 않는 면포 상장을 달아 애통함을 표시한다.

그리고 혹시 죽음의 침묵이 너무나도 견딜 수 없는 경우, 산 사람은 그저 강신술사들이나 찾아가보면 된다. 앞에 놓인 테이블을 빙빙 돌리거나 영매의 도움을 받아 저 세상의 그리운 목소리를 귀에 들려주거나 종이에다가 받아 써줄 것이다. 우리 세계의 불확실한 운명에 대한 저 세상의 경고는 어느 것 하나 빠뜨리지 않고 공명상자처럼 전달해주는 미디어를 통하여 우리들에게 와 닿는다. 서구에서는 죽음과 관련된 것을 상징화하는 모든 관습, 그 모든 "감정의 의무적 표현(마르셀 모스의 표현을 빌리면)"은 이 같은 집단적 행사들이 가질 수 있는 정화적 가치와 더불어 그 의미를 상실하고 말았다. 오직 장의사들만이 진열장에 플라스틱 꽃다발과 금박을 입힌 대리석 판들을 늘어 놓고 마지막 문턱을 넘는 데 약간의 의식절차가 필요하다는 것을 우리에게 상기시킨다. 이제 우리들에게는 한 지역의 주민들이 자신들의 세계 내적 상황을 상징적으로 나타내는 표시와 열쇠나 마찬가지인 장례미학은 더 이상 존재하지 않게 되었다.

나는 다른 곳에서 나의 일본 사부님의 화장 의식에 대하여 이야기한 바 있다. 시신의 뼈와 살이 불에 타며 터지는 소리가 나에게는 땅 속에 매장하는 절차보다 오히려 덜 고통스러운 의식의 일부인 것같이 여겨진다. 묘혈 속으로 내려 놓은 관 위에 마지막으로 몇 삽의 흙을 뿌리고 나서 진흙과 미숙한 어둠의 침묵이 망자 위로 무너져 내리고 사람들은 겉으로 드러낸 망각의 무게인 양 무거운 돌판으로 그 침묵을 덮는다. 이 모든 절차가 내게는 그 발상 자체에 있어서 끔찍한 그 무엇을 내포하고 있는 것 같다. 그야말로 누군가를 진흙구덩이 속으로 던지는 행위요 병적인 고착의 몸짓이니 그 남자, 그 여자는 저기 저 밑에서 구더기의 밥이 되어 하얀 촉루로 청소되었다가 서서히 본래의 먼지 상태, 우주의 원소로 돌아간다. 이리하여 자연은 당연한 흐름을 따라가는 것이 사실이다. 그러나 나는 불에 의한 육신의 해체, 타오르는 불가마의 태양적 소멸로 재를 남기는 쪽이 더 낫다고 본다. 그것은 분명하고 신속한 탈바꿈의 절차인 것이다. 그러고 나면 그 재를 유골함에 담아둘 수도 있고 아니면 가브리엘 마츠네프가 몽테를랑의 유골을 로마의 폐허에 뿌렸듯이 씨 뿌리는 사람의 위엄 있는 몸짓으로 흩뿌릴 수도 있고 인디라 간디의 유골처럼 비행기를 타고 떠올라 히말라야 산 위로 뿌릴 수도 있다. 나 개인적으로는 나무 밑에 산골하는 쪽이 더 낫다고 여겨지지만 다른 사람들은 대리석 밑에 묻기도 한다.

나는 인도에서 여러 번 화장하는 광경을 보았는데 솔직히 말해서 그 의식의 단순함에 깊은 인상을 받았다. 머리는 하얗게 세고 얼굴은 세월과 햇볕에 그을린 그 늙은 남자를 나는 늘 기억하게 될 것이다. 아내를 여읜 그는 그녀의 마지막 길을 배웅하기 위하여 갠지스 강가의 파트나로 함께 왔다. 그는 슬퍼했지만 품위를 잃지 않았다. 한편 여자로 말하자면, 화장대 위로 올려 놓기 위하여 염포를 걷는 순간 나는 그녀의 얼굴을 보았다. 아름다운 얼굴은 주름이 깊고 고요하고 위엄이 있었다. 장작더미가 시신을 뒤덮었다. 짚에 불이 붙었다. 불꽃이 타오르는 동안 사람들이 늙은 남자의 머리를 면도로 밀었고 그는 강물에 몸을 씻고 두 팔을 하늘로 쳐들며 물 속에서 기도했다. 한쪽 발이 불길 밖으로 삐져나오는 기미를 보이자 도우미들이 막대기로 뼈를 불더미 속으로 밀어 넣었다. 불은 불꽃이었다가 타닥거리는 소리를 내는 가운데 연기를 내뿜는 장작이었다가 마침내 뜨겁게 타오르는 화덕이 되었다.

모든 것이 다 탔을 때 재를 꺼내어 그 일부는 성스러

운 갠지스 강물 속으로 던져버리고 일부는 늙은 남자에게 건네주었다. 늙은 남자는 그것을 작은 오지그릇에 담아 가지고 그의 고향으로 돌아갔다. 혼자.

그는 슬픔 속에서도 놀라울 정도로 의젓했다. 그는 아무 말 없이 의식과 사랑하는 사람의 완전한 변모를 지켜보았다. 오직 추억의 침묵만이 남았다. 그리고 싸늘한 재.

나 달아나 멀어져가네
있었던 모든 것이 먼지 되어 떠나네
베일 같은 내 영혼 자취도 없이
사라져 지평선 저 너머 숨어버리네*

저마다의 의식에는 그 아름다움이 있고 땅 속의 매장도 그 나름의 아름다움을 지니고 있다. 사실, 인간은 "땅바닥에 관을 내려 놓으면서 자신의 침묵, 부동, 무력을 인정한다. 우리 시대에는 죽은 사람들이 교훈을 준다. 미동도 하지 않는 무력한 석상이나 시신이 되는 대신 그들은 감은 두 눈과 침몰한 육신을 통해서 삶이 계속되고 있다는 것을 말해준다. 모든 것이 다 끝나면 어떤 한 세계가 송두리째 풀려난다. 그 세계가 우는 것은 살기 시

---

* 파룩 파르노르자드의 시 일부.

236

작한다는 뜻이다. 그것이 바로 자연사, 생물학적 죽음이다. 가는 이들, 떠나는 이들은 아무런 확신도 남기지 않는다. 아무런 거짓말도 말하지 않는다."**

죽음은 최후의 진실이다. 추악한 것은 죽음을 감추는 것이지 피할 수 없는 죽음의 현존이 아니다. 그러나 죽음에 대한 두려움은 어제 오늘의 것이 아니다. 사람들은 죽음을 숨기거나 그 모조품과 해골로 죽음을 상징하기를 즐긴다. 마지막 잠자리라는 환상을 주는 영원한 휴식의 상자인 관을 고안해낸 것은 13세기인데 그때부터 사람들은 점점 더 죽음을 따로 격리시킨다. 오늘날에는 그 반작용으로 캘리포니아에서는 시신을 방부 보존하는 기업이 생겨났다. 그리하여 고인을 유리 상자 속에 넣어 두고 볼 수 있게 되었다. 돈을 벌기 위하여 일하거나 안락의자에 앉아 주식가격이 최고로 상승한 날의 주가를 영원토록 읽으면서 금융낙원에서 만면에 기쁨의 미소를 짓고 있는 고인의 모습을 볼 수 있는 것이다. 완전무결한 옷차림에 곱게 화장한 할머니가 뜨개질거리를 들고 그분 곁으로 갈 수 있을 것이다. 숙련된 플라스틱 칠과 눈에 보이지 않는 가공기술을 동원하면 언제나 변함없이 차를 마시고 앉아 있는 것 같은 모습을 연출할 수 있

** 브뤼노 라그랑주, 『죽음은 또 하나의 탄생이다』, 세게르스.

는 것이다. 심지어 강아지를 뛰놀게 할 수도 있다. 우리는 살아 있는 유가족 모두가 성공한 행복의 이미지 그 자체인 그 영원한 침묵에 긍지를 느끼면서 그 유리 상자 속을 들여다보는 모습을 쉽사리 상상해볼 수 있다. 젊은 세대들은 그 모범을 따라 때가 되면 그 무대장치의 일원이 되어 나름대로 고대 파라오들에 버금가는 가문의 연대기를 수립할지도 모른다. 화석이 된 '아메리칸 이스테이블리쉬먼트'. 한 가지 빠진 것이 있다면 오직 피라미드와 거기에 관련된 비밀들뿐.

사실 인간은 언제나 그 근원적인 부재인 죽음 앞에 서면 우스꽝스럽기만 하다. 출판사 사장인 내 친구는 나를 맞아 자기 집과 정원, 살고 있는 마을을 구경시켜준 다음 멋진 경관을 갖춘 무덤에서 산책을 마감했다. 그는 향나무 밑, 아무것도 새겨져 있지 않은 대리석 판 앞에서 발걸음을 멈춘다. "자 여기서 모든 것을 끝마칠 거야." 방문은 완전무결했다. 나는 삶의 계획 속에 자신의 죽음까지 포함시키는 것을 잊지 않는 이 인간 견본에 감탄을 금하지 못했다.

또 다른 사람들은 지하묘소나 납골당의 벽감, 영구임대묘지를 소유하고 있다. 하기야 사람은 모두가 다 몸을 감싸는 옷을 좋아하지 않는가. 흔히들 하는 표현처럼 몸이 평화로운 휴식에 들도록 미리 마음을 써둘 필요가 있는 것이다. 공동묘지의 침묵 속에 들어서면 그곳을 찾는 사람은 항상 행동이 약간 서툴러지면서 마치 죽은 자들의 왕국의 존재가 뭔가를 변질시키기라도 한 듯한 태도를 갖게 되고 억지로 꾸민 것이 아닌 유난히 심각한 표정을 짓는 것이다. 왜냐하면 그런 장소에 서면 사실 삶 자체가 되돌아 보이고 추억들 가운데서 쓰라린 상처가 그대로 드러나기 때문이다. 공동묘지들. 나는 파리에 살 때 알벵 미셸 출판사에 가느라고 자주 몽파르나스 묘지를 건너질러 가곤 했다. 무덤 돌들 사이를 걸어서 지나가는 걸음은 도시의 교통지옥 속에서 드물게 음미할 수 있는 고요한 한 순간이었다. 가끔 장례행사를 맞닥뜨리곤 했다. 무언가를 은밀하게 진행하는 듯한 그 장면이 내겐 항상 깊은 인상을 주었다. 장 폴 사르트르가 그 묘지에 묻힐 때처럼 모든 장례식이 다 인산인해를 이루는 가운데 치러지는 것은 아니다.

묘지들… 내 머리에 떠오르는 것은 고통으로 몸을 뒤트는 석상들, 거대한 천사상들, 돌기둥을 세운 묘지들을 갖춘 제노아의 공동묘지나 혹은 『이상한 나라의 앨리스』의 정원이 거울에 비치거나 한 듯 멋지게 다듬은 식물의 미로들이 감탄을 자아내는 포르칼키에의 묘지, 혹은 생드니 대교회당의 역대 왕들의 석관들, 돌 하나와 보잘 것 없는 흙더미가 전부인 그 단순함이 오히려 마음을 흔드는 저 소박한 이슬람 묘지들이다. 특히 이슬람 묘지들은 죽음의 진정한 이미지, 즉 '그는 있었으나 이제 더 이상 있지 않다' 는 것을 보여주는 것 같다. 이 세상 전체에서 내가 보았던 그 모든 묘지들, 모두가 하나같이 남겨진 빈 자리를, 그토록 준엄한 그 사건의 신비를 말해주고 있는 그 묘지들을 생각할 때면 나는 늘 그 무슨 악마가 존재하기에 인간들이 삶을 찬양하고 존중하기는커녕 항상 그 무슨 덧없는 이념의 이름으로 감히 서로를 죽이려고 덤비게 되는가 하고 자문하지 않을 수 없다.

인상적인 것이 머리에 떠오르는 장소가 있다. 지하묘지의 양쪽 끝에 두 개의 죽음의 집들이 자리잡고 있는데 그 집단 공동묘지, 그 납골당에는 암흑의 도시인 양 어두컴컴한 지하 동굴 저 안쪽에 두개골과 경골들이 뒤엉킨 채 산처럼 쌓여 있고 뚝뚝 떨어지는 물방울, 횃불처럼 켜 놓은 램프들의 광채, 그리고 마지막 비웃음인 양 쌓여 있는 그 뼈와 이빨들의 벽 사이로 주눅 든 채 지나가는 발소리의 메아리만이 그 안의 침묵을 흔든다.

그리고 또 이슬람 은자들 같은 성자들의 무덤도 있다. 그들의 묘는 주위의 다른 무덤들보다 더 큰 돌무더기로 되어 있고 그 꼭대기에는 바람에 날리는 천 조각들이 꽂혀 있다. 그것은 그곳에 묻혀 있는 사람의 유해에 위대한 에너지가 깃들어 있음을 말해주는 가난한 깃발이며 빈약한 증거요 신격화된 에너지의 진정한 헌신이다. 때때로 터키 코냐에 있는 성자 루미처럼 지극히 위대한 성인들을 기리는 것으로 꼭대기에 거대한 터번을 씌운 티 없는 백색의 무덤을 볼 수 있다. 그 장소의 정일하면서도 진동하는 듯한 분위기는 내 마음 속에 지워지지 않는 기억을 남겨 놓았다. 그곳에 묻힌 유해도 유해지만 한 정의로운 인간의 기억을 침묵 속에서 기리기 위하여 이곳을 찾는 무수한 순례자들로 해서 신성화된 진정한 성소인 것이다. 순례자들은 이곳의 '바라카'를, 즉 그 성인의 모범적인 삶과 죽음의 은총을 입기 위하여 이곳을 찾아온다. 로버트 그레이브스는 이 개념을 적절하게 정의한 바 있다. "'바라카'란 지극히 어진 인물이 오랜 세월 동안 사랑의 마음으로 사용했던 건물과 물건들에 서려 있는 성스러운 특징을 이슬람식으로 일컫는 말이다."

이럴 경우, 우리는 성스러운 유물들에서 느껴지는 기이한 침묵에 대하여 운위할 필요가 있다. 과거의 한 생애가 사방으로 그 빛을 방사하는 경우, 폐허의 돌들처럼 인체의 골격 속에 그 생애의 영액靈液의 어떤 기억이 간직되어 있기라도 하듯 그 유물들에서는 촉루의 숨결이라고도 할 수 있는 어떤 힘이 배어 나오는 것이다.

내게 말을 걸어오는 '죽음의 침묵'이 또 하나 있다. 그리스도의 비어 있는 무덤의 침묵이 그것이다. 역사적으로 증명할 수는 없는 완벽한 신화의 상징인 부활이라는 현상의 실체에 대하여 논의해보자는 것이 아니다. 실질적으로 이어진 그리스도의 행적에 대하여 우리가 가지고 있는 문서 이외의 유일한 증거는 그가 남긴 살아 있는 가르침 속에 있다. 그 가르침은 '성공한 종파들'인 그의 교회들을 초월하여 오늘날에도 실제로 지속되고 부활하고 있다. 예수의 죽음이라는 표면적인 실패는 언제나 새로운 해석들로 탈바꿈하고 있으니 이는 정신이 시간과 물질을 초월하는 또 다른 현실에 눈뜨는 것을 의미한다. 이제 이야기해보아야 할 것은 바로 그 침묵에 대한 것이다. 그것은 고독이라는 이름의 침묵에 대한 두려움과 맞서 싸우기 위한 하나의 무기인 것이다.

그리스도는 왜 세상이 끝날 때까지 우리들과 함께 영원히 남아 있겠다고 말하는 것일까? 믿기지 않을 정도로 치열한 그의 경험은 우리의 내면에 감춰져 있어 보이지 않지만 결국은 접근이 가능한 인간 정신의 어떤 층이 존재하고 있음을 나타낼 뿐이라고 그리스도는 말해주려는 것이다. 모든 현자의 보편적인 말이 그러하듯 그는 인간 존재들에게 그들이 처한 시간, 세기, 환경 속에서 말을 건넨다. 우리는 어제와 오늘의 성서 속에서 똑같은 것을 인식하고 있는 것이 아니다. 모든 성스러운 텍스트들이 다 그러하듯 성서는 상황이 달라질 때마다 항상 새로운 것이다.

불타나 마호메트나 노자의 말씀도 그와 마찬가지다. 왜 마호메트는 "인간들은 졸고 있다. 그들은 죽을 때 비로소 깨어난다"고 말하는 것일까? 인류 가운데 모든 예언자들, 성자들, 무당들, 현자들, 그리고 시인들은 형태는 다양하지만 결국 같은 말을 하고 있는 것이다. 불교에서는 왜 우리가 살아서 죽음 속으로 들어가려면 이승에서 죽어야 한다고 말하는 것일까? 성 바오로는 구세주에 대하여 말하면서 왜 "삶이 죽음을 삼켜버렸다"고 말하는 것일까?

우리의 내면에는 영원의 한 조각이 존재한다. 혼합적인 우리들 자아 속에는 창조된 것이 아닌 것에서 온 한 조각이 존재한다. 그것은 우리와 상관없이, 그러나 동시에 우리와 더불어(우리는 그것의 일부이니까) 제 길을 계속해 나아간다. 모든 신비주의자들이 저마다 자신의 말과 문화에 따라 말하는 바, 우리의 바탕이 되는 밝은 빛, 시공간을 초월하는 경험이란 바로 그것이다. 그 경험은 원천 속에, 근원 속에 뿌리박고 있으니까.

불꽃. 사랑은 그 불꽃의 일부다. "사랑할 줄 모르는 이는 죽음 속에 몸담고 있느니"라고 그리스도는 말한다. 언제나 여기에 있는 순수의식. "사람아, 너는 티끌임을,

티끌로 돌아갈 것임을 명심하라"고 전도서는 우리에게 상기시킨다. 사람아, 너는 또한 빛임을, 빛으로 돌아갈 것임을 명심하라. 바로 그렇기 때문에 그리스도는 하늘의 왕국이 우리의 마음 속에 있다고 말하는 것이다. 즉 몸은 우리의 삶을 통해서 스스로를 나타내는 영원한 정신의 사원인 것이다.

육체적인 몸, 심리적인 몸, 영적인 몸이 저마다의 존재 속에 공존하고 있으며 영생은 우리를 통과해서 지나가는 어떤 흐름의 모습으로 덧없는 실체 속에 현존한다.

의식적으로 자기 안에 침묵을 만든다는 것은 벌써 그 흐름에 닿는 것이고 기독교에서는 영혼이라고 일컫고 클로드 트레몽탕은 '정보 원리'라는 그럴듯한 이름으로 일컫는 그 삶의 원리에 닿는 것이다. 물질에 생명을 불어넣고 형태를 부여하는 그 원리 말이다. 장 이브 를루가 어떤 러시아 철학자의 이야기를 내게 들려주었다. 그 철학자가 모스크바의 어떤 무덤 앞을 지나다가 그 무덤을 향해 물어보았다. "대체 이 속 어디에 영혼이 들어 있단 말인가?" 그러자 무덤이 대답한다. "영혼이란 지금 두 발을 딛고 서 있는 당신과 이 한 무더기의 물질 사이에 존재하는 바로 그 차이다."

물론 죽음의 단절은 일종의 스캔들로, 사나운 정신적

충격으로, 아직 남아 있는 사람들과 가는 사람들 모두에게 두렵기 짝이 없는 선수치기로 인식된다. 그러고도 또 그 죽음을 삭이면서 살고 그것을 우리의 내면에 받아들이는 법을 배우지 않으면 안 된다. 레옹 슈바르첸베르그 같은 유명한 의사는 이렇게 말한다. "우리가 습관상 죽음이라고 부르는 저 어둠 속으로의 소리 없는 미끄러짐은 아주 단순하게 이해되지 않으면 안 될 것이다. 한 인간에게는 탄생의 몫이 있듯이 죽음의 몫이 있는 법. 이는 곧 그에게는 무엇보다 삶의 몫이 있다는 의미다."*

그리스도의 가르침처럼 "살아서 죽음 속으로 들어가기 위해서" 우리는 그 삶을 이해해야 한다. 스스로 깨달음에 이른 구르지에프는 "한 인간 존재란 살아 있을 때나 죽은 뒤에나 매우 다른 자질을 가질 수 있다"는 사실을 분명히 깨달았다.**

모든 것이 외부의 영향에 달려 있는 '인간-기계'에게는 그 어떤 종류의 미래도 없다. 그는 땅 속에 묻히고 나면 그뿐이다. "그것은 티끌에 불과하고 티끌로 되돌아갈 뿐이다. 장래의 삶이 있기 위해서는(그것이 어떤 성질의 것이건 간에) 인간의 내면적 자질들이 어떤 결정 작용 혹은 어떤 혼합 작용을 거치지 않으면 안 된다. 외부의

---

* 『삶을 위한 진혼곡』, 르 프레 오 크레르.
** 『미지의 교훈 단장』, 스톡.

영향들과 관련하여 어떤 독립성을 갖추어야 하는 것이다. 그럴 때 비로소 '그 무엇'이 육신의 죽음에 저항할 수 있는 것이다" 하고 그는 말한다.

선사禪師들에 의하건대, 해방의 절차는 '여기서 지금' 실현될 수 있고 실현되어야 한다. 형이상학적 질문들에 대하여 불타(석가모니＝석가족의 말없는 자)는 '고귀한 침묵'으로 대답했다. 그의 목적은 비폭력, 대자대비, 명상을 실천함으로써 두려움과 고통을 줄이는 것이었다. 그 실천을 통해서 고통을 치유할 수 있고 인격의 독자적인 실현에 이를 수 있으며 이승에 사는 동안 신비에 닿을 수 있는 것이었다. 우선 구체적인 육신의 모습으로 태어날 수 없다면 미래의 온갖 삶들을, 여러 가지 환생을 생각해보아 무엇하겠는가? 우선 자신의 내면에서 침묵을 발견하지 못한다면 어찌 침묵 속으로 항해하기를 바랄 것인가?

타보르. 현성용의 장소.

그리스도의 "나는 진리다"라는 말은 무엇을 의미하는가? 그리스 말 알레테이아Aletheia는 단지 "나는 마비 상태에서 벗어났다. 나는 깨어났다"라는 뜻이다. 진실 속에 있음이나 참됨은 곧 태초 이래 침묵 속에서 우리에게 말을 하고 있는 신성불가침의 현실에 눈뜨는 것이다.

말은 감옥이니 그것은 다만 끊임없이 한정할 뿐만 아

니라 나아가서 우리는 그 말로 아무 뜻이나 다 의미하게 만들 수 있는 것이다. 사람들이 'mentania'를 '개종하라'는 뜻으로, 심지어 '회개하라', '참회하라'는 뜻으로 번역했다고 생각하는데 그 말은 또한 '우리', 즉 정신이 그 자체를 초월하라는 뜻인 것이다! 멍에를 쓴 수 세대의 가엾은 신자들에게 화인의 자국을 남긴 이 대단한 차이를 보라!

'변모하라', '변신에 진입하라'는 말은 또 다른 향기를 지닌다. 우리들에게 그토록 가까이 느껴지는 향기를. 이 돌연변이는 미래의 예측 불가능한 그 어떤 가능성을 기다릴 것 없이 우리의 현세에 실현될 수 있다. 실제로 "영혼은 '나'가 결단을 내리는 그 극점에 존재한다. 첫 통로에서 우리의 삶을 걸고 구원한 이후부터 우리는 모두가 다 어떤 영혼을 갖게 되었다. 영혼이 육체에 깃든 것이다.

그렇다, 죽음은 침묵의 비밀로의 회귀다.

그렇다, 그 비밀은 우리들의 내면에 존재한다.

그것은 어떤 과거를 가지고 있다. 그리고 어떤 미래를 가지고 있다.

죽음에 대한 이 성찰을 마감하면서 나는 우리들의 세기에 독특한 족적을 남기고 최근에 타계한 두 인물에게 발언권을 주고자 한다. 미르체아 엘리아데는 1954년 그의 책 『신화, 꿈 그리고 신비』에서 이렇게 썼다.* "만약 우리가 이승에서 죽음을 경험한다면, 계속적으로 무수하게 여러 번 죽어서 '다른 것'으로 다시 태어난다면 그 결과 인간은 이미 여기, 이 지상에서, 이 땅에 속하지 않는 어떤 것, 성스러움에, 신적인 것에 가담하고 있는 어떤 것을 사는 것이고 이를테면 '영생의 시작'과 같은 그 무엇을 사는 것이고 점점 더 영생에 맛을 들이는 것이다. 결국 영생은 죽음 이후의 살아남음이 아니라 우리가 끊임없이 스스로를 위하여 창조하는 어떤 상황, 그것을 위하여 스스로 준비하는, 아니 심지어 지금 벌써, 바로 이 세상에서부터 가담하는 어떤 상황으로 인식되어야 한다. 죽음 아님인 영생은 그러므로 인간이 자신의 전 존재를 다하여 지향하는, 죽음을 통하여, 끊임없이 소생함으로써 정복하려고 노력하는 한계상황, 이상적 상황으로 인식되어야 마땅하다."

그리고 그토록 많은 말을 하고 마침내 그 역시 침묵해 버린 크리슈나무티. 오직 말없는 사람들만이 그의 책들을 계속하여 말할 것이다. 그리고 그 책들의 해석자들도.

일간지 「리베라시옹」에서 전화로 그의 죽음을 알리면

---

* 갈리마르 출간.

서 그 인간됨에 대한 정보를 얻고자 한다고 했을 때 묵념을 올리는 이는 아무도 없었다. 그날 우리 집에 모여 있던 친구들은 저마다 그 인간과 업적에 대한 견해를 피력했다. 그중 몇 가지를 생각나는 대로 옮겨보기로 한다.

- 자아에로의 회귀를 권하는 쇄신의 형이상학이랄까….
- 그의 절대적인 정직함….
- 그가 남긴 업적? 아무것도 없어. 실질적인 실천이라곤 없어. 그저 말뿐이었지….
- 아니, 그는 현대의 소크라테스였다고… 등등.

그는 말했다. "우리는 죽음이 무엇인지를 알고 있고 죽음이 자아내는 예외적인 공포가 어떤 것인지를 알고 있다. 우리 모두가 다 죽는다는 것은 마음에 들던 들지 않던 간에 엄연한 사실이다. 그래서 우리는 죽음을 합리화하거나 아니면 신앙, 카르마, 환생, 부활 같은 것 속으로 도피한다. 그런 것은 도피하는 동안 공포를 자극할 따름이다. 중요한 문제는 궁극에까지 갈 용의가 있는가, 미래에 있어서가 아니라 지금 당장 고통으로부터 완전히 자유로워지는 것이 가능한가 하는 점이다."

어쨌든 그 역시 자유로운 상태에서 살려고 애썼던 것이다.

엘로힘의 말씀

반드시 알아야 할 것은
말로가 아닌 다른 방식으로 아는 것이다.
—성 목요일의 찬가

구약성서의 창세기는 이렇게 시작된다. "한 처음에 Bereshith 하느님Elohim께서 하늘과 땅을 지어내셨다. 땅은 아직 모양을 갖추지 않고 아무것도 생기지 않았는데 tohu‒bohu, 어둠이 깊은 물 위에 뒤덮여 있었고 그 물 위에 하느님의 기운esprit이 휘돌고 있었다. 하느님께서 '빛이 생겨라' 말씀하시자 빛이 생겨났다.(창세기 1장 3절)"

이것이 유태교, 기독교, 이슬람교의 모태가 되는 율법 「모세 5경」이 서술하는 천지창조의 첫날이다.

첫 번째 질문. 하느님이 세상을 창조하셨다면 하느님은 누가 창조했는가?

랍비인 조지 아이젠버그는 이 질문에는 오직 놀라움과 침묵으로밖에 대답할 길이 없다고 했다. 우리들의 정신은 창조되지 않은 존재를 상상할 능력이 없다. 이 땅 위에서 본 그 어떤 것도 창조되지 않은 것이 없기 때문이다.

성서는 신의 존재라는 대 전제로 시작된다. 그러므로 '한 처음 이전에' 한 가지 역사가, 즉 신의 역사가 존재한다.

「모세 5경」라 토라는 히브리어의 두 번째 철자 beth로 시작된다. 이원성의 세계(하늘-땅, 빛-어둠…)가 창조되기 전에 일원성의 세계가 존재했다. 근원적인 알레프 aleph와 모든 유태교 신비학의 구에메트리아guemetria는 이 유일하고 통일된 점에서 시작된다. 나누어짐도 더해짐도 없는 '하나'를 가지고는 그 어떤 연산도 할 수 없다. 셈을 하고 수를 헤아리고 나아가서 명명할 수 있는 가능성은 '둘'이 있을 때 비로소 시작된다. 사실 하늘과 땅을 창조하고 난 다음에, 그 구별을 짓고 난 다음에 비로소 엘로힘(하느님)은 말을 하기 시작한다. 그제서야 비로소 '기운'이 '소리(말씀)'가 되어 암흑의 침묵을 두드리며 빛을 창조한다.

여기서 물질과 그 물질을 에워싸는 허공, 근원적 유체와 수태능력을 가진 진동의 바람, 밤과 낮, 생명 없는 상태와 운동의 충동, 광대한 침묵과 그 속을 관통하는 음파의 흔들림, 그리고 수와 글자가 불과 몇 줄 속에 나타난다는 것은 실로 기이한 일이 아닐 수 없다.

상호보완적인 모든 반대되는 것들이 존재하니 역설 그 자체인 창조는 그 안에 물, 공기, 땅, 불이라는 4원소를 포함하여 공간과 시간 속에 전개될 모든 필요한 구성 요소들을 지니고 있는 것이다. 시작을 나타내는 말 그 자체 속에 어근 Esch(불)이 들어 있고 그것은 다시 Isch로 변하는데 이는 지상의 인간(Adam은 땅을 의미하는 Adamah에서 온 것이다)에 선행하는 영적 인간, 즉 불의 인간으로 번역된다.

창세기 텍스트에 대한 유태교 신비학의 이 같은 스펙트럼식 해석은 하느님께서 "당신의 모습대로 사람을 지어 내셨다. 하느님의 모습대로 사람을 지어 내시되 남자와 여자로 지어 내신…" 저 유명한 제6일째의 창조를 보다 더 잘 이해할 수 있게 해준다. 양 성을 구별하고 갈빗대에서 이브Ischa가 태어나게 하는—"내 뼈에서 나온 뼈요, 내 살에서 나온 살이로구나"—그 놀라운 이야기는 창세기의 제2장에 가서야 등장한다. 이 서술에서 추리해 볼 때 우리는 거의 인간적 실체가 창조 이전에 이미 존재한다고, 혹은 그 원리 속에 이미 싹트고 있으면서 천지창조의 조직 밑그림의 일부를 이룬다고 말할 수 있다.

그리하여 하느님은 아담과 이브에게 "자식을 낳고 번성하여 온 땅에 퍼져서 땅을 정복하여라(창세기, 1장 28절)"라고 말하는데 이는 곧 기원을 조직하는 일을 계속 수행하라는 뜻이다. 그러므로 성서의 처음 몇 페이지 속에서 전개되고 있는 것은 그야말로 진정한 창조의 청사진인데 이 프로그램은 근원적 존재의 여러 가지 구조 속에 이미 새겨져 있다가 인간 속에 그 모습을 겉으로 드러나는 것에 불과하다.

이 프로그램에 이상이 생기고 유태교 신비주의자들이 말하는 이른바 성스러운 항아리에 금이 가는 일은 나중에 뱀의 유혹과 더불어 생기게 될 것이다. 뱀의 유혹으로 인간적 모델 속에서 전쟁이 일어나게 된다. 그것은 인간과 자연과 동물 사이의 전쟁, 남자와 여자 사이의 전쟁이다. 그 전쟁은 실제로 선과 악의 체험적 차별화로서 본래의 근원적 프로그램을 변질시킨다. 어떻게?

여기서도 여전히 침묵, 경청 그리고 말의 문제다. 교활하고 의문으로 가득 찬 뱀의 에너지는 이브의 순진무구한 의식을 변질시켜 하느님의 앎을 나누어가짐으로써 무지를 깨우치게 만든다. 이리하여 불과 땅으로부터 나온 이샤Ischa, 즉 여성 속에서 더욱 많은 욕망, 즉 야망이 눈뜨게 되는데 반면에 아담은 '말이 없다'. 그는 지혜의 나무에서 과일을 따먹었기 때문에 침묵하다가 하느님이 그에게 질문을 하자 비로소 말을 하며 자신의 잘못을 고백하지만 비겁하게도 그 잘못을 자신의 반려자의 탓으로 돌린다. 사실 성서는 남성에게 그다지 좋은 역할을 맡기지 않는다. 그는 좀 불평과 겁이 많고 심약한 편인, 별로 명예롭지 못한 성격을 드러낸다. 그는 자기 앞에 (자신의 속이 아니라) 자신의 반쪽을 두어야 한다고 말하지만 일단 잘못을 저지르자 소심하게 그 잘못을 털어놓으면서 그 반쪽을 비방하고야 만다. 한편 이브는 앞장서서 행동하고 더 많이 알고자 노력하며 억지로 부끄러운 체하지 않고 솔직하게 자신이 저지른 좀도둑질을 털어놓는다. 그 결과 혹독한 벌을 받게 된다. 여성에게 약속된 여러 가지 반갑잖은 것들 중에는 '고통 속에서 아이를 낳는' 일도 포함되어 있으니 말이다.

사실 랍비들의 이야기를 들어보면 유혹은 아담과 이브가 사랑을 나눈 뒤에 찾아온 것으로 보인다. 남자는 흡족한 기분으로 잠이 들었고 한편 몸 안에 씨를 가득히 받은 여자는 쾌락과 출산이 갈라지는 유일한 여성적 시간 속으로 들어갔을 것이다.

행위가 끝난 뒤 아담은 그 '작은 죽음'으로 녹초가 되어 그의 현재 속에서 잠이 들었고 이브는 잠재력으로 충만한 미래 속으로 들어간다. 뱀이 어둠의 입을 벌리고 유혹의 숨결을 불어넣기 위하여 선택한 것은 바로 이같이 순조로운 시간이었을 것이다. 시사하는 바가 많은 아름다운 이야기다.

어찌되었건 그들에게 저주가 내렸고 고통과 죽음이 찾아왔다. 유혹에, 다시 말해서 전능의 의지로 인도하는 꿈과 도취의 권유에 넘어감으로써 성서에 등장하는 우리 조상들은 긴 진화의 역사 속에서 지워지지 않는 하나의 경향을 인간 종족에게 물려주었으니 그것은 바로 긍정적 부정적 에너지 사이의, 죽음의 힘과 생존의 욕망 사이의 투쟁이다.

그러나 신명기에서 모세는 야훼의 입을 통하여 분명히 말한다. "나는 오늘 하늘과 땅을 증인으로 세우고 너희 앞에 생명과 죽음, 축복과 저주를 내놓는다. 너희나 너희 후손이 잘 살려거든 생명을 택하여라.(30장 19절)" 이것이야말로 존재에게 주어질 수 있는 가장 아름다운 충고다. 길의 끝에 죽음의 변모가 기다리고 있다는 것을 알고 있다 해도 삶을 위하여 싸우지 않으면 안 된다. 왜냐하면 삶이 우리에게 주어졌고 그 삶이 우리에게서 거두어진다 하더라도 그것은 겉보기에만 그러한 것이기 때문이다.

삶과 더불어 의식이 존재한다. 그것이야말로 태초의 불이다. 우리 내면에서 그 불이 더욱 격렬하게 타오르도록 만들어 그 불꽃이 계속하여 빛을 발하게 하고 매 순간 창조가 이어져 무질서 속에서 질서가, 죽음 속에서 삶이, 어둠 속에서 광명이 생겨나도록 하는 것은 우리의 몫이다.

알파와 오메가에 대한 이 명상 속에서 나는 랭보가 그의 「견자의 편지」에서 주는 충고를 넘어서버렸다. 그는 말했다. "약자들은 알파벳의 첫 글자에 대하여 '생각하기' 시작할 것이다. 그 글자는 금방 광기 속으로 치달을 것이니!"

그러나 신화가 상징으로 변하는 천지창조의 비의들에 대한 이 탐구에 있어서 중요한 것은 '생각의 저 너머'가 아닐까? 야곱과 천사의 소리 없는 싸움, 그의 분신과의 침묵 속의 싸움이 벌어지는 바로 그곳 말이다.

성서의 사람들에게 일어날 수 있는 최악의 사태는 곧 야훼의 침묵이다. 욥에게 그렇게 하였듯이 충직한 종들을 시험하기 위하여 오랫동안 소식 없이 그들을 거름더미 위에 버려둘 수도 있겠건만 천만 다행으로 비교적 말수가 많은 신은 다양한 예언자들의 입을 통하여 그의 백성을 질책하고 꾸짖는다. 지난날에는 부유했고 "사람들이 그 의견에 묵묵히 귀를 기울였던" 욥, 그러나 지금은 거지꼴이 되고 병들어 움직일 수도 없게 된 가엾은 욥은 탄식한다.

수렁에 내던져서
마침내 이 몸은 티끌과 재가 되고 말았네
내가 당신께 부르짖사오나
당신께서는 대답도 없으시고

—욥기, 30장 19, 20절

성서에서 신의 침묵은 최고의 벌이다.

그러나 "온몸이 야훼 앞에서 침묵하라!(즈가리아, 2장
13절)" 왜냐하면 "야훼께서 건져주시기를 조용히 기다리
는 것이 좋은 일"이기 때문이다.(애가, 3장 26절)
신의 침묵에 복종하여 기다리는 침묵이 인간의 몫이다.

침묵과 말에 관하여 내게 가장 아름다운 성서의 문장
들을 보여준 것은 일명 솔로몬의 금언집이라고 일컫는
잠언집이다.

올바른 사람의 축복은 마을에 번영을 가져오고
나쁜 사람의 말은 마을을 깨뜨린다
미련한 사람은 이웃을 모욕하지만
현명한 사람은 입을 다문다
입방아를 찧고 다니는 사람은 비밀을 흘리지만

속이 듬직한 사람은 비밀을 지킨다

—잠언, 11장 11, 12, 13절

착한 사람은 바른 일만 생각하고

나쁜 사람은 남 속일 궁리만 한다

못된 말 하는 것은 자기 피를 보려고 길목을 지키는 격이다

올곧은 사람은 자기가 한 말로 구원을 받는다

—잠언, 12장 5, 6절

입술과 혀를 조심해야

곤경에서 목숨을 건진다

—잠언, 21장 23절

그리고 또 시편 19장도 여기에 인용해둘 필요가 있다. 천지창조에 대한 훌륭한 찬가들 중의 하나이기 때문이다.

하늘은 하느님의 영광을 속삭이고

창공은 그 훌륭한 솜씨를 일러줍니다

낮은 낮에게 그 말을 전하고

밤은 밤에게 그 일을 알려줍니다

그 이야기 그 말소리

비록 들리지 않아도

그 소리 구석구석 울려퍼지고

온 세상 끝까지 번져 갑니다

이것은 창조의 신비의 침묵 속에서 구현되고 있는 에너지들을 표현하는 또 하나의 방법이다. 이것은 미르체아 엘리아데가 우리에게 상기시키듯이 무한한 현재 속에서 항상 새롭게 되풀이 된다.

예언자 엘리아의 아름다운 이야기도 있다. 엘리아는 "하느님의 산" 호렙에 올라간다. 거기서 그는 어떤 굴 속으로 들어가서 밤을 지낸다. 날이 새자 매우 거센 바람이 분다. 그러나 그 바람 속에는 야훼가 없다. 그리고 바람이 지나가자 지진이 일어난다. 그러나 그 지진 속에 야훼가 없다. 그 다음에는 불이 일어난다. 그러나 야훼는 그 불 속에 없다.

불이 지나가자 부드럽고 가벼운 미풍이 분다. 그 소리를 듣자 엘리아는 망토로 얼굴을 감싸고 굴 밖으로 나온다. 그러자 어떤 목소리가 와서 그에게 말한다. "엘리아여, 그대는 여기서 무엇을 하고 있느냐?"

그러니까 다른 어떤 번역에 따르면 무시무시한 신이 여기서는 "부드럽고 가벼운 미풍"으로 나타난다. 이것을 축자역하면 "티끌로 변한 듯한 침묵의 목소리"라고 번역할 수 있다고 아니크 드 수즈넬은 말한다.*

끝으로 이 작은 침묵의 사화집에는 집회서의 한 대목을 추가하여 인용할 필요가 있다.

때에 맞지 않는 책망이 있고
현명함을 드러내주는 침묵이 있다.
분노를 참기보다는 이를 터뜨리는 편이 얼마나 더 나으냐

—시편, 20장 1,2절

침묵을 지켜 현명함이 드러나는 사람이 있는가 하면
끊임없이 지껄임으로써 남에게 미움을 사는 사람도 있다
대답을 못해서 침묵을 지키는 사람이 있는가 하면
대답할 때를 기다려 침묵을 지키는 사람이 있다
지혜로운 사람은 때가 오기까지 침묵을 지키나
어리석은 사람은 때를 분간하지 못하고 수다를 떤다

—시편, 20장 5, 6, 7장

주의 깊은 침묵은 적절한 시간에 맞출 수 있도록 해준다. 따라서 알맞은 행동을 할 수 있도록 해주는 것이다.

---

* 그의 저서 『몸의 도식으로 풀이한 생명의 나무』, 당글레스.

나는 올리브나무 그늘에 앉아 권위 있는 플레아드 총서의 성서를 펼쳐본다. 신약성서의 이 탁월한 번역서를 내놓은 장 그로장과 미셸 르투르미는 책의 끝에 성서에 사용된 단어들의 용례와 빈도 표를 붙여 놓았다.

나는 거기서 '침묵'이라는 단어를 찾아본다. 그런데 놀랍게도 전체 909페이지에 달하는 글 속에서 이 단어는 오직 아홉 번밖에 사용되지 않은 것으로 되어 있다. 그런데 번역서에 따르건대 그 낱말은 단 한 번도 그리스도의 입에 오르지 않은 것이다. "귀먹은 자들을 듣게 하시고 말 못하는 자들을 말하게 하신" 그분의 입에 말이다. 바람을 꾸짖으시며 바다를 향하여 "고요하고 잠잠해져라! 하고 호령하시어" 바람이 그치고 바다가 잠잠해지게 하셨던 그분이 아닌가!(마르코, 4장 39절) 그리하여 "군중은 그의 가르침에 탄복하여 마지 않았고…" 예수께서 사두가이파 사람들의 "말문을 막아버리셨으며" 바리세 사람들 가운데 "그 어느 누구도 한 마디 대답하지 못하였다. 그리고 그날부터는 감히 예수께 질문하는 사람이 없었다.(마태오, 22장 33, 34, 46 절)"

우리는 우선 이 단어를 사도행전에서 찾아볼 수 있다.(21장 40절) 예루살렘에서 증오에 찬 유대인들의 무리에 시달림을 당한 바울로는 혼란을 초래한 죄로 그를 체포한 파견대장에게 군중을 향하여 한 마디 할 수 있게 해달라고 허락을 청한다.

 "바울로는 그 층계에 서서 사람들에게 조용히 하라고 손짓을 하였다. 그들이 아주 잠잠해지자 바울로는 히브리 말로 연설하였다.

 '형제들과 선배 여러분, 내가 이제 여러분 앞에서 나 자신에 관하여 해명을 해드리겠으니 잘 들어주시기 바랍니다.'

 군중은 바울로가 히브리 말로 연설을 하는 것을 듣고는 더 조용해졌다."

 그러자 바울로는 자기가 다마스커스로 가는 길에 개종하게 되었음을 그들에게 이야기한다. "정오 때쯤에 갑자기 하늘에서 찬란한 빛이 나타나 내 주위에 두루 비췄습니다. 내가 땅에 거꾸러지자 '사울아, 사울아, 네가 왜 나를 박해하느냐?' 하는 음성이 들려왔습니다."

 그리고 바울로는 이렇게 말한다. "그때 나와 함께 있던 사람들은 그 빛을 보았지만 나에게 말씀하신 분의 음성은 듣지 못하였습니다." 이 말로 미루어 우리는 온통 침묵으로만 이루어진 신의 메시지가 오직 그것을 들어야 할 사람들에게만 들린다고 생각해볼 수 있을 것이다.

 그리고 디모데오에게 보낸 첫 번째 편지(2장 11, 12절)는 같은 바울로가 당시 에페소의 교회를 맡아보고 있는 그의 동지에게 보내는 것으로 기도의 역할에 대하여 이야기한 다음 기본 원칙들을 공고히 하려는 뜻에서 쓴 편지다. 거기서 그는 "어느 예배소에서나 남자들이 성을 내거나 다투거나 하는 일이 없이 깨끗한 손을 쳐들어 기도하기 바랍니다"라고 말하면서 하느님을 경배하기 위하여 여자들은 "정숙하고 단정한 옷차림"을 해야 한다고 가르친다. 그러고 나서 오늘날의 우리에게는 전형적인 남성우월주의의 상징과도 같은 말을 남기고 있다. 이 텍스트에는 유태 그리스도교 식 입맛에 맞춘 침묵이라는 말이 두 번이나 등장한다. "여자는 조용히 복종하는 가운데 배워야 합니다. 나는 여자가 남을 가르치거나 남자를 지배하는 것을 허락하지 않습니다. 여자는 침묵을 지켜야 합니다. 먼저 아담이 창조되었고 하와는 그 다음에 창조된 것입니다. 아담이 속은 것이 아니라 하와가 속아서 죄에 빠진 것입니다. 그러나 여자가 자녀를 낳아 기르면서 믿음과 사랑과 순결로써 단정한 생활을 계속하면 구원을 받을 것입니다."

20세기에 걸친 긴 세월이 지난 오늘날, 침묵을 지켜야 한다는 이런 식의 여성 이미지에 대하여 우리는 과연 뭐라고 말하면 좋을 것인가? 이런 억압적인 원칙은 베드로의 첫째 편지(3장 1, 3, 4절)에도 나온다. "아내된 사람들도 마찬가지로 남편에게 복종해야 합니다. 하느님의 말씀을 믿지 않는 남편들도 자기 아내의 행동을 보고 믿게 될 것입니다. 그러니 말로 설득하지 않더라도 경건하고 순결한 생활을 보여주도록 하십시오. 여러분은 머리를 땋거나 금으로 장식하거나 옷을 차려 입거나 하는 겉치장을 하지 말고 썩지 않는 장식, 곧 온유하고 정숙한 정신으로 속마음을 치장하십시오."

끝으로 요한은 묵시록에서(8장 1절) 세상의 종말을 알리는 예언자의 계시가 절정에 달하는 유명한 대목에서 우리의 주제가 되는 말을 사용한다. "어린 양이 일곱째 봉인을 떼셨을 때에 약 반 시간 동안 하늘에는 침묵이 흘렀습니다. 그리고 나는 하느님 앞에 서 있는 일곱 천사를 보았는데 그들은 나팔을 하나씩 가지고 있었습니다…" 그러자 소음과 분노가 폭발하니 침묵은 그리 오래 계속되지 못했다.

이 묵시록의 서문에서 장 그로장은 이렇게 쓰고 있다. "그 유명한 말을 거꾸로 뒤집어, 우리는 여기서 '죽음이란 잠시 생명과 투쟁하는 힘들의 전체다'라고 말할 수 있을 것이다." 이것은 요한이 그리스도를 인용하여 한 마지막 한마디, 즉 "생명의 물을 원하는 사람은 거저 마시십시오", 그러니까 꿈에 그리고만 있지 말고 현실에 눈을 뜨라는 문장에 대한 해석으로 나온 말이다.(요한묵시록, 22장 17절)

그러나 침묵의 진정한 메아리는 요한의 첫째 편지(3 장 14, 18절)의 다음과 같은 문장들 속에서 찾아볼 수 있다. "우리는 우리의 형제들을 사랑하기 때문에 이미 죽음을 벗어나서 생명의 나라에 들어와 있는 것이 분명합니다. 사랑하지 않는 사람은 죽음 속에 그대로 머물러 있는 것입니다. … 사랑하는 자녀들이여, 우리는 말로나 혀끝으로 사랑하지 말고 행동으로 진실하게 사랑합시다." 멋진 말이다. 사막에서나 십자가 위에서나 말이 아니라 체험으로 느껴졌던 그리스도의 침묵과 일치하는 말이기 때문이다.

사실 우리는 성서외전 토마경 쪽으로 관심을 돌려 제 50절에서 말 자체가 아니라 말의 가장 멋진 정의라고 여겨지는 대목을 찾아볼 필요가 있다. "예수께서 말씀하셨다. 그들이 너희에게 당신들은 어디에서 태어났느냐고 묻거든 이렇게 대답하여라. 우리는 빛으로부터, 빛이 그 자체로부터 태어난 바로 그곳에서 태어났습니다. 빛은 일어나 그 스스로의 이미지 속에서 모습을 드러냈습니다.

그들이 너희에게 '무엇이 당신들 마음 속에 계시는 아버지의 신호입니까?' 하고 묻거든 그들에게 '그것은 움직임과 휴식입니다' 라고 대답하라".

그리스도의 짧은 말들과 명령들은 침묵으로부터 와서

· 침묵으로 돌아갔다. 많은 사람들이 그분의 말에 귀를 기울이지만 그의 침묵에 귀를 기울이는 사람들은 많지 않다.

그러나 그리스도는 침묵 속에서 병을 낫게 하고 영혼을 눈뜨게 한다.

퐁스 필라트가 예수께 묻는다. 진리란 무엇입니까?

그러자 그리스도는 말이 없다.

그분의 침묵의 무한한 무게는 우리들로 하여금 진리에 대하여 말하기보다 그 진리를 실천하라고 권유한다.

진리를 '가지고' 그것을 강요할 것이 아니라 스스로 진리가 되어야 할 것이다.

진실해진다는 것.

에드가 모랭은 그의 저서 『방법론』* 제3권에서 이렇게 쓴다. "어떤 정신을 태어나게 할 능력을 지닌 어떤 두뇌를 생각해낼 수 있는 정신이란 어떤 것인가?" 그는 이렇게 확인한다. "우리의 지능은 활짝 피어나지 못했고 우리의 의식은 아직 야만의 때를 벗지 못했다. …우리의 영적 가능성은 아직 저개발 상태를 면하지 못했고 현재까지 여러 문명들은 일차원적인 발전들을 가능하게 했을 뿐이다."

비전은 다가올 새로운 천년에나 생겨날 것인가? 그렇다.

---

* 쇠이유 출간.

깨어남

오직 공空만으로 가득하고
침묵 속에 단단하게 뿌리박고
존재의 무수함이 솟아나는데
나는 그들의 변화를 물끄러미 바라본다
존재의 무수함이
그 뿌리로 되돌아가니
그 뿌리로 되돌아감이란
침묵에 이름이라
고요함이 그 운명을 되찾게 해준다
제 운명을 되찾으면 단단함과 이어짐이니
단단함과 다시 이어지면 깨어나게 된다
깨어남을 모르면
혼란스러워라
—노자, 『도덕경』

명상의 시공간 속에서 우리는 항상 구원받는다. 오늘
아침 나는 힘들게 잠에서 깨었다. 얼굴이 퉁퉁 부었고
머리 속은 괴이한 꿈들로 헝클어지고 몸은 둔해져서 거
의 고통스러울 지경이고 뱃속은 쓰렸다. 지난밤은 어지
러웠다. 딸아이가 몇 번이나 깨어서 울었다. 그 울부짖는 소리가 단잠을 깨워 어리둥절한 몸을 솜뭉치 같은 껍질에서 잡아 빼는 것만 같았다. 옆방에서는 팔을 내뻗는 어린아이의 몸짓. 저를 들여다보고 구해달라고 울면서 호소하는 그 두 눈과 마주치자 돌연 정신이 번쩍 났다.

아침에 나는 자명한 사실을 발견한다. 불과 몇 분의 참선이면 잠든 몸을 풀어줄 수 있고 지난밤 잠이 부족하여 혼미하게 처졌던 의식을 표면으로 떠오르게 할 수 있는 것이다. 의식 속에 우글대는 흐릿하고 토막 난 영상들이 심호흡 몇 번으로 자취를 감추고 탁 트인 빈 공간이 문득 나타나면서 그 속에서 정신은 진폭을 회복하고 몸은 우주 공간으로 뻗어나간다.

덧없지만 실제로 존재하는 감정. 절대적 현전.

그 다음에는 한나절이 그 시작 속에 뿌리를 내린다.

그 법석을 정돈하는 광명.

우리는 흔히 잠이라는 거짓 고요로 인해 어리둥절해진 듯 약간 얼빠진 상태로 잠에서 깨곤 한다. 뒤죽박죽인 대화, 정신없이 이어지는 소란, 이상한 사건들, 초현실적인 만남들로 가득 찬 꿈에서 헤어나오기는 했지만 이 논리적인 것 같으면서도 비논리적인 영상들, 빠르고 강렬한 영상들은 여전히 자다가 깬 사람의 마음을 쥐어짜고 존재를 흔들며 그 조각난 단편들로 의식을 건드린다.

그것들은 무슨 의미를 가진 것일까? 그렇다, 물론 우

리는 의심할 여지가 없는 관련들을 찾아낼 수 있다. 가령 나는 많은 꿈들 속에서 열심히 뛰는 일이 많다. 그것은 겉보기에 태연한 듯한 몸가짐 이면에 내가 여전히 내 속에 지니고 있는 어떤 긴장에 정확하게 대응되는 것이다. 실제로 나는 제대로 통제되지 못한 에너지들로 부글부글 끓고 있는 때가 많고 그 소용돌이치는 물결이 밤에 나를 통과한다. 우리는 꿈을 꾸지만 사실은 꿈이 우리를 꿈꾼다. 우리들의 실체가 지닌 이 양면성이 바로 여기서 드러나고 있는 것이다.

언덕 꼭대기에 살고 있다 보니 매일 새벽마다 늘 새로운 풍경이 눈앞에 펼쳐진다. 같은 것이면서 한 번도 똑같지 않은 풍경이다. 바람이 자고 미스트랄이 불지 않는 날이면 첫 번째 새 소리가 나기 전까지는 침묵이 가득하다. 그리고 어둠이 조금 옅어지는가 하면 우선 밤 꾀꼬리가 울고 그 다음에는 다른 모든 새들이 한꺼번에 온갖 소리들을 내며 지저귀기 시작한다.

날씨가 좋을 때면 뤼베롱 산맥의 긴 능선이 푸른 하늘을 배경으로 뚜렷하게 드러난다. 그 앞쪽 골짜기에서는 아무 소리도 들리지 않는다. 날이 흐리면 우리는 구름이나 안개 속에 파묻히고 주위의 초목들마저 가려져서 잘 보이지 않는다.

내가 5시쯤 자리에서 일어날 때면 작은 집 안은 아직

잠에 빠져 있다. 나는 부엌과 거실과 내 작은 작업실이 있는 아래층으로 내려간다. 나는 유리창을 통해서 어둠에 떨고 있는 침묵을 바라보며 달이 흘러가는 길을 따라가본다. 그러고 나서 거의 매일 둥근 방석을 집어다 놓고 좌선의 자세를 취하며 앉는다. 나는 양쪽 무릎이 바닥에 닿도록 가부좌를 튼다. 처음에는 근육이 당겨 뻐근하지만 곧 부동자세의 노력 속에서 몸에 균형이 잡힌다. 그리고 척추를 허리 높이로 굽힌다. 평소에 내 등이 취하는 나쁜 자세와의 새로운 노력, 새로운 싸움. 목을 이리 저리 돌리면 마치 모래알이 긁히는 듯한 소리가 난다. 다시 목을 바로 세운다. 두 손을 코 높이에서 깍지 끼고 두 팔을 수평으로 뻗어 인사를 한다. 무엇을 향해서? 세상 만물을 향해서랄까, 그냥 인사를 건네는 것이다. 왼손을 오른손 위에 올려 놓고 그 끝에서 두 엄지손가락을 마주 댄 채 아무 생각 없이 좌정하여 부동자세를 취한 다음 나 자신의 내면으로 빠져들어간다.

침묵은 이루어지지 않는다. 즉시 영상과 생각과 잠시 전 잠의 여파가 어지럽게 오간다. 이럴 때면 나는 호흡에 마음을 모은다. 호흡은 서서히 깊어지면서 배꼽 아래 세치 정도 되는 지점에 있는 이른바 에너지의 대양인 단전 속으로 멀리 내려간다. 과연 이 특별한 집합공간에는 어떤 힘이 존재하는데 숨은 이 힘을 자극하고 발전시킨다. 이 긴 날숨이 길을 찾아 나아가다가 궁극에 이르면 거의 자동적으로 들숨이 교대한다. 차츰 나의 내면에는 더 이상 아무런 이미지도 생각도 남은 것이 없다. 오직 의식 속을 통과하는 물결, 물결의 흐름이 있을 뿐이다. 마음의 물결.

내면으로 깊이 침잠하는 몇 분을 보낸 다음 나는 다시 눈을 뜬다. 그러면 진정한 깨어남이 거기 와 있다. 언제 보아도 놀랍기만 한 순정한 비전으로서의 현실이 거기 가득한 것이다.

그러면 나는 다시 인사하며 이마가 닿도록 상체를 땅바닥 쪽으로 굽힌다. 나는 이 단순한 동작을 좋아한다. 얼굴 높이에서 두 손바닥이 꽉 맞닿도록 모은 두 손은 아름답다. 이 총체적인 경배의 몸짓은 강한 집중의 순간을 만들어낸다. 평소에는 똑바로 서 있던 몸이 땅바닥 쪽으로 겸허하게 굽고 무릎, 그리고 이마, 두 팔, 두 손이 땅바닥의 거칠고 단단한 표면에 가서 붙을 때 그 엎드린 자세에서 자연스럽게 배어 나오는 품격 또한 마음에 든다. 바닥의 재료가 무엇이건 간에(양탄자, 다다미, 마루, 흙…) 그 접촉의 느낌은 언제나 놀랍다. 이때 우리는 이를테면 이마로 침묵에 닿는 것이다. 그 동작이 부동자세의 쐐기를 시원하게 빼주는 느낌이다.

나는 몸을 펴고 몇 가지 간단한 체조를 한다. 그 동안 입맛에 따라 녹차나 홍차를 끓인다. 나는 새벽과 새날이 된 어둠에 젖은 채 글을 쓰기 위하여 자리에 앉는다.

오랫동안 나는 스승이신 다이젠 데시마루 선생께서 우리는 좌선을 하는 동안 이 우주 전체에 영향을 미친다고 하신 말씀의 뜻을 잘 이해할 수 없었다. 그분은 '우주의 질서'라는 표현을 자주 사용했다. "좌선을 할 때는 우주의 질서를 따라야 한다"는 말은 그의 입에서 버릇처럼 되풀이되곤 했다. 솔직히 말해서 한결같이 반복되는 그 말이 내겐 좀 지겨웠고 꼼짝도 하지 않은 채 침묵을 지키고 앉아 있는 그 자세가 우주 에너지의 흐름을 따르고 또 거기에 영향을 미친다는 것이 도무지 이해되지 않았다.

내게 등불을 밝혀주고 현대 과학자들의 혁명적인 작업들에 관심을 기울이게 만들어준 것은 융의 대표적인 제자이며 계승자인 마리-루이즈 폰 프란츠다. 어느 날 저녁, 공시성Synchronicité에 대한 그의 연구논문을 읽고 있다가 나는 갑작스러운 지적 충격을 받았다. 나의 이해력이 우주의 새로운 어떤 차원으로 열리는 느낌이었다. 어느 일요일이었는데 나는 오전 동안 줄곧 일을 했다. 정오에는 친구들이 찾아와서 함께 식사를 했다. 그리고 우리는 산골짜기를 구불구불 돌아 올라가는 감춰진 오솔길을 따라 보클뤼즈 산의 야생적인 자연 속에서 시간의 흐름을 벗어난 듯 봄날의 긴 산책을 즐겼다. 그리고 또 다른 사람들이 찾아와 차를 마셨다. 우리는 많은 이야기를 나누었다. 저녁 8시경 모두가 다 돌아가고 난 뒤 나는 조용한 서재로 물러나 읽다가 둔 책의 마지막 챕터를 마저 읽었다.* 나는 손에 책을 펴 들고 서 있었는데 갑자기 내가 읽고 있는 모든 것에서 어떤 흥분이 느껴지면서 마음 속에 깊고 오래 지속되는 충격이 일어났다. 나의 개인적인 경험과 마리-루이즈 폰 프란츠가 표현한 경험이 서로 만나면서 불현듯 내게 깨달음이 온 것이었다.

여기서 그녀가 설명하고 있는 내용을 잠시 인용해볼 필요가 있다.

"융은 우리가 집단적 정신현상이라고 부르는 것에는 이른바 '절대적 앎'이 존재하고 있다는 사실을 우리의 의식의 앎과는 전혀 다른 그 어떤 것에 의하여 증명한다. 융은 라이프니츠를 인용하면서 그 삶을 주체 없는 '시뮬라크라', 즉 이미지 형태의 재현으로 묘사한다.

오늘날 상당수의 물리학자들은 보편적 마음universal mind이라고 할 수 있는 그 무엇이 존재한다는 것을 인정한다. 다만 그 마음이란 것이 의식적인 것이나 무의식적

---

* 「공시성. 영혼과 과학: 비인과적인 질서가 과연 존재하는가?」, H. Reeves, M. Cazenave, P. Solié, K. Pribram, E. F. Etter, M.L. von Franz, 포이에시스.

인 것이냐의 문제에서 의견 차이를 보인다. 융은 우리들 의식의 보다 분명하고 보다 한정된 빛과 대조적인 것으로 보기 위하여 그것을 '서기瑞氣 luminosité'라고 부른다. 그는 또 다른 곳에서는 그것을 '앎의 구름'이라고 부른다. 그 앎은 한편으로 우리의 것보다 훨씬 더 광범한 정보를 포괄하고 있으며 다른 한편으로는 초점과 세부에 있어서 정확성이 부족한 어떤 '알아차림' 같은 것이다. 물론 은유적인 표현이 되겠지만 무의식적 세계의 그 '절대적 앎'이란 것은 우주의 가장 깊숙한 곳에 묻힌 '화석 광채', 밀리미터 단위의 파동으로 된 '빛의' 연속체에 비길 수 있을 것이다. 그렇지만 그것은 별과 해의 '빛'과는 구별되는 것이며 내 비유체계 속에서는 다소간 의식적인 예고의 이미지들과 일치한다.

　'보편적 마음'이라는 '원原 의식'에 대한 모든 현대적 개념들에 있어서 그 기능과 '앎'의 유무는 분명히 밝혀야 할 것이 아직 많이 남아 있다. 내가 볼 때 그 앎은 분명 우리의 의식적인 앎과는 매우 다른 것이다. 데이비드 봄 역시 이따금 우리를 여러 가지 창조적인 발견으로 나아가게 하는 '지능적 에너지'가 존재한다고 말한다. 그러나 그는 문제의 지능이 우리가 지닌 지능과 같은 성질이냐 아니냐에 대해서는 분명히 밝히지 않고 있다. 그는 다만 그 지능이 개념 이전의 것이라고 말한다. 그렇다면 그것은 융의 '절대적 앎'과 가까운 것이 될 터이다.

이런 관점은 분명 여러 과학적 이론들과 서로 만난다. 코스타 드 보르가르의 이론은 그중 하나인데 그는 정보 개념들에서 출발하여 아인슈타인-민코브스키의 4차원 세계와 동일한 외연을 갖는 어떤 '밑바탕 심리구조', 즉 '전체를 부감하는' 앎이나 정보를 담고 있는 밑바탕 심리구조가 존재한다고 상정한다. 아인슈타인-포돌스키-로젠의 역설을 확인하는 실험을 통해서 카즈나브가 이미 밝혔듯이 바로 그 '우주적 앎'이라는 생각은 설득력을 얻고 있다. 왜냐하면 이 실험은 결국, 입자 B는 처음 그 입자에 연결되어 있었던 입자 A가 입은 변화를—그리고 관찰한다는 사실 자체에 의하여 입자 A에 가해지는 변화를 전달 과정을 거치지 않고 즉각적으로 '안다'는 생각으로 이어지기 때문이다.

바로 그 우주적 앎은 마침내 방사성 핵분열의 반감기半減期 법칙 속에 나타난다. 분해되는 각각의 원자는 그것이 속한 전체와의 관련하여 언제 분해되어야 하는지를 '안다'. 그러니까 비인과적인 총체적 '질서'가 존재할 뿐만 아니라 나아가서 그 질서는 어떤 '앎'을 소유하고 있다는 것이다."

좀 장황하지만 필요불가결한 인용이었다.

물리학자 데이비드 봄이 지칭하는 그 '에너지의 바다'

는 모든 질서를 초월하고 그것이 통과하는 시공간을 넘어서는 물질과 의식의 저 뒤쪽 배면에 위치하는 것이라고 할 수 있다.

우리는 모두가 서로 통하는 발신-수신체인 원자들 가운데의 원자들로서 원시 액체 속에 푹 잠겨 있다.

중국사람들은 이 우주적인 에너지의 연속체를 기氣라고 부른다. 우리가 앞에서 보았듯이 나의 스승께서는 아주 깊은 날숨에 집중하여 호흡하면 단전에 그와 같은 에너지가 발생하도록 할 수 있을 뿐만 아니라 그 에너지에 닿을 수 있다고 강조한 바 있다.

좌선의 자세를 취하여 수행에 돌입하면 전혀 다른 어떤 상태를 몸으로 느낄 수 있다. 이 상태는 우리의 언어와 사고의 코드로는 번역할 수 없는 불확정적 주파수의 차원에서, 또 침묵에 잠겨 있지만 내관內觀 insight을 통해서 포착할 수 있는 에너지의 장인 형이상학적 넓이의 차원에서 규정될 수 있다. 이때의 에너지는 대체로 빈 축전지를 충전하고 있는 중인 전류와 동일한 즉각적 기능을 갖는다고 볼 수 있다.

의식적이고 강제적인 부동자세, 즉 깨어 있는 상태의 본질적으로 무의식적인 이 운동 정지에서 얻어지는 산소요법과 평온함(이것은 사실 전체 프로세스의 일부다) 이외에, 잠시 동안 집중적인 참선 수행을 하고 난 모든

278

사람들에게서 볼 수 있는 새로운 활력은 그 에너지氣의 깨어남과 자극, 그리고 우주적 에너지氣와의 동위상화同位相化로밖에 설명될 길이 없다.

그런데 그 에너지는 사고를 초월하여 사고할 수 있다고 할 수 있겠다. 그렇다면 우리의 두뇌작용에 적용되는 말들로 그 특징을 설명할 수 있을 원형적 의식, 앎의 능력을 갖춘 일종의 파장이라고도 볼 수 있는, 우리에게 정보를 제공하고 또 우리에게서 정보를 제공받는 어떤 원의식原意識이라는 것의 존재를 믿어도 될 것인가?

어떤 절대적 존재방식을 가진 파장의 망, 우리가 부지불식간에 끊임없이 몸담고 있는 파장의 바다….

인간 존재의 진화는 바로 이 신비스러운 앎을 거치는 것일까? 나는 직관적으로 그렇다는 것을 느낀다.

그것이 바로 아니마 문디, 즉 세상의 혼이 아닐까?

이 세상의 살아 숨쉬는 침묵이 아닐까?

침묵의 메아리

공간이 숨쉬는 소리에 귀를 기울여라
침묵으로 이루어진 끊임없는 메시지에
—R. M.릴케, 「두이노의 비가」

친구들 집에서 6월의 햇빛을 받으며 점심식사를 하고 있자니까 벌레 한 마리가 내 옆에 앉은 여자의 얼굴 주위에서 붕붕대며 날아다닌다. 내가 손등으로 탁 치니 벌레는 그만 맥없이 떨어져 죽는다. 벌레는 타일 위에 떨어지더니 더 이상 움직이지 않는다. 몸이 굳어진 채 돌의 침묵 속으로 들어간 것이다.

나중에 나는 인적이 없는 협곡을 굽어보는 오솔길을 혼자서 걸으며 소리를 질러본다. 푸른 하늘과 노란 돌의 침묵이 메아리 소리로 깨어진다. 나는 9세기 때의 중국 선승 황포가 들려주는 이야기를 생각한다.

"결코 아무 것도 찾으려 하지 말지어다. 찾으려 하면

할수록 그것을 잃게 되나니….

옛날 한 바보가 산꼭대기에 올라가서 고래고래 고함을 질렀다. 그 외치는 소리의 메아리가 골짜기로부터 들려오자 그는 그 고함 소리의 주인을 찾아서 산비탈을 달려 내려갔다. 그러나 골짜기에는 아무도 없었다. 그러자 그는 또다시 고함을 질렀다. 이번에는 산꼭대기에서 메아리가 그에게 대답했고 바보는 산비탈을 달려 올라갔다. 이렇게 무수한 생애, 무수한 세월 동안 계속했다! 목소리를 찾아다니고 메아리를 쫓아다녔으니 죽어도 어이없이 다시 태어났더라! 그대에게 더 이상 목소리가 없으면 더 이상 메아리도 없으리라. 니르바나는 귀에 들리지 않고 인식되는 것. 그것은 목소리가 없으니 분명하든 모호하든 모든 흔적을 초월한다."*

이 이야기는 선가의 또 다른 재미있는 이야기를 생각나게 한다.

두 사람이 인적 없는 고원 위를 걷고 있다. 한 사람은 젊은 선승이고 다른 한 사람은 나이 많은 사부다.

젊은 쪽이 묻는다. "사부님, 비결이 무엇이고 침묵이 무엇입니까?"

사부는 아무 대답도 하지 않고 그냥 걷기만 한다.

---

* 『황포와의 대화』, 되 오세앙.

젊은 쪽이 묻는다. "사부님, 사부님, 선에는 어떤 비결이 있다고 들었습니다. 달마께서도 순수한 지혜의 비결과 실천을 말하고 있지 않습니까? 그 본질은 침묵과 공空이라고 들었습니다. 사부님, 저는 알고 싶습니다. 비결이 무엇이고 침묵이 무엇입니까?"

사부는 아무 대답도 하지 않고 그냥 묵묵히 걸을 뿐이다. 뒤를 따라가던 젊은 쪽이 다시 묻는다. "사부님, 사부님, 비결이 무엇이고 침묵이 무엇입니까?"

그들은 마침내 절벽의 끝에 이른다. 나무 한 그루가 거의 수평을 이루며 허공을 향해 뻗어 있다.

늙은 선승이 젊은이에게 명령한다. "이 나뭇가지를 따라 꼿꼿이 걸어가보아라."

젊은 선승은 조심조심 허공 위로 나아간다. 사부가 말한다. "자, 그럼 이제 걸음을 멈추어라. 그리고 몸을 굽혀서 재빨리 나뭇가지를 이빨로만 물고 풋과일처럼 바람 속에서 나뭇가지에 매달려라."

젊은 선승은 매우 불안하지만 스승의 명이라 감히 거역하지 못하고 오로지 악문 이빨에만 의지하여 허공 중에 대롱대롱 매달린다. 스승이 말한다.

"자 이제 어디 내게 말해보아라, 비결은 무엇이며 침묵은 무엇이냐?"

이제야 나는 저 위대한 슈리 오로빈도의 말씀을 직관적으로 깨달을 수 있을 것 같다. "초월자의 문 앞에는 우파니샤드에서 말하는 저 단순하고 완전한 정신이 있다. 빛나고 순수하며 세상을 떠받들고 있으되 그 내면에는 아무 움직임이 없고 긴장된 에너지도 없고 틈도 없고 찢어진 상처도 없으며 유일하고 동일하며 모든 관계와 다양함의 겉모습으로부터 자유롭고 초월적인 침묵. 그리하여 돌연 그 문들을 지나면 정신은 그 어떤 통과의 중계에도 의지하지 않고 세상의 비현실성과 침묵의 유일한 현실성을 깨닫는다. 이는 인간 정신이 해낼 수 있는 가장 강력한 경험들 중의 하나다."

그리고 생 베르나르는 이렇게 말한다. "우리는 책 속에서보다 숲 속에서 더 많은 것을 배운다. 나무들과 바위들은 다른 어느 곳에서도 들을 수 없는 많은 가르침을 준다."

『이킹』에 보면 침묵은 명상이며 땅위에 부는 바람의 이미지라고 되어 있다. 그것은 우리들 저마다의 내면에 존재하는 고등한 인격의 힘을 손가락으로 가리켜 보인다. 고귀함을 유지하려면 그 고등한 인격을 흠 없이 고요하게 유지하지 않으면 안된다.

침묵은 항구적인 배경이요 절대적인 증인이다.

현전. 항구적인 창조에 참가한다는 가냘픈 감동과 감정.

그렇다면 그 뒤에는 무엇이 있는 것일까?

구태여 그것을 찾으려 하는 것은 부질없는 일이다. 모든 것이 여기 있으니.

매 순간의 충만한 의식 속에서 오직 침묵만이 말하게 하라.

이 침묵의 풍요로움을 그대에게

"많은 청소년들이 워크 맨이나 TV의 배경 소리 없이는 독서를 하지 못한다. 이 침묵 파괴의 영향이 장차 인류에게 어떤 모습으로 나타날지는 아무도 예측할 수 없다"고 조르주 스타이너는 불안한 목소리로 경고한 바 있다. 어찌 청소년뿐이겠는가. 80년대 중반으로 기억된다. 어느 날 선배교수 한 분이 일본에 갔다가 구입해왔다면서 나를 자기 옆으로 불러 손바닥만한 기계를 보여주었다. 그리고 내 귀에 이어폰을 끼워주고 그 작은 기계를 조작했다. 돌연 내 귀 속에서 거대한 음악 홀의 문이 열리면서 웅장한 오케스트라의 음향이 내 전신으로 가득히 흘러들었다. 그때의 놀라움과 황홀함이란! 그것이 지금은 청소년들의 손에서마저 사라져버린 '워크 맨'과의 첫 만남이었다. 21세기 초의 오늘에는 초소형 MP3가 등장하여 청소년들의 가슴에 훈장처럼 걸린 채 거추장스러운 카세트 테이프 같은 것은 아랑곳없이 무제한의 음악과 음향을 쉬지 않고 공급한다. 나는 70년대 초에 처음으로 흑백 개인용 텔레비전을 중고품으로 내 방 안에 두고 시청하기 시작했다. 지금은 그 기계의 미련스런 볼륨으로부터 해방된 시청자들이 마치 그림 액자 같은 모습의 벽걸이 텔레비전을 통해서 정밀한 천연색 영상, 음향을 향유한다. 그러나 청소년들은 이미 거실의 벽걸이 텔레비전마저 멀리한 지 오래 되었다. 그들은 각자 자기 방에 들어가 앉아 개인용 PC모니터 앞에 고독하게 앉아 있다. 이리하여 혼자가 된 그들의 눈과 귀, 그리고 손은 잠시도 쉬지 않는다.

아마도 이처럼 휴식을 모르는 음향과 영상들로 온통 수선스럽기만 한 오늘의 생활환경 때문이었는지도 모른다. 나는 한동안 유난히도 침묵, 게으름, 무위, 낮잠 같은 것을 예찬하는 글과 책들을 즐겨 찾아 읽곤 했다. 그 중에서도 가장 친해볼 만한 책은 러시아의 이반 곤차로프의 『오블로모프』였다. 러시아의 감독 니키타 미할코프는 이 소설을 바탕으로 1979년에 「오블로모프의 생애의 며칠간」이란 제목의 영화를 만든 바 있다. 첫 장면—침대에서 포근하게 잠들어 있는 인물의 옆모습. 그의 상반신에 아침 햇빛이 자욱이 비친다. 미할코프는 러시아 시골 다차의 풀밭이나 뜰의 눈부신 햇빛, 혹은 커튼이나 덧문 사이로 빛이 새어들까 말까한 실내의 부드러운 어둠, 빛이 여과된 숲 그늘 사이의 그 강한 대조를 표현하는데 웅변적이다. 주인공은 계속 잠들어 있다. 영화관의 어둠 속에 깨어 있는 관객은 잠든 주인공 앞에서 무료하다. 영화는 바로 그 고요와 무료함을 강요하고자 한다. 미할코프는 자신이 만든 주인공들 중에서 가장 좋아하는 인물이 오블로모프라고 말한다. "내가 '수평적이고 햄버거적'이라고 표현하고 싶은 사회—사고방식은 피상적이고 주된 식사는 햄버거인 현대인의 사회—의 기준에 비추어본다면 오블로모프는 실패한 인간이며 게으름뱅이며 나아가서는 불로소득자에 불과하다. 그러나 내가 보기에 그 인물이야말로 '수직적이고 미식가 취향의' 인간이다. 그는 한 번도 어떻게 살 것인가를 묻지 않는다. 그는 항상 왜 사느냐고 묻는다. 우리들의 귀에 들리는 말은 언제나 어떻게… 뿐이다. 어떻게 하면 부자가 될까? 어떻게 하면 젊어지고 예뻐지고 날씬해질까? 어떻게 하면 힘이 세질까? 어떻게 하면… 그런데 왜 부자가 되어야 하는가? 왜 예뻐져야 하는가, 왜 젊어져야 하는가 하는 의문은 품지 않는다."

마르크 드 스메트의 『침묵 예찬*Eloge du silence*』도 이런 마음의 편향 속에서 내 손에 들어온 책이었다. 내가 좋아하는 '예찬' 시리즈에 딱 들어맞는 제목이며 커다란 반원 속에 짙푸른 띠의 하늘과 그 하늘을 향하여 인적 없는 사막의 모래 위로 끝없이 걸어간 누군가의 발자국이 찍힌 그림, 그리고 알벵 미셸 출판사의 '자유로운 공간'이라는 총서 제목, 게다가 그 책은 해당 시리즈를 책임 맡은 인물이 직접 쓴 총서 첫째 권이었으니 내 주의를 끌기에 충분했다. 다만 저자인 마르크 드 스메트라는 이름은 그때나 지금이나 내겐 낯설다. 에이전시를 통해 프랑스 출판사가 보내온 저자 소개 자료라는 것도 침묵에 가까울 만큼 빈약하여 별다른 도움이 되지 못한다. 프랑스의 작가, 편집자, 기자 등의 경력을 가진 그는 1946년 생으로 참선수행의 전문가라고 소개되어 있다. 과연 그의 책을 읽어보면 평소에 일본의 참선에 익숙하고 기독교, 불교를 비롯한 여러 가지 명상적 세계에 깊은 관심을 가진 인물이라는 것을 느낄 수 있다. 저자는 1986년의 『침묵 예찬』 이외에도 80년대 초부터 『명상의 기술과 각성의 실천』, 『동방의 신비주의에 대한 에세이』 등을 시작으로 『호랑이의 웃음―선사와의 여행』, 『부처의 길을 찾아서』, 『잊혀진 문』, 『부처님의 말씀』, 『내면적 광명』, 『도의 말씀』, 『인도 현자들의 말씀』, 『영원한 지혜의 말』 등의 책들을 발표했고 2001년에는 『감각의 탐구에 있어서 양식의 예찬』, 그리고 2006년에는 『선의 지혜와 장난』을 내놓은 바 있다고 되어있다.

이 책의 번역을 시작한지 벌써 3년이나 되었다. 그 사이에 나는 정년으로 대학의 연구실을 떠났다. 이 사실은 무엇보다 먼저 작업 공간에 큰 변화가 생겼다는 것을 의미한다. 내게 있어서 대학의 연구실은 글을 쓰거나 읽거나 생각하는 데 더할 수 없이 이상적이라 할 만큼 오랜 세월 동안 길이 든 장소였다. 규칙적인 출퇴근, 냉난방 시설이 보장해주는 적절한 온도, 나무가 우거진 정원 쪽 창으로 들어오는 빛, 문을 걸어 잠그고 '외출' 표시를 해놓으면 아무도 노크하지 않는 고요함과 격리 상태, 그러면서도 언제나 외부와 연결시켜주는 전화와 팩스와 인터넷, 그리고 항상 대기 중인 조교와 도서관… 그리고 무엇보다 문만 열고 나서면 광대하고 쾌적한 캠퍼스 전체에 가득한 젊음의 활기와 적절한 높이의 소음배경이 실내의 정적을 더욱 분명하게 보장하며 나를 안심시켜 주는 것이었다. 그런데 나는 그 이상적인 작업공간을 떠나지 않으면 안 되었다. 새로운 일터로 시골 소나무 숲속에 새로 지은 집은 매우 쾌적하고 고요하다. 그러나 이 고요함은 매우 불안하고 상처받기 쉬운 고요함이어서 좀처럼 길이 들지 않았다. 어떤 때는 숲 속의 새들이나 매미나 개구리 울음밖에는 아무 소리도 들리지 않아 그 침묵이 과도하게 우렁차 일손이 잘 잡히지 않는 것이다. 책이나 백지나 PC보다는 문 밖의 나무와 풀과 꽃과 흐르는 물이 매 순간 더 궁금해지는 것이었다. 더군다나 인적이 드문 이 숲은 곧 투기꾼들과 개발업자들의 치열한 관심의 대상이 되었다. 주중과 주말 구별 없이, 이른 새벽과 늦은 저녁에 상관없이 나무를 자르는 전기톱이나 바위를 파내거나 깨는 굴삭기, 흙과 돌을 쏟아 붓는 대형트럭의 소음들이 오직 나 혼자만을 겨냥한 듯 공격해온다. 그 어떤 잡음도 섞이지 않고 오직 한 가지뿐인 순수하고 가차 없는 소음. 그러다가 일꾼들이 집으로 돌아간 밤이나 혹은 영문은 알 수 없지만 몇 주일 동안 낮 동안에도 전쟁으로 모든 사람들이 다 피난으로 비워 두고 간 듯 산골 짝 전체에 무서운 침묵만 가득해진다. 그리고 또 예측할 수 없는 어느 날 새벽부터 트럭과 굴삭기와 전기톱이 그 사나운 존재를 과시한다. 나는 이 『침묵 예찬』을 번역하는 긴 시간 동안 침묵과 소음이 얼마나 상대적이며 주관적인 것인가를 깨달았다. 가장 이상적인 생활은 그래서 도시와 산골짜기의 생활을 오가며 침묵과 쾌활한 소음을 교차시키는 것이라는 생각을 한다. 그리고 무엇보다 마음 속의 침묵을 확보하는 일…

그러나 그게 어디 쉬운 일인가.

언젠가 남도의 아름다운 미황사를 찾아간 적이 있었다. 바다가 내려다보이는 그 절간의 담장 가에는 매화나무가 환한 꽃가지를 들고 그 바다를 훔쳐보고 있었다. 그 눈부신 고요와 아름다움에 나는 전율했다. 내게 차를 대접해주시는 학승께 말을 건넸다. "이런 아름다운 곳에 와 계시니 얼마나 좋으십니까?" 그런데 그 스님의 대답이 의외였다. "네, 좋지요. 그런데 여기에 있으니까 공부가 안 돼요. 며칠 안으로 짐 싸서 떠나야겠어요."

스님이야 메인 데 없어 짐 싸서 떠나면 되지만 십 년을 초려하여 숲 속에 집을 지은 나는 그 무서운 고요 속에서나 공격적인 굉음 속에서나 『침묵 예찬』의 번역을 계속하지 않으면 안 되었다. 이제야 조금 길이 들어 의자에 앉아 있을 만하니 번역이 끝났다. 속이 후련하면서도 좀 섭섭하다.

『침묵 예찬』은 저자의 해박한 지식과 부단한 수행, 어디에도 얽매이지 않는 자유로운 정신과 예민하고 정치한 감각이 교차하는 내용으로 서술되어 있다. 그러나 침묵 자체에 선후가 없고 표리가 없고 눈에 보이는 논리적 인과관계가 없듯이 이 책의 독자 또한 그 첫 페이지부터 순서대로 차례로, 끝까지 다 읽어나갈 필요는 없다. 이런 종류의 책이 가지고 있는 장점은 그 구성의 자유로움에 있다. 처음 한두 챕터를 읽다가 의학, 생물학, 생태학, 정신분석학 분야의 전문지식과 긴 인용이 이어지는 대목을 잠시 건너뛰고 여백과 침묵이 많은 시의 인용을 느릿느릿 몽상에 잠기며 읽어도 무방하다. 그때 그때의 분위기, 마음의 흐름에 따라 어떤 곳은 휘적휘적 그냥 지나치고 어떤 곳에서는 오래도록 머물면서 머리 속에 고이는 또 다른 침묵, 자신만의 침묵을 음미하는 것도 좋다. 자신의 내면에 진정한 고요의 공간이 광막하게 펼쳐질 때까지. 그리고 다시 지나간 페이지로 되돌아 가 보는 것도 좋다.

나는 이 오래 걸리고 힘들었던 번역서를 독자들에게 건네주면서 앙드레 뷔클레르가 『새로운 사랑』에서 했던 말을 인용하며 '역자의 말'을 대신하고자 한다.

"친구여, 나는 그대에게 아무 할 말이 없소. 내가 이 백지를 내려다보면서 몽상에 잠긴 것이 벌써 몇 십 시간이었던가. 오늘 그대에게 내 침묵의 모든 풍요로움을 바치나니 자, 이제는 그대가 이 백지를 오랫동안 바라볼 차례요."

2007년 6월 솔마에서

김화영

침묵예찬

초판 1쇄 펴낸날 2007년 6월 30일
초판 2쇄 펴낸날 2019년 2월 25일

지은이 마르크 드 스메트
옮긴이 김화영
펴낸이 김영정

펴낸곳 (주)현대문학
등록번호 제1-452호
주소 06532 서울시 서초구 신반포로 321 (잠원동, 미래엔)
전화 02-2017-0280
팩스 02-516-5433
홈페이지 www.hdmh.co.kr

ⓒ 2007 현대문학

ISBN 978-89-7275-391-9 03860

* 책값은 뒤표지에 있습니다.